JAMAIS AU GRAND JAMAIS

JENNIFER SUCEVIC

1

BRITT

Ce mec n'a pas encore dit un mot que, déjà, ma peau s'électrifie. Comment est-il possible que son regard ferme qui glisse sur mon corps m'évoque plus une caresse physique qu'autre chose ?

Ça n'a aucun sens.

Je n'apprécie pas son genre de beauté.

Il est bien trop attirant pour être honnête.

Encore pire...

Il en a conscience.

Et il s'en sert comme arme de destruction contre les femmes.

Je connais bien les hommes tels que lui.

Et je ne suis pas intéressée.

Si seulement je parvenais à moucher l'excitation qui s'est installée au creux de mon ventre comme un rocher indélogeable !

Depuis que j'ai posé le pied sur le campus en août, j'ai été noyée sous les rumeurs qui circulent au sujet de Colby McNichols. À ce niveau-là, elles ressemblent à des légendes urbaines ou appartiennent au folklore de Western University. Ce sont des histoires qu'on se racontera pendant des générations. Et même si je n'avais pas entendu parler de lui, ce serait impossible de ne pas remarquer les filles qui s'accrochent à lui tels des petits singes.

Et ce n'est pas chacune son tour non plus.

Ces filles n'ont aucun problème à le partager tant que ça leur garantit une petite partie de lui.

Vous vous imaginez ?

Euh... Non, merci.

D'ailleurs, je viens de vomir dans ma bouche.

Beurk.

Sur tous les plans.

Monsieur Slibard-en-feu ferait mieux d'aller voir ailleurs, parce que je ne suis *vraiment pas* une chasseuse de hockeyeurs qui va se laisser tomber sur le dos, les jambes écartées, ni une groupie qui boira ses moindres paroles, espérant qu'il la choisira pour la nuit. Ce type dévore les filles comme ses corn flakes du matin avant de passer à la suivante une demi-heure après.

Non, je suis trop gentille.

Disons plutôt un quart d'heure.

Je parie qu'il sait très bien faire l'étoile de mer.

Malheureusement, c'est pour ça que les filles l'adorent.

Perso, je ne peux pas.

— Je ne pense pas qu'on ait eu le plaisir de se rencontrer, dit-il.

Il interrompt ma conversation avec Carina d'une voix profonde et mielleuse qui déborde d'assurance.

J'ai appris à connaître la jolie danseuse blonde pendant le premier semestre, et on a vraiment sympathisé. Elle a l'air d'être loyale envers ses copines.

Ce qui est rafraîchissant.

Et j'apprécie ses amies tout autant. Juliette, Stella, Viola et Fallyn sont toutes des filles super qui m'ont accueillie à bras ouverts dans leur petit groupe uni. C'est la première fois en presque dix ans que je peux réellement dire que j'ai une poignée d'amies sincères. Elles ignorent tout ce que ça signifie pour moi.

Peut-être que si je le zappe suffisamment longtemps, il captera le message et s'éloignera.

Une seconde ou deux s'écoulent, puis son sourire s'élargit. Il fait ressortir ses fossettes. J'ai du mal à contenir l'électricité qui essaye de crépiter dans mes veines.

— Comment t'appelles-tu, beauté ?

Je soupire.

Il n'a vraiment pas capté.

Quand il devient évident qu'il ne se cassera pas tant que je ne lui aurai pas fait comprendre mon désintérêt, je braque un regard d'acier dans sa direction.

J'espère qu'il va lui ratatiner les noisettes.

— Je ne suis pas intéressée. Alors, sens-toi libre de tracer.

Je l'ignore et reprends ma conversation avec Carina.

Ce ton dur suffit généralement à faire se dégonfler les mecs les plus crâneurs comme des ballons crevés et les faire fuir, la queue entre les jambes.

J'ai passé des années à bosser dessus pour qu'il soit aussi acéré qu'un rasoir.

Et tout aussi mortel.

J'ai déjà géré des hommes deux fois plus vieux que moi qui sont des pointures du business et pensent que ça fait de moi une proie idéale. Alors, remettre à sa place ce joueur de hockey *torride* devrait être facile.

Cet adjectif importun me fait grimacer.

Confus, il fronce les sourcils en clignant des paupières.

— Pardon ?

Je suis forcée de me tourner davantage vers lui avant d'articuler minutieusement, comme si je parlais à un enfant de deux ans :

— J'ai dit que je n'étais pas intéressée. Les hockeyeurs, ce n'est pas mon truc. Alors, si tu veux bien...

Les muscles de son visage se radoucissent. Il m'adresse un autre sourire éblouissant encore plus craquant que le premier avant de me regarder comme si j'étais folle. Toutes ses paroles débordent d'assurance.

— Ma belle, je suis le truc de tout le monde.

Désarçonnée par sa réponse, j'écarquille les yeux en poussant un éclat de rire. Ce mec est *vraiment* imbu de sa personne.

Enfin… Bien sûr, je l'avais entendu dire ; le voir à l'œuvre est une tout autre paire de manches. Disons simplement que je serais ravie de lui prouver que, contrairement à ce qu'il croit, il n'est pas capable d'avoir toutes les filles qu'il désire rien qu'en montrant ses fossettes. Alors que je tends la main pour tapoter sa joue bien rasée, je ressens une autre bouffée de désir, que j'éteins comme un feu de cuisine incontrôlable.

— J'en suis certaine, mon beau. Mais tu n'es pas le mien.

Un intérêt sincère pétillant dans ses prunelles, il envahit mon espace personnel. Je suis tentée de reculer d'un pas, or je refuse de lui accorder ce plaisir.

— J'ai une idée : et si tu me laissais t'offrir un shot, et on verra à quel point tu te trompes quand je me glisserai hors de ton lit demain matin ?

Je ressens une bouffée d'irritation.

Ce mec a un sacré culot.

Je me rends à peine compte que la mâchoire de Fallyn s'est décrochée alors qu'elle nous regarde successivement.

Refusant de céder, je secoue la tête.

C'est devenu une question de principe.

— Non, merci.

Je désigne la table bondée située à l'arrière autour de laquelle butinent des groupies qui espèrent tirer leur coup. Je lui adresse un regard froid.

— Tu as l'air d'avoir les mains pleines. Mon conseil est de t'en tenir aux groupies. Tu ne saurais pas quoi faire avec une fille comme moi.

Le sourire espiègle qui fend son visage le rend encore plus torride.

— Ah oui ?

— Oui, dis-je en relevant un peu le menton. Accepte gracieusement la défaite tant que tu en as l'occasion.

— Oh, je crois qu'on est largement au-delà de ça. Pas toi, mon volcan ?

— *Volcan ?*

Un gargouillis de rire m'échappe alors que je plisse les paupières.

— Les petits noms fonctionnent vraiment ? C'est pour ne pas avoir à te souvenir du prénom de l'autre personne le lendemain ?

Ses yeux bleus s'illuminent comme un éclair dans une bouteille.

C'est presque fascinant.

Avant que la situation ne puisse dégénérer davantage, Fallyn prend son plateau chargé et se tourne vers Colby.

— Hé, regarde, j'ai tes shots. Si tu veux me suivre jusqu'à votre table...

La chaleur de son regard continue de m'épingler. Je ne saurais dire s'il ignore Fallyn ou bien s'il est si concentré que sa voix ne l'atteint pas.

Ça fait un moment que personne ne m'a regardée avec autant d'intensité. Malgré la faible luminosité du bar, je dois me retenir de m'agiter. C'est la première fois depuis que j'ai mis les pieds sur le campus que je me sens décontenancée. Je repousse la panique qui envahit mon système et me rappelle que j'ai complètement changé d'apparence.

Mes cheveux ne sont plus couleur lavande et ils m'arrivent aux épaules. Je leur ai redonné leur couleur caramel foncé naturelle et j'en ai coupé vingt-cinq centimètres.

Après tous ces mois à vivre dissimulée parmi la foule, j'ai graduellement baissé ma garde.

Ma main remonte automatiquement, avant que je ne me rende compte que je n'ai pas de casquette pour cacher le haut de mon visage. La gorge nouée, je me prépare à la suite des événements.

Alors que l'atmosphère se fait oppressante et que je suis à deux doigts de m'enfuir par la porte de derrière, Fallyn lui tapote l'épaule pour récupérer son attention. La peur qui me paralyse se dissout tandis qu'il considère la serveuse.

— Voici les shots que tu as commandés, insiste Fallyn. Tu veux y retourner ?

Colby braque à nouveau les yeux sur moi.

— Oui. Allons-y.

Avec un dernier regard qui me transperce, il s'en va et fend la masse des corps avec l'aisance d'un roi qui évolue parmi ses loyaux sujets. Les gens s'écartent sur son passage.

Alors que je pousse un soupir soulagé, il se retourne et capte à nouveau mon attention.

— Ce n'est pas terminé, mon volcan.

Ébranlée, je me force à sourire.

— Si, ça l'est. On t'a juste frappé en pleine tête avec un palet de hockey trop de fois pour que tu t'en rendes compte.

J'incline ma bouteille de bière vers lui, me tourne et l'ignore.

Provoquer ce type est une très mauvaise idée, mais c'est irrépressible.

C'est presque une surprise quand il tourne les talons et suit Fallyn au lieu de revenir vers moi.

La seule chose que je puisse affirmer avec une certitude absolue après cette rencontre explosive, c'est qu'à présent, éviter Colby McNichols arrivera en tête de liste de mes priorités.

2

COLBY

Je jette un autre regard par-dessus mon épaule vers cette fille qui vient de me détruire spectaculairement. Carina et elle ont repris leur conversation. La copine de Ford a l'air de lutter pour contenir son hilarité.

J'ai l'impression que la situation l'amuse.

Je suis certain que j'en entendrai parler pendant un bon moment.

Malgré moi, mon attention revient à cette fille magnifique aux cheveux caramel alors que je m'efforce de lui communiquer télépathiquement de se tourner pour croiser mon regard.

Elle ne le fait pas.

Son désintérêt est palpable.

Je pointe le menton vers le bar et pose la question avant de pouvoir me raviser.

— C'est qui, cette fille ?

— Elle s'appelle Britt, dit Fallyn, dont les sourcils sombres se rapprochent. Elle s'est fait transférer à Western au dernier semestre.

Je coule un regard à la fille qui vient de piétiner mon ego sans la moindre hésitation.

— Hum. Je crois que je ne l'avais jamais vue. Sinon, je m'en souviendrais.

C'est sans équivoque.

Je suis *certain* que je m'en souviendrais.

Malgré le plateau chargé de shots qu'elle tient à la main, Fallyn fait volte-face et plaque un doigt contre ma poitrine.

— Fais-moi une faveur et tiens-toi éloigné de Britt. Ce n'est pas une de tes groupies.

Je souris. Je chipe un des verres sur son plateau et le porte à mes lèvres.

— Désolé, je ne peux rien promettre.

Je lui adresse un petit clin d'œil avant d'avaler le shot cul sec. La liqueur sucrée parfumée à la cannelle me brûle la gorge. Sans me donner le temps de reposer le verre sur son plateau, deux filles se glissent sous mes bras et me regardent comme si j'étais une divinité disparue depuis longtemps.

— Hé, Colby ! s'écrie l'une d'elles.

— Tu nous as manqué ! ajoute l'autre d'une voix tout aussi joviale.

Toutes deux se rapprochent assez près pour que leurs seins pulpeux se retrouvent plaqués contre mon torse. Je passe les bras autour d'elles et tente d'oublier le petit volcan qui vient de m'annihiler d'un regard glacial.

S'il y a des filles capables d'accomplir cet exploit, c'est bien Tanya et Lindy. Non seulement ce sont des filles de sororité, mais elles sont également meilleures amies et font tous ensemble.

Et je veux bien dire *tout*.

Au lycée, elles étaient toutes les deux gymnastes avant de devenir pom-pom girls. Elles ont une souplesse incroyable et on peut toujours compter sur elles pour offrir des prestations extraordinaires. Leur admiration est exactement le baume dont j'ai besoin après ma rencontre avec l'amie irritable de Fallyn et de Carina.

Donnez à ces deux chéries dix minutes et je ne me souviendrai même pas de la conversation qui vient d'arriver. Cinq minutes seront plus que suffisantes pour oublier cette chevelure brun clair et ces yeux dorés. Même dans la pénombre du bar, ils brillaient et pétillaient d'une lueur de défi.

Non… Ces pensées-là n'arrangent absolument pas la situation.

Quand Tanya fait courir des mains agiles sur mon torse, je me rends compte que je regarde de l'autre côté du bar. Je recentre mon attention sur la blonde qui se colle à moi.

Elle m'adresse un grand sourire quand nos regards se croisent.

Du moins… je pense que c'est Tanya.

Ça pourrait être Lindy.

Je fronce les sourcils en essayant de le découvrir. Je n'arrive jamais à les différencier.

Cela dit, je n'ai aucune raison de le faire. On ne sort pas ensemble. Les seuls moments qu'on passe ensemble se déroulent entre les draps. Je n'ai aucune envie de me retrouver coincé dans une relation.

Pas après la merde qui m'est arrivée en terminale. J'ai mis des mois à m'en remettre. Quatre ans plus tard, les seules filles que je baise sont celles qui veulent prendre du bon temps et rien de plus.

Tout reste facile.

Simple.

Comme j'aime.

Je suis arraché du chaos de mes pensées quand l'une d'elles murmure :

— Partons d'ici.

Elle bat des cils, puis chuchote :

— Lindy et moi avons prévu quelque chose de spécial pour toi ce soir.

Au lieu de se concentrer sur cette promesse susurrée d'une voix rauque et les acrobaties qui vont certainement suivre, mon attention est attirée par ses cils. Impossible qu'ils soient vrais ! Ils sont épais et collés.

Si je plissais les yeux, ils me rappelleraient des araignées poilues.

Particulièrement quand ses paupières papillonnent.

Je ne vais pas mentir… Ça me fait flipper.

Ça tue l'ambiance.

Incapable de les regarder une seconde de plus sans qu'un frisson dévale mon épine dorsale, je me braque sur ses lèvres. Elles sont ridiculement pulpeuses.

Je suis tenté de lui demander si elle a une réaction allergique et si elle a besoin d'un EpiPen, mais je parierais ma bourse d'études qu'elle se fait des injections.

Je jette un coup d'œil à Lindy, découvrant qu'elle est le reflet parfait de sa meilleure pote.

Leurs *crop tops* sont si serrés que je ne serais pas surpris si un de leurs mamelons sortait faire coucou. Et leurs jupes sont si courtes qu'elles ne pourraient jamais se pencher sans exposer leur culotte.

Si elles en portent.

Malgré moi, mon regard est attiré par la fille de l'autre côté du bar. Il n'y a rien de faux chez elle. En fait, je doute qu'elle porte du maquillage. Sa tenue est basique. Un simple pull et un jean. Le jean sombre embrasse ses courbes comme un gant et le pull noir fin suggère ce qui se cache sous le tissu pelucheux. Cela dit... impossible de le savoir avant d'avoir posé des mains baladeuses sur elle.

Merde...

— Colby ? insiste Lindy quand je garde le silence. On rentre chez nous ?

— Désolée, les filles, dis-je brusquement. J'apprécie la proposition, mais je n'ai pas envie ce soir.

Leurs yeux pétillent alors qu'elles affichent la même expression déçue.

— Tu en es certain ? s'obstine Tanya. On sait exactement ce que tu aimes.

C'est vrai.

Elles savent *exactement* ce que j'aime dans la chambre à coucher.

Dans des circonstances normales, ce rappel pas si subtil aurait largement suffi à me faire mettre les gaz.

Mais pas ce soir.

Je secoue la tête, sans comprendre pourquoi je suis tellement obsédé par une fille qui refuse de m'accorder une seconde de son attention.

Attendez un peu...

Oh, je comprends.

Un sourire soulagé tremble au coin de mes lèvres.

Bon sang, j'aurais dû m'en rendre compte plus tôt.

Elle fait sa mijaurée.

Enfin, mais c'est bien sûr !

Aucune fille ne me dit non.

Ce n'est rien de plus qu'une partie d'échecs.

Elle veut que je la pourchasse. La fasse se sentir spéciale. Comme si elle était différente de toutes les autres chasseuses de hockeyeurs et des groupies.

Bien sûr que tu l'es, mon volcan.

Je manque d'éclater de rire quand cette prise de conscience me frappe soudain avec force. Je n'ai jamais eu besoin de faire des efforts pour attirer l'attention féminine. Même lorsque j'étais enfant, les femmes faisaient des *oh* et des *ah* devant mes grands yeux bleus et mes fossettes. À l'école élémentaire, les filles fondaient et voulaient être ma « copine ». Parfois, j'en avais cinq en même temps. Une pour chaque jour de la semaine. Je souriais à mes potes jaloux tandis que les filles voletaient autour de moi comme des abeilles enivrées.

Ne m'en voulez pas.

C'est ainsi.

Pendant une poignée de secondes, j'ai failli croire que j'avais perdu la main.

Geste sans précédent, je me dégage de Lindy et de Tanya.

— On se revoit un autre jour.

D'abord, j'ai besoin d'effectuer ma petite enquête. Mon regard se pose sur Juliette, Stella et Viola, qui discutent à l'une des tables.

C'est parfait.

Exactement les personnes que je cherchais.

Au cours des quinze dernières minutes, je les ai vues étreindre Britt toutes les trois. Manifestement, elles sont copines.

Quelques informations m'aideraient à la cerner.

Ou plus précisément, la butiner.

Je m'installe à table en face de Juliette et de Viola. Riggs et Stella se détendent à ma gauche.

Mon coéquipier me salue d'un geste du menton.

— Hé, mon pote. J'ai entendu dire qu'on t'avait rembarré.

Un sourire suffisant danse sur ses lèvres.

— C'est dommage que personne n'ait filmé ça. J'aurais aimé voir la chose.

Il tend le cou et fait semblant de regarder autour de lui.

— Où est-elle ? Il faut que je lui serre la main et lui offre une bière.

Je lui adresse un doigt d'honneur et recentre mon attention sur les filles.

— Alors... Ta copine, là-bas, dis-je en pointant le menton vers le bar. C'est quoi, son histoire ?

Juliette fronce les sourcils.

— Je devine que tu parles de Britt ?

Je pianote du bout des doigts sur la surface collante, voulant simplement que la conversation se poursuive.

— Absolument.

Alors qu'elle ouvre la bouche, Ryder McAdams la soulève de la chaise et s'y installe avant de l'attirer sur ses genoux. Ça doit arriver tous les jours parce que son geste n'a pas l'air de la surprendre.

Ce mec est devenu si docile !

Je coule un regard à Riggs. Il est occupé à mordiller le cou de Stella. À tout moment, il va la dévorer d'une grande bouchée.

Je suis tenté de passer une main sur mon visage.

Qu'est-ce qui ne va pas avec ces types ?

Ils sont tous en train de se caser.

Ça doit être contagieux.

Je jette un œil à Wolf Westerville, qui paresse à l'autre bout de la table. Son attention est accaparée par sa nouvelle copine officielle, Fallyn. J'avoue que je ne l'ai pas vu venir. Un jour, il était maussade et bourru, et le lendemain, il entamait une relation sérieuse avec Fallyn DiMarco et devenait totalement domestiqué.

Il y a quelques semaines, je n'aurais pas su vous dire la moindre chose sur cette fille.

Elle a beau être super torride, elle n'était pas dans ma ligne de mire. Cela dit, je ne l'avouerais jamais à Wolf. Il serait capable de me tuer. Il est plutôt du genre à frapper d'abord et à poser des questions après.

C'est une des raisons pour lesquelles j'aime l'avoir dans les buts.

Il me manquera terriblement l'année prochaine. Il va signer un contrat avec Boston, et si tout se passe bien, je serai à Milwaukee. Deux fois par an, j'aurais l'occasion de lui mettre la pâtée, mais c'est tout.

Juliette pince les lèvres avant de secouer la tête.

— Elle n'est pas ton type, Colby. Désolée.

Je hausse un sourcil.

J'ai un type ?

Première nouvelle.

— Ah oui ?

— Tu sais exactement ce que je veux dire, réplique-t-elle en levant les yeux au ciel.

— Non, aucune idée.

Je reprends ma bouteille de bière de tout à l'heure et la porte à mes lèvres avant de faire un geste de l'autre main.

— Je t'en prie, renseigne-moi.

J'avale une gorgée.

Merde. On dirait de la pisse chaude.

— C'est vraiment nécessaire ? demande-t-elle avec un profond soupir.

Absolument.

— J'ai envie d'en entendre davantage sur mon *type*.

Ça va m'amuser.

Elle coule un regard à son copain. Les épaules de ce connard tressautent. Il parvient à peine à rester sérieux.

— Dis-lui ce qu'il veut savoir, bébé.

Je regarde mon coéquipier en plissant les yeux.

— Oui… Dis-moi, petite McKinnon.

— Tu sais que je suis l'aînée, n'est-ce pas ?

— Je parlais de la carrure.

Elle se redresse sur les genoux de Ryder.

— Eh bien, tu aimes les filles qui s'intéressent au hockey.

Quand je hausse un sourcil, prêt à réfuter ce mensonge, elle se corrige :

— ... aux joueurs de hockey.

Techniquement, je ne suis pas intéressé par les filles qui aiment les hockeyeurs. C'est juste que ça me facilite les parties fines.

Mais je garde cette petite information pour moi.

— Peut-être, dis-je en haussant les épaules.

— Tu aimes particulièrement celles qui ne cherchent pas quelque chose sur le long terme. Et d'après ce que j'ai vu, tu considères plus de deux heures comme du long terme.

Cette fille m'a bien eu.

Elle incline la tête.

— Tu as déjà eu une copine ? Ça te plairait peut-être.

Ryder s'esclaffe.

Quand une image d'Anna s'infiltre dans mon cerveau, je la chasse rapidement.

— Je suis bien tout seul.

J'avale une autre gorgée de bière chaude pour dissimuler le malaise que me provoquent ces questions.

Je n'ai jamais confié à mes coéquipiers ce qui m'est arrivé au lycée et je n'ai aucune intention de revenir dessus. L'anxiété et la colère persistantes qui enroulent parfois leurs doigts glacés autour de ma poitrine et la compriment jusqu'à ce que respirer devienne impossible sont les seuls rappels de cette période de ma vie. Le reste du temps, je m'efforce de ne pas y penser.

Ça appartient au passé et j'ai tourné la page.

— C'est exactement la raison pour laquelle ça ne fonctionnera pas avec Britt. Elle n'est pas intéressée par les athlètes et encore moins les hockeyeurs qui aiment tirer un coup avant de passer à la personne suivante.

— Tu essayes de me traiter de chaud lapin ? Pour ton information, ce n'est absolument pas acceptable. Est-ce vraiment un problème si j'aime répandre le bonheur et l'amour autour de moi ?

Elle lève les yeux au ciel.

— Oui, tu es un véritable ambassadeur pour Western.

— Exactement. C'est un travail important. Il faut bien que quelqu'un le fasse.

Pour la énième fois, j'observe la fille en question. Je déteste l'admettre, mais plus j'entends parler d'elle, plus elle m'intrigue.

Ce n'est que lorsque des mains fines s'enroulent autour de moi par-derrière et qu'une paire de seins doux se retrouve comprimée contre mes omoplates que mon esprit revient à ma discussion avec Juliette.

— Voilà celui que je cherchais, murmure une voix rauque dans mon oreille.

Larsa Middleton.

Je reconnaîtrais ce parfum sucré n'importe où.

— Je viens de parler à Lindy et à Tanya. Elles m'ont dit que tu n'avais pas envie de t'amuser ce soir. Je leur ai dit que je parie qu'un plan à quatre te ferait changer d'avis.

Merde.

Si j'ai déjà couché avec trois filles avant ?

Coupable.

Et j'ai cru qu'après, ma queue allait se décrocher.

Disons simplement que j'ai eu besoin de pas mal de lotion.

Inconsciemment, mon regard se perd vers la jolie fille à l'autre bout du bar. J'ai l'impression de sortir de mon corps. Vais-je vraiment refuser un plan à quatre avec Larsa, Lindy et Tanya ?

Quand je croise à nouveau les yeux sombres de Juliette, elle hausse un sourcil comme pour me dire : *Exactement.*

Je m'éclaircis la gorge et me redresse.

— Désolé, Larsa. Tanya et Lindy avaient raison. Pas ce soir.

Je me mets en mouvement avant qu'elle ne puisse tenter de me retenir.

La seule fille que j'ai envie de ramener à la maison est celle aux cheveux caramel et à la langue bien pendue, celle dont les lèvres seraient ravissantes autour de ma queue.

Cette idée réveille le membre en question.

Alors que j'effectue une ligne droite vers elle, elle se détourne et se dirige vers le couloir des toilettes. Je l'observe pendant un moment avant de changer de direction et de la suivre à bonne distance. L'éloigner de la foule pour lui parler dans un endroit semi-privé ne peut que jouer en ma faveur.

Je sens déjà que ma chance avec cette fille est en train de tourner.

Quand elle se glisse dans les toilettes, je me cale à l'extérieur de la porte et m'appuie contre le mur opposé, les bras croisés, patient.

Quelques minutes plus tard, l'épaisse porte en bois pivote et quelques filles en sortent. Éméchées, elles freinent maladroitement et leurs regards avides me dévisagent des pieds à la tête comme si j'étais un morceau de viande.

J'ai la sensation que celle de gauche me lécherait si c'était socialement acceptable.

— Hé, Colby, dit l'une d'elles. J'ai hâte de voir ton prochain match.

— Merci.

— On est tes plus grandes fans ! ajoute la seconde.

— Les plus grandes, renchérit la troisième fille d'une voix pâteuse.

— On apprécie votre soutien.

Quand je n'ajoute rien, elles descendent le couloir en titubant tout en pouffant entre elles.

Mon attention revient à la porte qui s'ouvre pour la seconde fois. Britt freine brusquement, les yeux écarquillés.

Oui... Ses yeux sont aussi fascinants que dans mes souvenirs. Ce n'était pas un jeu de lumière ou de mon imagination.

Je lui adresse un sourire charmeur. Éblouissant, il fait ressortir mes fossettes. Il est connu pour faire disparaître les culottes en cinq secondes maxi.

Quand elle garde le silence, je lui dis :

— J'aimerais m'excuser pour tout à l'heure.

C'est le moment de rendre mon sourire quasiment éblouissant.

— Je crois qu'on est partis du mauvais pied.

Au lieu de fondre comme je m'y serais attendu, elle plisse les paupières et secoue la tête.

— Pour être honnête, je ne pense pas.

Il n'y a même pas une étincelle d'intérêt dans son expression.

Quand elle se rapproche, réduisant la distance entre nous, ma gorge se serre tandis que l'impatience se réveille dans mes veines avant d'envahir mon système.

Qu'est-ce qui m'arrive, putain ?

Je n'ai jamais eu autant de mal à respirer de toute ma vie.

Même avant de sortir sur la glace pour un match de championnat.

Je regarde ses lèvres. Elles sont pulpeuses et brillantes, mais pas surdimensionnées comme ces filles de sororités blondes qui essayaient de me mettre dans leur lit.

Je fais un effort pour accrocher à nouveau son regard. Il y a une intensité dans leurs profondeurs dorées qui me donne l'impression de m'y noyer.

C'est une sensation très étrange.

Une sensation que je ne comprends pas.

Elle incline le menton afin de maintenir le contact visuel.

— Je te préviens : je ne vais pas coucher avec toi.

C'est dommage.

— Tu en es certaine ? dis-je d'une voix rauque.

Elle se rapproche suffisamment pour que je sente la douceur de ses seins à travers son pull-over fin. Je ne peux m'empêcher de contracter mes pectoraux, souhaitant désespérément entrer en contact.

— Absolument. Je ne coucherai *jamais* avec toi.

Les secondes s'égrènent alors qu'elle scrute attentivement mon regard.

— C'est avec ces filles qui se collent à toi que tu devrais rentrer.

Un sourire s'empare de mes lèvres.

— Ah... alors, tu me regardais. C'est bon à savoir.

Elle s'esclaffe.

— Ce que je veux dire, c'est qu'elles seraient faciles. C'est plutôt ton genre. Tu devrais t'en contenter.

— Ce n'est peut-être pas la facilité que je recherche, laissé-je échapper.

Le ricanement guttural qui lui échappe brise la tension épaisse qui croît entre nous.

— Bien sûr que si. Tu aimes l'excitation de la séduction.

Son sourire me fait l'effet d'un coup au ventre.

Quand je garde le silence, sans savoir quoi dire, elle continue.

— Arrête un peu. Tu es habitué à la facilité.

— C'est intéressant. Je ne savais pas qu'on se connaissait aussi bien.

— Je n'ai pas besoin de te connaître personnellement pour connaître ton genre. Je l'ai déjà vu un million de fois. Fais-moi confiance quand je te dis que je ne suis pas ce que tu recherches.

Avant que je puisse répliquer, elle dit :

— J'allais partir. Ravie de ne *pas* t'avoir rencontré.

Elle incline la tête.

— Restons-en là, d'accord ?

Je... ne sais pas quoi dire.

Je suis certain que je dois tirer une tête de merlan frit.

Sur ce, elle bat en retraite d'un pas. L'air passe entre nous, me faisant regretter la chaleur de son corps délicat pressé contre le mien.

C'est lorsqu'elle se détourne et ne me regarde plus que je recouvre l'usage de la parole.

— Ne dis jamais *jamais*, mon volcan.

Elle jette un regard par-dessus son épaule. Nos yeux se croisent pendant un instant, puis elle s'éloigne, me laissant seule dans le couloir sombre avec mes pensées chaotiques pour seule compagnie.

3

———

BRITT

J e joue quelques accords sur la guitare acoustique nichée entre mes bras. Je l'ai depuis mes douze ans, quand j'ai écrit ma première chanson. Pendant juste un moment, des souvenirs d'une époque plus simple m'assaillent. Il y a dix ans, je ne rêvais que de jouer de la musique et de me faire proposer un contrat par un label. J'y consacrais la moindre seconde de mon temps.

À présent, je fais tout ce qui est en mon pouvoir pour y échapper.

Je pousse un soupir.

La vie est drôle, parfois.

Un terme plus adéquat serait peut-être *ironique*. Parfois, on obtient exactement ce qu'on a demandé. Dans mon cas, c'est une version monstrueuse qui dépassait mon imagination.

Ce n'est que lorsque je réalise que mes pensées se sont engluées dans le passé que je les repousse et me reconcentre sur les accords, écoutant les notes qui vibrent à travers le silence de l'appartement. Je ferme les yeux et réitère le mouvement, leur permettant de passer sur moi une seconde fois.

Quand les paroles qui accompagnent les notes apparaissent dans mon esprit, je retire le crayon calé derrière mon oreille pour les griffonner. Puis je répète les accords et chante le couplet pour voir comment il sonne.

« Durant les nuits les plus sombres, j'ai titubé, sans voir la lumière. Perdue dans un labyrinthe, sans trouver ce qui est juste. Mais au fond, le feu brûlait, refusant de s'éteindre. Une voix en moi a murmuré : *tu trouveras ta voie.* »

Je ressens une vague de plaisir. Parfois, au fil des années, je me suis demandé si j'aurais à nouveau l'inspiration pour créer de nouvelles musiques.

Ça a peut-être pris six mois, mais ça me revient enfin.

C'est ce que j'ai toujours eu envie de faire.

Ce que je n'avais pas désiré, c'est les autres conneries qui s'y sont associées.

L'émission de télé-réalité.

Les harceleurs en ligne qui observent mes moindres faits et gestes, attendant que je fasse un pas de travers pour la réduire en lambeaux plan par plan.

Pour *me* réduire en lambeaux.

C'est ça qui est le plus difficile et qui m'a pris le plus de temps à intégrer. Ils ont beau t'aimer, ils te détestent et veulent te voir te planter.

Même quand j'ai essayé de me prémunir contre les critiques, elles ont réussi à envahir mon cerveau, le contaminant tel un virus, le pourrissant de l'intérieur.

Jusqu'à ce que je commence à me demander où réside réellement la vérité.

Étais-je une énième chanteuse fulgurante, mais sans lendemain ?

Mon quart d'heure de gloire s'était-il écoulé depuis longtemps ?

Étais-je devenue célèbre pour ma célébrité ?

Je n'avais jamais réalisé la facilité avec laquelle on s'imprègne comme une éponge de la haine et de la jalousie des autres, jusqu'à ce que même les gens les plus sûrs d'eux ne puissent s'empêcher de se remettre en question, eux et leur talent.

Si tant de personnes ont la même opinion, elle doit être fondée, non ?

Si j'avais compris que ma vie allait changer et devenir quasiment méconnaissable, je n'aurais peut-être jamais signé ce premier contrat.

Mais on ne peut pas savoir à l'avance.

Particulièrement quand on est une gamine.

Je ne rêvais que d'être célèbre et de jouer ma musique devant un véritable public. Pas seulement ma famille et mes amis.

Encore une fois, j'avais treize ans. Mes parents n'auraient refusé pour rien au monde cet argent ou ce genre d'occasion qui vous change la vie. Ils ont à peine lu les documents légaux avant d'y apposer leur signature.

Je viens de passer les huit dernières années devant une caméra. J'en ai eu marre et je me suis tirée. Après le clap de fin du dernier épisode de *Toute la journée avec Bebe*, j'ai quitté la fête en douce, j'ai bouclé une valise et je suis partie.

Je me fichais de savoir si ma famille ou les producteurs allaient comprendre.

J'avais besoin de faire un break.

Par rapport à l'émission.

À eux.

À la vie que nous avions créée.

J'avais besoin de temps pour découvrir qui j'étais et comment j'envisageais mon avenir. Je n'étais plus certaine de désirer encore les longues journées de tournage ou la succession de soirées à Los Angeles.

Alors, j'ai pris la fuite vers le seul endroit où je savais que je serais la bienvenue.

La maison de mon oncle et de ma tante.

Tonton Sully m'a dit que le semestre d'automne allait bientôt commencer à Western et il m'a rappelé que j'avais toujours voulu étudier à la fac. Je n'ai pas eu besoin qu'il m'en dise plus pour remplir ma candidature et chercher un appartement.

Après que j'ai validé mon semestre, mes projets d'avenir ont été encore plus confus. Au fil des jours, la Californie me semble moins réelle, et Western devient davantage mon foyer.

Je pince à nouveau les cordes, chassant ces pensées et me recentrant sur la musique. Un autre vers me vient alors que j'harmonise avec la mélodie.

Quand je tends la main vers le crayon, on toque à la porte.

Je fronce les sourcils en regardant ma porte d'entrée.

Depuis que j'ai emménagé, je n'ai pas particulièrement fait l'effort de me lier d'amitié avec mes voisins. D'abord, c'était plus sûr de garder mes distances. Je craignais que quelqu'un ne me reconnaisse et dévoile mon identité. Plus mon absence de Los Angeles se prolongeait, plus on se demandait pourquoi je n'étais pas vue en compagnie de ma famille.

Ou d'Axel.

Quand une main impatiente toque à nouveau sur le bois épais, je pose ma guitare et franchis la moquette à pas de loups avant de regarder par le judas.

C'est probablement Lance, mon voisin. On a étudié ensemble une demi-douzaine de fois environ. Il est gentil. Il y a deux jours, il m'a demandé de sortir avec lui.

Je lui ai répondu que j'y penserais.

J'écarquille les yeux et je fronce les sourcils alors que je me rapproche de la porte.

Ce n'est pas possible.

Que fiche Colby McNichols ici ?

Je croyais que l'autre soir à *Slap Shotz*, j'avais étouffé son intérêt dans l'œuf.

Il n'accepte vraiment pas qu'on puisse lui dire non !

Sans pouvoir m'en empêcher, je regarde une deuxième fois par le judas, l'y découvrant de l'autre côté.

Je ne vois que le bleu de son iris qui encercle sa pupille noire.

Je fais un pas en arrière en poussant un cri aigu. Ma main vole jusqu'à ma poitrine : mon cœur bat à un rythme irrégulier.

Est-ce qu'il m'a vue ?

J'espère bien que non.

Je me glace, ne voulant pas émettre un autre bruit qui trahirait ma présence.

Si j'ai de la chance, il...

On toque à nouveau, de façon plus insistante.

— Je sais que tu es là. Je t'entends respirer.

Et merde.

Je souffle, carre les épaules et ouvre la porte.

— Qu'est-ce que tu fais là ?

Il me tend une grande boisson à emporter.

— J'ai pensé que tu aimerais une offrande de paix sous forme de grains de café torréfiés.

J'incline la tête et plisse les yeux.

— Et comment sais-tu où j'habite ?

Même s'il hausse les épaules comme si ce n'était pas important, il n'y a rien de désinvolte dans l'intensité qui remplit ses yeux.

— Oh, tu sais... Je me suis renseigné. Il s'avère que plusieurs de mes coéquipiers vivent au premier étage.

Il fait semblant de grimacer.

— Aïe.

Ou peut-être ne fait-il pas semblant.

Je pose les yeux sur le café alors que l'arôme savoureux m'enveloppe, captivant mes sens. Je suis vidée et j'aurais bien besoin d'un remontant de milieu d'après-midi. Je me mords la lèvre inférieure, puis tends les mains vers le breuvage à contrecœur. Mes doigts frôlent les siens, et un courant électrique danse sur ma peau.

J'ai un mouvement de recul, mais pas avant d'avoir refermé la main autour du gobelet chaud dont je m'empare. Ne sachant pas quoi dire, je porte le café à mes lèvres et en avale une gorgée. Je ferme les paupières tandis qu'un petit soupir m'échappe sans que je puisse le retenir.

C'est comme de la drogue sous forme de café.

J'y goûte à nouveau avant d'inspecter la tasse brun et blanc.

— Qu'est-ce qu'il y a dedans ?

Le sourire qui s'empare de son visage fait ressortir ses fossettes.

— *The Roasted Bean* propose au menu une boisson « McNichols ». Désolé, je n'ai pas le droit de te révéler les ingrédients. C'est top secret, dit-il avec un clin d'œil.

J'en reste bouche bée.

— Tu plaisantes.

— Malheureusement pas.

Il se rapproche et baisse la voix.

— Si je te le disais, je serais forcé de t'attacher et...

Je lève les yeux au ciel et le fais reculer d'un pas ou deux.

— Je veux dire que le café près du campus a une boisson qui porte ton nom.

Quand son sourire s'intensifie, il devient nécessaire d'étouffer l'excitation qui tente de se réveiller dans mon intimité. C'est *exactement* comme ça qu'il finit au lit avec tant de filles. Un sourire dévastateur couplé à une personnalité charmante – chose qu'il possède – font des miracles sur la gent féminine.

Mais pas sur moi.

Je suis l'exception à la règle.

— C'est délicieux, n'est-ce pas ?

Je me force à braquer les yeux sur ma tasse en carton et je grommelle :

— Oui, c'est vrai.

Il y a un instant de silence, puis je m'éclaircis la gorge, tentée d'avaler une autre gorgée.

Je cède à l'impulsion.

Putain !

C'est vraiment délicieux.

J'essaye de me rappeler que je n'aime pas ce type.

— Bon, on dirait que ton objectif a été atteint. Tu as découvert où j'habite – ce qui est flippant – et tu m'as livré ton offrande de paix.

Je lève le gobelet.

— Merci et bonne journée.

Alors que je bats en retraite d'un pas, prête à lui claquer la porte au visage, il tend la main. Sa paume vient frapper le bois.

Je fronce les sourcils et regarde successivement sa main et son visage.

— Je pensais qu'on pourrait traîner un peu ensemble. On pourrait peut-être apprendre à mieux se connaître.

Passer du temps avec Colby McNichols ?

Certainement pas.

Je n'ai aucun désir de passer une seconde de plus en sa compagnie.

Bon… Ce n'est peut-être pas entièrement vrai, mais rester seule avec ce type serait une erreur. Ça me dérange de ne pas être aussi insensible à son charme que je l'avais cru.

— Tu te rends bien compte que tu passes pour un harceleur en débarquant devant ma porte ?

Il plisse le visage pendant une seconde ou deux, comme s'il réfléchissait sérieusement à la question.

— Je pense que tu veux dire que c'est super romantique que j'aie pris une heure dans mon emploi du temps surchargé pour partir à ta recherche et manifester mon intérêt.

Le rire bouillonne dans ma gorge alors que je secoue la tête.

— Bien rattrapé, mon pote. Mais non.

Il incline la tête.

— Tu viens de m'appeler *mon pote* ?

— Je crois bien que oui.

— Hum. C'est bizarre si ça m'a plu ?

Je sens monter un sourire que je réprime.

Argh ! Ce mec est complètement dangereux.

Il doit s'en aller avant que je cède.

— Bon… Comme je te l'ai dit l'autre soir, je ne suis pas intéressée. En dépit de ce café savoureux, mon opinion n'a pas changé.

Il m'adresse un autre sourire rayonnant.

— Je me suis dit que tu n'étais certainement pas sincère.

— En fait, je n'ai jamais été aussi certaine de quelque chose de toute ma vie. Je ne suis vraiment *pas* intéressée par toi.

— Ouah. Heureusement que j'ai une bonne image de moi-même ; ça risquerait de me faire mal.

— Oh, je crois que ta confiance en toi va s'en remettre. Tu trouveras rapidement quelqu'un d'autre pour faire un poutou à ton ego fragile.

— Je préférerais largement t'embrasser…

— Salut, Britt !

Je détourne mon attention de Colby et vois que Lance se tient à côté de lui. J'essaye de ne pas noter que mon voisin est plus petit, mais également moins musclé que le hockeyeur costaud.

Fronçant les sourcils, Lance observe Colby des pieds à la tête, puis l'ignore.

Son expression s'éclaire alors qu'il braque à nouveau son attention sur moi.

— Tu as repensé à l'idée de nous voir cet après-midi ?

Ne sachant pas de quoi il parle, je me creuse les méninges.

— Nous voir ?

— Oui. On avait parlé de prévoir quelque chose la semaine dernière quand on étudiait.

— Ah, oui.

Je hoche la tête, me souvenant qu'il avait lancé l'idée après que j'avais pris ma guitare et joué une chanson sur laquelle j'avais bossé. D'après tout ce que Lance m'a dit, il n'est pas branché culture pop et ne regarde pas de télé-réalité.

Je m'étais tellement laissée absorber dans la musique que j'avais oublié qu'il était assis en face de moi jusqu'à ce qu'il applaudisse, siffle et demande un rappel. Ensuite, il a dit que j'étais assez douée pour jouer professionnellement. C'est là que j'ai mis un terme à la conversation.

— Tu songeais à quelle heure ?

Lance regarde sa montre.

— Je suis libre si tu l'es.

— Hum.

Je coule un regard à Colby. Ce serait la façon la plus facile de me débarrasser de lui.

— Oui, bien sûr. Ça marche.

— Super !

Lance rayonne, avant de lever le poing en signe de victoire.

— Ça va être épique !

Je n'irais pas jusque-là.

Mais au moins, je n'aurais pas à passer du temps avec...

— Hé, ça ne vous fait rien si je m'incruste ?

Lance regarde Colby en clignant des paupières.

Dis non.

Dis non.

Dis non.

— Non, absolument pas ! Plus on est de fous, comme on dit.

Et merde !

— Je suis certaine que tu es super occupé par le hockey et...

Ma phrase meurt sur mes lèvres.

Tes relations avec des groupies ?

Il jubile comme s'il pouvait entendre les pensées qui me trottent dans la tête.

— Non, je suis entièrement à toi pour les deux prochaines heures.

Mes épaules s'affaissent et je fronce les sourcils.

— Quelle chance !

— Je sais, n'est-ce pas ? s'enthousiasme-t-il avec les prunelles qui pétillent. Ce n'est pas génial de voir que tout se goupille ?

Je pince fort les lèvres et le foudroie du regard.

— Quand ça arrivera, je te le ferai savoir.

Avant que je puisse songer à une excuse pour éviter ce rendez-vous impromptu, Colby me dit :

— Tu sais quoi ? J'ai une super idée.

Il affiche un autre sourire.

— Assure-toi de t'habiller chaudement.

4

COLBY

Cette fille croyait vraiment m'éviter aussi facilement ?

Certainement pas.

La preuve : elle est assise à côté de moi dans la Cadillac Escalade noire.

Et ça ne la ravit pas non plus.

Je coule un regard à Britt, qui regarde directement à travers le pare-brise. Depuis qu'elle est montée dans la voiture, elle m'a adressé des réponses monosyllabiques.

Lance, d'un autre côté, a suffisamment parlé pour tous les trois.

Il a l'air d'un type sympa. Super intelligent, apparemment.

Une autre observation ?

Il a le béguin pour sa voisine torride.

J'ai très bien remarqué la façon dont il la regarde, comme s'il pouvait décrocher la lune et les étoiles pour elle. Pour autant que je sache, Britt n'a pas conscience de son attirance ou bien elle ne lui rend pas ses sentiments. Je pense plutôt que c'est la deuxième option.

— C'est une super bagnole, dit Lance, qui se positionne entre nous pour mieux observer le tableau de bord. C'est le forfait haut de gamme, n'est-ce pas ?

— Oui.

Il fait courir sa main sur le cuir.

— C'est mon rêve.

— Ah oui ?

— Oui. J'ai déjà signé pour un boulot dans la cybersécurité après mon diplôme ce printemps. Avec le salaire qu'ils me payent, je devrais être capable d'acheter un de ces bébés au bout de huit mois et même payer en liquide. Puis, une année plus tard, j'achèterai une première maison. J'espère que les taux d'intérêt resteront bas. Le plan est d'y habiter pendant environ cinq ans avant de transformer cette propriété en bien locatif.

— Ouah.

Je fronce les sourcils et tourne à gauche à l'intersection.

— Tu as déjà tout prévu.

— On est bien obligé, dit-il en remontant ses lunettes sur son nez. On ne peut pas laisser les choses au hasard.

— C'est vraiment fantastique, ajoute Britt. C'est important d'avoir un plan pour savoir où l'on va dans la vie.

— Exactement, acquiesce-t-il.

Je ne pensais pas que ce soit possible pour le sourire de Lance de s'élargir, mais je me trompais. Ce compliment le fait pratiquement se pavaner.

Le seul avenir que j'ai envisagé implique le hockey. Depuis mon jeune âge, il était écrit que je suivrais les traces illustres de mon père. Les entraîneurs, les parents et les autres joueurs m'ont toujours prêté attention parce que j'étais le fils de Gray McNichols. Sa carrière dans la Ligue nationale a duré plus d'une dizaine d'années avant qu'il ne décroche un emploi confortable de commentateur pour ESPN.

J'ai beaucoup bossé pour me mesurer à sa légende et j'ai perdu le compte de toutes les heures passées sur la glace. Il y a eu des sessions de coaching privées qui ont coûté les yeux de la tête, ainsi que des équipes de niveau triple A et des camps d'été.

J'ai fait tout ce qui est imaginable.

Aussi important que soit le hockey, Maman s'est assurée que je comprenais que mon éducation passe en premier, même quand j'ai eu l'occasion de jouer chez les juniors après le lycée. Elle voulait que j'aille à l'université et en sorte avec un diplôme.

Il va sans dire que ces quatre dernières années, j'aurais préféré jouer pour une petite équipe, mais finalement, tout s'est bien goupillé. Je vais bientôt décrocher un diplôme en communication, comme mon père. Si j'ai de la chance, ma carrière aura une trajectoire similaire. Je jouerai avec les pros pendant au moins une décennie avant de décrocher un job de commentateur.

Ou je prendrai peut-être une direction différente et je tenterai plutôt le coup en tant qu'entraîneur à l'université.

Alors... ouais. Lance n'est peut-être pas le seul à posséder un plan d'action.

C'est juste que le mien n'est pas aussi précisément défini.

Je m'engage dans le parking en gravier.

— On va patiner ? demande Lance, dont la tête est toujours positionnée entre les sièges comme un labrador alors qu'il regarde la patinoire en plein air près du centre-ville.

— Oui. Je pensais que ce serait amusant.

Je coule un regard à Britt pour déchiffrer ses pensées.

Elle a l'air... intriguée.

Ce qui est bien mieux que l'irritation qui a émané d'elle en vagues suffocantes.

— Je ne sais pas, marmonne Lance en fronçant les sourcils. Je n'ai pas patiné depuis que je suis tout petit. Je ne sais pas si je serai bon.

Je lui donne une tape maladroite sur l'épaule.

— C'est comme pour le vélo.

— Ouais... Je crois que ce sera un peu plus délicat que ça.

Il se tourne vers Britt, avant de redresser l'échine.

— Mais je suis partant si tu l'es.

Elle lui adresse un sourire d'encouragement.

— Oui, ça a l'air amusant. On peut faire un tour et voir comment ça se passe.

— Super, allons-y.

J'ouvre le coffre où je garde une paire de patins de rechange. Hors de question d'utiliser mes patins officiels. Cette glace niquerait mes lames.

On sort du véhicule, et je prends mes Bauer. On s'arrête à la petite guérite en bois pour louer des patins à Britt et Lance. Puis on s'installe tous les trois sur un long banc, on retire nos chaussures et on glisse nos pieds dans les bottes. Une fois que les miennes sont lacées serré, je me redresse de toute ma hauteur.

Britt et Lance font pareil.

C'est la fin de l'après-midi, mais un certain nombre de personnes glissent encore sur la glace. Des couples accompagnés d'enfants aux joues roses. Quelques adolescents qui se font la course. Tout le monde est emmitouflé dans des vestes, des bonnets, des mitaines et des écharpes.

Je pointe le menton vers l'ovale.

— Vous êtes prêts à y aller ?

Lance jette un autre regard incertain à la glace.

— Peut-être ?

Je fais un geste de la main.

— Fais-moi confiance. Ça va aller.

Je l'espère.

Quand il fait un pas hésitant et vacille, Britt lui prend le bras.

— Allez. On y va ensemble. Je n'ai pas patiné depuis que je suis toute petite. Colby a raison. Une fois qu'on sera sur la glace, ça nous reviendra.

Ses encouragements font l'impossible et transforment son visage jusqu'à ce qu'il rayonne.

Je n'arrive pas à me retenir de sourire. Cette fille est bien plus douce avec lui qu'avec moi. Ça me donne simplement envie de faire plus d'efforts pour attirer son attention.

Cette pensée suffit presque à me faire piler net.

Est-ce que ça m'est déjà arrivé ?

Je me creuse les méninges, mais rien ne me vient.

Les yeux plissés, je les regarde traverser les épais tapis noirs qui encerclent la patinoire.

Tout ce que je peux dire, c'est que c'est lent. Lance est comme un poulain nouveau-né qui tient à peine sur ses jambes.

Et il n'est même pas encore entré sur la glace.

Ça ne présage rien de bon.

Britt est la première à pénétrer sur la surface lisse. Lance la suit, s'accrochant à elle comme si elle était sa bouée de sauvetage.

— Détends-toi, lui dis-je. Plie un peu les genoux. Fais-moi confiance, ça ira mieux.

Il fronce les sourcils tout en effectuant quelques petits sauts hésitants. Sa langue émerge d'entre ses dents alors qu'il se concentre pour rester debout. On dirait qu'il essaye de résoudre l'hypothèse de Riemann.

— Comme ça ?

Hum...

— Oui. Exactement.

Il a l'air taillé dans un morceau de carton.

— Tu n'as jamais fait de sport quand tu étais enfant ? demandé-je.

— Le club de robotique compte ? dit-il en me coulant un regard.

— Non.

— Alors, non.

— Je ne l'aurais jamais deviné.

Il pousse un soupir tremblant alors que ses muscles se détendent. Ses épaules ne couvrent plus ses oreilles.

— C'est ça, le félicité-je.

Il hoche la tête.

— Ce n'est pas aussi diffi...

Le dernier mot n'est même pas encore sorti de sa bouche qu'il glisse sur un coin de glace irrégulier et s'effondre maladroitement, entraînant Britt à sa suite.

— Oh, merde.

Je me précipite et tends le bras pour redresser Britt.

Elle vacille un peu sur ses patins. Avec mes bras enroulés autour d'elle, nos corps se retrouvent collés ensemble.

Un sourire me monte aux lèvres.

— Je savais que je ne mettrais guère de temps à te prendre dans mes bras.

Puisque nos visages ne sont qu'à quelques centimètres l'un de l'autre, je suis capable de voir ses pupilles se dilater et sa respiration se faire irrégulière.

C'est intéressant.

Cette fille ne m'est pas aussi indifférente qu'elle aimerait me le faire croire.

Je garde cette information sous la main pour plus tard.

— J'ai besoin d'un peu d'aide ici, marmonne Lance dans un grognement.

Il est toujours étendu à nos pieds.

Il n'en faut pas plus pour que Britt bondisse hors de mes bras et se penche afin de redresser Lance, mais elle n'est pas assez forte pour y arriver toute seule. Elle risque plutôt de se faire tirer en avant.

Encore une fois.

Je serre la main de Lance plus fort pour le relever sur ses patins. Quand il vacille, laissant présager qu'il va à nouveau s'écrouler sur les fesses, il tend les bras pour tenter de regagner l'équilibre.

Britt s'accroche à lui.

— Je suis sûr que je vais avoir un bleu, marmonne-t-il.

— Considère ça comme un rite de passage, lui dis-je.

On passe les trente minutes suivantes à essayer d'apprendre à Lance à patiner. S'il y avait eu ces chaises en tuyaux de PVC dont les enfants se servent pour apprendre les bases, j'en aurais pris une. Ça aurait été plus facile.

C'est presque douloureux à voir.

Non, c'est insoutenable.

Et il a raison : il va être couvert de bleus demain matin. Cela dit, bon point pour lui : il est déterminé. Je ne peux m'empêcher d'admirer son attitude, mais je le soupçonne d'aimer se raccrocher à Britt. Il absorbe toute son attention comme une éponge.

Après la douzième chute, Lance désigne un banc près du brasero.

— Je vais faire une pause avant de me casser quelque chose.

Britt fronce les sourcils.

— On devrait peut-être rentrer.

— Non. Vous pouvez patiner. J'ai juste envie de m'asseoir pendant quelques minutes et de me réchauffer. Je ne sens plus mes orteils.

Dès que ses pieds touchent les tapis en gomme, il pousse un soupir de soulagement.

— Je n'aurais jamais cru que je serais aussi heureux de revenir sur la terre ferme.

— Techniquement, tu ne l'as jamais quittée, lui fais-je remarquer.

— Dis ça à mes fesses, grommelle-t-il.

On le voit se traîner jusqu'au banc rouge en grimaçant. Il a l'air d'un homme qui revient d'une guerre acharnée. Un homme changé par cette expérience.

Et pas en mieux.

Je m'abstiens de lui dire qu'il se sentira probablement deux fois pire quand il se réveillera demain matin.

— J'espère que ça va aller, murmure Britt avec une certaine inquiétude.

Refusant de perdre la moindre seconde qu'on passe ensemble, je lui prends la main et la remets en mouvement.

— Il survivra. Je lui ferai parvenir de la crème pour les ecchymoses. Il devrait prendre de l'ibuprofène pendant les prochaines vingt-quatre heures. Ça soulagera son inflammation.

— On aurait probablement dû faire quelque chose de moins physique.

Le front plissé, elle me décoche un regard noir.

— Ou rien du tout.

— Comment peux-tu dire ça ? On aurait raté tout cet amusement.

Elle s'esclaffe alors qu'on évolue sur la glace. À présent que Lance est parti, on ne met que quelques minutes à faire un tour complet. Le temps qu'on fasse le deuxième, ses muscles ont l'air de s'être détendus et un sourire danse au coin de ses lèvres.

Le bonheur qui illumine son visage me fait l'effet d'un coup de pied dans les bourses. Cette expression ne m'est même pas destinée et je la ressens jusqu'au bout de mes orteils.

Si j'avais pensé qu'elle était jolie au bar, ce n'est rien comparé à maintenant : le soleil lumineux de l'hiver brille sur elle, faisant ressortir les mèches rouges de ses cheveux ainsi que ses joues rosies par la brise fraîche qui les caresse.

Si je ne l'avais pas encore remarqué, c'est à présent une certitude.

Cette fille est une bombe.

— C'est ici que tu emmènes tous tes rencards pour tenter de les mettre dans ton lit ?

Un ricanement m'échappe.

— Non. Jamais.

Elle me contemple en plissant les yeux.

— Devrais-je me considérer comme chanceuse ?

— Extrêmement. Mais tu t'en es déjà rendu compte, n'est-ce pas ?

Elle me coule un autre regard tout en secouant la tête.

— Tu es incorrigible.

— Je fais de mon mieux.

— Tu n'as pas besoin de faire autant d'efforts.

— On dirait ma mère.

— Une femme intelligente.

— Tu as absolument raison.

Elle m'adresse un autre regard interrogateur.

— Hum. Je ne pensais pas que tu étais un fils à maman.

— Et fier de l'être. Cette femme est une véritable sainte. Il n'y a rien que je ne ferais pour elle. Quoi qu'il arrive dans ma vie, Maman me soutient toujours.

Britt se tourne pour m'étudier plus attentivement.

— Tu es proche de tes parents ?

— Oui. Ce sont les meilleurs. Et toi ?

Ce serait impossible de ne pas remarquer la façon dont elle se crispe. Au lieu d'insister, je lâche l'affaire et garde un ton détendu. J'ai envie de mieux la connaître et j'accepterai toutes les miettes qu'elle voudra bien me lancer.

En fait, je ne suis pas différent de Lance.

— Tu es super douée, dis-je, voulant simplement relancer la conversation.

Avec un haussement d'épaules, elle croise brièvement mon regard avant de regarder droit devant elle.

— Je patinais tout le temps sur un étang près de notre maison quand j'étais enfant. C'était un divertissement pas cher.

— C'est généralement le meilleur, commenté-je en faisant danser mes sourcils. Tu n'es pas d'accord ?

Elle secoue la tête comme si elle était contrariée, mais le petit pli de ses lèvres me révèle le contraire.

— Tu es vraiment incorrigible.

— C'est noté.

On fait un quart de cercle autour de l'ovale, puis elle dit :

— Parfois, ça me manque vraiment, tu sais ?

Elle plisse les lèvres et son regard se fait distant.

— Les choses simples.

— Oui, les souvenirs que je chéris et auxquels je pense le plus sont les choses qu'on a faites en famille et qui n'ont pas coûté un centime. Patiner sur un lac gelé en hiver avec mon père, nous asseoir autour d'un feu de camp pour faire griller des marshmallows, se faire des marathons de films le samedi soir dans la pièce à vivre avec du popcorn au beurre.

Un petit sourire illumine son visage et je parierais qu'elle songe à ses souvenirs d'enfance heureux. Un silence confortable s'installe tandis qu'on fait le tour de la patinoire environ six fois. C'est agréable de passer du temps avec Britt.

Presque comme si on le faisait depuis des années et qu'on ne venait pas juste de se rencontrer.

Encore plus étrange, je suis quasiment certain que je pourrais m'y habituer.

Et c'est entièrement dû à cette fille à mes côtés.

Celle qui n'a pas nécessairement envie d'être là.

Quand Anna essaye de se réinfiltrer dans mon esprit, j'attends que la colère et la tristesse s'imposent et me dérobent toute mon énergie vitale.

C'est une surprise quand ça n'arrive pas.

J'inspire une grande goulée d'air glacial que je retiens captive, avant de la relâcher dans l'atmosphère.

Quand on passe devant Lance, je me rends compte qu'il n'est plus tout seul. Une fille qui arbore deux tresses sombres et un bonnet en laine rose à pompon qui recouvre la pointe de ses oreilles est assise à côté de lui.

Je pointe le menton vers son voisin.

— Dis donc... Regarde qui s'est trouvé une copine.

Le regard de Britt se verrouille sur le couple.

— Notre petit garçon grandit enfin. Tu crois qu'on devrait lui parler des choses de la vie avant que ça n'aille plus loin ?

Britt ne parvient pas à réprimer un sourire.

— Je te le laisse volontiers.

— Lâche ! On devrait le faire ensemble, pour lui donner notre perspective à tous les deux.

Son attention reste braquée sur le couple alors qu'on refait le tour de la glace.

— Ne me dis pas que tu es contrariée que ton admirateur ait trouvé quelqu'un d'autre à admirer.

Elle m'adresse un regard surpris.

— Bien sûr que non. Lance est un chic type. Il mérite une fille qui l'appréciera pour ses qualités géniales.

— Tu as raison à cent pour cent. Et il a vraiment l'air d'être un mec super gentil, en convins-je. Mais pas pour toi.

Sa façon de plisser le visage est adorable.

— Pardon ?

— Je crois que tu m'as bien entendu la première fois.

Elle se hérisse.

— Je ne pense pas que tu me connaisses assez bien pour émettre ce genre de commentaires.

Avant que je puisse réagir, elle ajoute :

— Tu ne sais pas qui je suis ou ce qui me plaît.

Peut-être pas.

Or, j'ai l'intention de le découvrir.

C'est ma nouvelle mission dans la vie.

Un sourire paresseux s'empare de mon visage alors que je pointe la tête vers le banc.

— Il t'intéressait ? Si c'est le cas, je ferai ce qui est noble et me retirerai. Je ne voudrais pas faire obstacle au véritable amour.

Pour toute réponse, elle pince fort les lèvres.

Je souris et me rapproche suffisamment pour sentir son parfum floral taquiner mes sens.

— C'est ce que je pensais.

Au lieu de poursuivre la conversation, elle dit d'un ton sec :

— J'ai froid. Tu veux y aller ?

Pas vraiment, mais...

— Bien sûr.

Britt s'écarte, me faisant manger sa poussière. Le temps que je parvienne au banc, Lance est déjà en train de présenter sa nouvelle amie.

— Voici Maddie. On a un cours d'analyse de données ensemble ce semestre.

— Bonjour, dit Britt d'un ton amical. Ravie de te rencontrer.

— Moi de même.

Avec un sourire timide, elle regarde Lance et rougit.

Je crois que cette fille est un peu amoureuse.

C'est bien pour lui. Elle est super mignonne.

J'approuve cette union à cent pour cent.

Il s'éclaircit la gorge.

— Ça ne vous fait rien si Maddie me raccompagne jusqu'au campus, n'est-ce pas ?

— Pas du tout.

Britt sourit et les regarde successivement. Elle n'a pas l'air jalouse ni contrariée par ce nouveau développement.

Il se tourne vers moi.

— Assure-toi que Britt rentre chez elle saine et sauve, d'accord ?

Même si cette question ne me vexe pas, je me redresse de toute ma hauteur.

— Bien entendu.

Ça me plaît de voir que le voisin de Britt se préoccupe d'elle et n'a apparemment pas peur de me le faire savoir. Ça reconfirme simplement que Lance est un chic type. Ce n'est peut-être pas quelqu'un avec qui je me serais lié d'amitié par moi-même, mais je suis content qu'on ait eu l'occasion de passer du temps ensemble.

Ce n'est que lorsque le couple se dirige vers la cabane en bois pour rendre leurs patins de location bruns qu'on se retrouve seuls.

— Nous voilà tous les deux.

C'est là que je me rends compte que je ne suis pas encore prêt à la laisser filer.

— Tu as envie d'aller manger quelque chose ?

Quand elle ouvre la bouche – sûrement pour me dire non –, son ventre émet un gargouillis sonore.

— Excellent. Je connais l'endroit idéal.

5

———

BRITT

Alors qu'il engage son immense véhicule noir dans un parking bondé, je me demande encore comment je me suis retrouvée prête à dîner seule avec Colby McNichols.

La première chose dont je me rends compte, c'est que c'est un resto.

Baigné de lumière et affichant un style rétro des années 50.

Harvey's Eats and Treats.

Ce n'est pas un des établissements proches du campus ; il est situé aux abords de la ville.

Même si je ne pose pas la question, il dit :

— Un coéquipier a mentionné qu'ils font les meilleurs burgers. Alors, j'ai pensé qu'on pourrait essayer.

Quand il tapote son ventre musclé, mon regard suit le mouvement.

— Tout ce patinage m'a donné faim.

— Je suis certaine que tu bosses beaucoup plus dur pendant les entraînements.

— Je ne te le fais pas dire. L'entraîneur est inflexible sur la condition physique, mais on n'a jamais été aussi en forme. Alors, ça fonctionne.

Il me coule un regard tandis qu'on sort du véhicule.

— Tu es venue voir un de nos matches, cette saison ?

— Non. Je n'aime pas vraiment le hockey.

C'est un mensonge.

La dernière chose que je veux, c'est que ce mec pense que je suis fan. Aussi douloureux que ce soit de l'admettre, l'équipe des Western Wildcats est super importante par ici. On ne peut pas faire un pas sur le campus sans en entendre parler.

Particulièrement le numéro quatre-vingt-dix-sept.

Colby McNichols.

— Je vais peut-être pouvoir changer ça.

— Je ne parierais pas, si j'étais toi.

Il m'adresse son sourire signature. Celui qui fait ressortir ses fossettes. C'est le même qui rend toutes les filles un peu stupides.

Sauf que... je ne suis pas comme la plupart des filles.

— Défi accepté.

Ce mec est si arrogant et plein d'assurance !

Ça devrait me dégoûter complètement.

Alors... Pourquoi n'est-ce pas le cas ?

Une fois qu'on atteint la porte en verre, il la tient ouverte. Une petite cloche résonne au-dessus de nos têtes et je le regarde brièvement avant de me forcer à scruter l'endroit.

Ma première impression était la bonne.

Pénétrer dans le restaurant, c'est comme effectuer un retour dans le temps.

Le sol est carrelé en blanc et noir ; le plafond, lui, est recouvert d'aluminium brillant argenté. Des cadres contenant des photos d'anciennes stars de Hollywood alternent avec les articles commémoratifs de la marque Coca-Cola qui décorent les murs. Un nombre égal de tables et de banquettes remplissent l'espace. Ces dernières sont rembourrées en vinyle rouge, tandis que des surfaces en lino blanc luisent à la lumière vive. De la musique vieille de plusieurs décennies se déverse des haut-parleurs reliés à un juke-box à l'autre bout du restaurant.

Alors que je fais un pas en avant, un visage familier attire mon attention.

— Ava ?

Elle sourit et fait un signe de la main.

— Quand on parle du loup, murmure Colby. Voici le coach Philips.

— Et sa fille, Ava.

Ma nouvelle amie adresse un regard à Colby et hausse les sourcils. Elle pose sur moi des yeux pétillants d'humour.

Je crois que je vais devoir m'expliquer.

Comme moi, Ava est nouvelle à l'université de Western. Son père est Reed Philips, l'entraîneur en chef de l'équipe de hockey des Wildcats. On s'est rencontrées dans un de nos cours de tronc commun à l'automne dernier et on s'est liées d'amitié parce qu'on est toutes les deux des première année plus âgées. Au lieu d'intégrer la fac après le lycée, Ava s'est concentrée sur sa carrière de patineuse artistique. D'après ce que j'ai entendu, il s'est passé quelque chose l'année dernière. C'est la raison pour laquelle elle a abandonné la compétition pour juste s'entraîner et suivre quelques modules.

Son père se redresse. C'est un bel homme avec des cheveux blonds et des yeux bleu-vert. C'est facile de voir de qui tient Ava. Elle lui ressemble comme deux gouttes d'eau à part qu'il est grand et costaud tandis qu'elle est toute fine.

— Hé, coach, le salue Colby. Apparemment, tout le monde connaît cet endroit.

Le monsieur sourit.

— Oui, un des entraîneurs assistants en a parlé l'autre jour et j'ai pensé qu'on pouvait essayer.

Une lueur douce emplit son regard alors qu'il regarde autour de lui.

— Ça me rappelle un restaurant où j'avais l'habitude de manger à la fac.

Ava incline la tête.

— Maman ne travaillait pas dans un endroit comme ça ?

Le sourire qui illumine son visage le rend encore plus beau.

— Bien sûr. *Stella's Diner*. Ils servaient le meilleur steak Salisbury avec purée que j'aie jamais mangé.

Les yeux de sa fille pétillent de malice.

— Je m'assurerai de le dire à Maman.

— Ne t'en avise pas, dit l'entraîneur en regardant sa montre de sport. On devrait se bouger. Je dois encore étudier plusieurs heures de vidéo ce soir.

— Ne vous inquiétez pas, Coach. On remportera le prochain match.

— Je me détendrai une fois que la cloche de fin aura retenti. Je paye l'addition et je te retrouve à la voiture, dit-il à sa fille.

Celle-ci hoche la tête avant de se tourner vers moi.

— Désolée de ne pas t'avoir envoyé de texto hier. Entre l'entraînement et les cours, je suis un peu débordée, cette semaine.

Je hoche la tête.

— Ne t'en fais pas, mais il faudra qu'on trouve du temps pour se voir, même si c'est juste pour étudier à la bibliothèque pendant quelques heures.

— Super.

Elle m'étreint rapidement.

— Colby McNichols ? murmure-t-elle. Vraiment ?

— Ce n'est pas ce que tu crois, grommelé-je.

— En fait, c'est exactement ce qu'elle croit, s'interpose-t-il en souriant.

Ava émet un petit rire avant de s'en aller avec un salut rapide. Puis elle passe la porte, me laissant seule avec Colby.

Précisément où je n'ai pas envie d'être.

Une serveuse vêtue d'un uniforme rétro fuchsia nous adresse un sourire amical alors qu'on se glisse sur une banquette. Les convives sont éclectiques. Des couples plus âgés, des familles qui profitent d'une rare sortie et des groupes d'ados qui rient et flirtent.

C'est exactement comme ça que j'imaginais passer du temps avec des amis au lycée. Ce n'est pas quelque chose que j'ai pu expérimenter. Dès que j'ai été découverte, on a bouclé nos bagages pour déménager au soleil de Californie, là où les rêves deviennent réalité.

Ou bien se font écraser sous une botte ennemie.

Au lieu d'intégrer un lycée public, j'ai étudié à la maison. Mes parents et mon agent ont pensé que ça me donnerait plus de temps pour composer. L'émission a suivi peu de temps après.

Au début, c'était excitant et nouveau. Les cours ennuyeux dans des matières que je trouvais barbantes ne me manquaient pas. Ou bien la succession interminable de devoirs, contrôles et tests ainsi que les pressions sociales qui y étaient associées.

Trois ans plus tard, j'ai envie de retrouver le côté ordinaire du lycée et de mes pairs. J'ai raté toutes les premières fois dont on fait l'expérience durant cette période. Les soirées. Le bal de promo. Les premiers rendez-vous et les petits copains. Les matches de foot du vendredi soir sous les lumières du stade. Les soirées pyjama et le shopping au centre commercial avec les copines.

Je n'ai jamais eu l'occasion d'en faire l'expérience.

Avec tout le temps que je passais sur le plateau, les amies étaient un souvenir distant.

— Que puis-je vous servir ? demande la serveuse, dont le crayon reste suspendu au-dessus d'un petit bloc-notes.

Je repousse les souvenirs qui me prennent dans leurs griffes et observe le menu plastifié.

— Oh, euh… Je vais prendre une salade au poulet.

— Une salade ? répète Colby d'un ton incrédule. Certainement pas. On ne laisse pas ses potes commander des salades dans un resto de burgers. Commandes-en un. Je te promets que tu ne vas pas être déçue.

Je me mordille la lèvre inférieure tout en réfléchissant à sa suggestion.

Pour être honnête, je viens de passer six mois à me déprogrammer et à changer mes habitudes alimentaires. Jusqu'à mon départ, ma mère surveillait toujours ce que je mangeais.

Je n'oublierai jamais l'été où j'ai pris quatre kilos après mon quinzième anniversaire. Le producteur de l'émission a pris à part mon agent et ma mère et a dit que j'avais besoin de les perdre. Le plus vite possible. Ils ont fait un brainstorming et ont décidé que la saison tournerait autour de ma perte de poids. Ils se sont dit que les fans se retrouveraient dans mes problèmes.

Au lieu de ça, j'ai été écartelée sur les réseaux sociaux.

Les mèmes ont complètement dérapé.

Cette expérience m'a laissé des cicatrices mentales.

Après quoi, j'ai veillé à ne pas dévier de plus d'un demi-kilo de ce qui était jugé comme étant mon poids idéal.

Mais c'était avant.

Ce n'est plus le cas maintenant.

Je n'ai plus à m'inquiéter d'être filmée et de penser à mon apparence face à la caméra.

Je peux prendre mes propres décisions.

Même si c'est quelque chose sans importance que les gens feraient naturellement, comme de commander un hamburger.

— Alors, qu'est-ce que vous allez prendre ? demande la serveuse qui tapote son bloc-notes avec son stylo.

— Oui, bien sûr. Je vais essayer le hamburger.

— Mettez toute la garniture, ajoute Colby.

— Vous voulez des frites avec ?

Alors que je m'apprête à secouer la tête, Colby m'interrompt :

— Tu ne peux pas manger de hamburger sans frites. Je crois que c'est illégal dans certains États.

La femme désigne Colby du doigt.

— Ce garçon sait de quoi il parle. Vous devriez l'écouter.

Je suis tentée de lever les yeux au ciel.

— D'accord. Je prendrai un hamburger et des frites.

— Excellent choix, dit Colby avec un sourire narquois. Je... euh... je vais prendre une salade.

Quand je reste bouche bée, il éclate de rire.

— Je plaisante. Je vais prendre la même chose. Merci.

— Et à boire ?

— Deux cocas ? demande-t-il en haussant les sourcils en une question silencieuse.

— Light, merci, dis-je.

— Pas de problème. Votre commande sera vite prête.

Elle s'en va, filant vers une famille avec de jeunes enfants qui ont l'air de frôler la crise de nerfs.

Colby observe les alentours pour étudier le restaurant.

— Cet endroit dégage des ondes super.

— C'est la première fois que tu viens ?

— Oui. Wolf en a parlé plusieurs fois, alors j'ai pensé qu'on devrait aller vérifier.

Quand il devient silencieux, je ne peux m'empêcher de me demander si ce type croit vraiment qu'un cheeseburger et qu'un soda light vont me faire tomber dans ses bras.

Si c'est le cas, il va être déçu.

Incapable de ravaler mes pensées, je laisse échapper :

— Juste pour être claire, je n'ai aucune intention de me laisser entraîner dans ton lit.

Le coin de ses yeux se plisse alors qu'il sourit.

— Je crois qu'on sait tous les deux que je n'ai pas besoin d'entraîner les filles où que ce soit. Elles viennent de leur plein gré.

Son assurance se réveille.

Je secoue la tête.

— Tu te rappelles quand j'ai mentionné tout à l'heure que tu étais incorrigible ? Je crois entièrement en cette affirmation.

Quand son sourire s'intensifie, quelque chose d'indésirable se réveille au creux de mon ventre. J'ai plus de mal qu'avant à le réprimer.

Ce qui me dérange le plus, c'est que je ne suis pas aussi insensible à son charme que je l'avais espéré. Et plus on passe de temps ensemble, plus j'ai du mal à lui résister.

— Sinon, pourquoi aurais-tu voulu m'emmener ici ?

Les yeux braqués sur moi, il abandonne son arrogance alors qu'il se penche en avant pour se rapprocher.

— Je crois que je voulais avoir l'occasion d'apprendre à mieux te connaître. C'est mal ?

La serveuse vient déposer nos boissons, puis repart.

Alors seulement, je me rends compte à quel point c'est dangereux d'avoir toute l'attention de Colby.

Je me sens étrangement vivante en sa présence.

Mon esprit se fait confus. Je déchire l'emballage de ma paille et je plonge le fin tube dans le soda gazeux. Puis je le porte à mes lèvres et avale une gorgée.

L'attention de Colby descend vers ma bouche, et la chaleur embrase son regard. Il relève les yeux.

— Tu n'as pas répondu à ma question.

Je hausse les sourcils.

— Tu as posé une question ?

— C'est un problème si je veux mieux te connaître ? réplique-t-il avec un sourire en coin.

Une flambée de nervosité dévale le long de ma chair alors que je me force à détourner le regard.

— Je n'en suis pas certaine. Il se passe beaucoup de choses dans ma vie en ce moment. Je n'ai vraiment pas de temps pour de... *nouveaux amis.*

Ce n'est pas entièrement un mensonge.

Mais ce n'est pas nécessairement vrai non plus.

Quand j'ai fait mes bagages et que je suis partie ce soir-là, je n'ai jamais songé que j'aurais peut-être à créer une toute nouvelle vie pour moi-même. Et que ça deviendrait nécessaire de dissimuler l'ancienne. Je ne m'étais pas rendu compte à quel point ce serait solitaire de garder ces deux mondes séparés.

Parfois, en compagnie des filles, j'ai été vraiment tentée de dévoiler la vérité. Particulièrement après quelques verres.

En fin de compte, c'est la peur qui me noue la gorge. J'ai beau apprécier Fallyn, Carina, Juliette, Stella et Viola, je ne les connais pas suffisamment pour leur confier tous mes secrets.

À part ma tante et mon oncle, je n'ai personne à qui parler.

Tu te confies à la mauvaise personne et soudain, ta vie privée est placardée sur tous les réseaux sociaux. Si ça devait arriver, l'existence ordinaire que j'ai créée pour moi disparaîtrait en un instant et je serais forcée de retourner à L.A. pour reprendre une carrière que je ne suis plus certaine de désirer.

Tant que je ne le saurai pas, je dois tenir ma langue.

— C'est dommage. Je crois qu'on aurait tous besoin de quelques nouveaux amis.

Je hausse les épaules et essaye de rester détachée.

— Ceux que j'ai me suffisent.

Il incline la tête, son regard scrutant le mien jusqu'à ce que je sois tentée de me tortiller sur le vinyle rouge. L'énergie s'intensifie avant de faire crépiter l'air comme des éclairs.

— Voici !

La serveuse pose les deux assiettes devant nous.

— Bon appétit !

Il n'en faut pas plus pour dissiper la tension compacte. Je m'efforce de me concentrer sur la montagne de frites allumettes flanquant le hamburger qui déborde de laitue, de tomates, de cornichons et d'oignons. Ignorant par où entamer cette monstruosité, je mets les oignons de côté et Colby fait la même chose.

Mon ventre gargouille alors que l'odeur captivante inonde mes sens et me fait saliver. Sans plus tarder, Colby saisit son hamburger et en mord une gigantesque bouchée. Il est obligé de tenir l'immense sandwich à deux mains.

Quand je ne fais pas le moindre geste vers mon repas, il repose le sien avant de désigner mon assiette.

— Wolf avait raison. C'est délicieux. Essaye. Ce n'est pas le moment d'être timide.

J'essaye toujours de décider si je devrais utiliser un couteau et une fourchette.

— Si tu ne manges pas, je vais être forcé de le ramener chez moi et de le donner aux chacals avec qui j'habite. Crois-moi, ce sera une lutte à mort.

Un petit sourire danse sur ses lèvres.

— Je suis certain que ce serait amusant à voir.

— Tu as l'air d'être un sadique, plaisanté-je.

— Pas du tout. Je ne pense qu'au plaisir. Si tu as un peu de chance, tu le découvriras personnellement, ajoute-t-il avec un clin d'œil séducteur.

Le revoilà : Colby l'arrogant.

Ou tel qu'on le surnomme sur le campus : l'assassin au visage poupin.

— Apparemment, ton surnom est mérité.

Ses épaules tressautent d'un rire silencieux.

— Oh, mon volcan... Tu n'as encore rien vu.

C'est précisément ce que je crains.

Colby engloutit son hamburger et ses frites en quelques minutes seulement. Je n'ai jamais vu quelqu'un démolir un repas avec autant d'énergie. C'est comme un accident de voiture dont on ne parvient pas à détourner les yeux.

Quand mon ventre gronde pour la seconde fois, je referme les doigts autour du hamburger avant de le porter à ma bouche. Le pain doré au beurre, la viande parfaitement assaisonnée et la garniture fondent pratiquement dans la bouche.

Putain, c'est super bon !

Mes paupières se ferment toutes seules alors que je mâche et avale. Ce n'est que lorsque je prends une deuxième bouchée que mes yeux s'ouvrent et que je le découvre en train de me contempler avec une expression enflammée.

— Te regarder manger ne devrait pas être aussi excitant.

Le voir me contempler avec une telle intensité me fait rougir. Je m'éclaircis la gorge et essaye de détendre l'atmosphère.

— Ne t'inquiète pas, dis-je, te regarder ne l'était pas. J'avais peur que tu t'étouffes et que je sois forcée d'intervenir et de te sauver.

Au lieu de prendre la mouche, il éclate de rire.

— J'ai deux frères et une sœur. Ça a toujours été une lutte pour prendre ce que tu veux et manger le plus rapidement possible si tu veux avoir du rab.

— J'ai l'impression que tu viens d'une famille nombreuse. Je crois qu'on a ça en commun, avoué-je à contrecœur.

Ses yeux s'écarquillent comiquement alors qu'il plaque la main au milieu de sa poitrine.

— Non ! On a quelque chose en commun ?

Je lève les yeux au ciel en affichant un petit sourire.

— J'ai trois sœurs et un frère.

Dès que le commentaire quitte mes lèvres, je me rends compte de mon erreur et j'aimerais pouvoir l'effacer.

— Alors, où es-tu dans la fratrie ?

— Je suis l'aînée.

— Quoi ? Un autre point commun. On est quasiment jumeaux.

— Je t'en prie.

Je me fourre une frite dans la bouche.

— C'est délicieux.

— Vous êtes proches ?

J'aspire une grande goulée d'air, que je relâche graduellement dans l'atmosphère.

— Oui, mais notre dynamique familiale est... compliquée.

Ce serait la façon la plus gentille de tourner la chose.

Ma sœur Cheyenne et moi étions super proches en grandissant, mais on s'est éloignées au fil des années. Mon rôle principal dans l'émission l'a rendue amère. D'après ce que j'ai vu en ligne et à la télévision, c'est la seule à être ravie de ma disparition. Elle fait de son mieux pour tirer profit de cette occasion.

— La plupart des familles sont compliquées, non ?

Probablement, mais j'ai l'impression que la mienne est plus embrouillée que les autres. On doit gérer la pression supplémentaire de la célébrité.

Chose que je garde pour moi, même s'il y a une minuscule partie de moi qui a envie de purger tous les secrets de mon système.

— Tu as raison, elles le sont probablement, murmuré-je, espérant pouvoir changer de sujet et reprendre une conversation plus informelle.

— Mes parents se sont rencontrés à l'université.

Ses yeux pétillent d'amour et d'humour alors qu'il continue.

— Comme ma mère aime le dire, elle ne pouvait pas encadrer mon père. Ils ont commencé à faire semblant de sortir ensemble parce que la mère de mon père sortait avec le père de ma mère.

Hein ?

Je lève la main pour interrompre la conversation.

— Attends un peu. Que je comprenne. Le *père* de ta mère est sorti avec la *mère* de ton père. Ce qui veut dire que tes *grands-parents* sont sortis ensemble à une époque.

Très bien… peut-être que sa famille *est* compliquée.

— Oui. Ils se sont mariés aux Bahamas et le sont toujours. Pour leur vingtième anniversaire de mariage, ils ont payé le voyage à tout le monde pour une cérémonie de renouvellement de leurs vœux.

Ça me rappelle un épisode d'un de ces talk-shows diffusés en milieu de journée où l'on révèle des tromperies et des résultats de paternité.

— Tes grands-parents des deux côtés de la famille sont mariés ?

Il pousse un petit rire.

— Oui.

— Ouah. C'est fou.

Et c'est une histoire que j'aimerais entendre plus en détail.

— Au début, mes parents ne voulaient pas qu'ils se mettent ensemble, alors ils ont fait semblant d'être en couple pour les faire rompre.

J'en reste bouche bée.

— Arrête un peu !

— Non, c'est entièrement vrai. Je crois que mes grands-parents ont été en *rogne* quand ils ont fini par l'apprendre.

— J'imagine, oui. Visiblement, leur machination n'a pas fonctionné.

— Sans quoi, je ne serais pas là.

Il sourit en inclinant la tête.

— Et ce serait vraiment dommage pour toi.

Je m'esclaffe, et je me rends compte que c'est super facile d'être en compagnie de Colby.

— Admets-le, tu passes un bon moment.

Il se rapproche et baisse la voix.

— Tu as beau faire, tu commences à m'apprécier.

Je pince les lèvres, refusant de sourire. Ça ne ferait que l'encourager et c'est la dernière chose que j'ai envie de faire. Je suis déjà dépassée, avec ce type.

— Bien malgré moi. J'ai l'intention de me faire soigner dans un avenir proche.

C'est un soulagement quand la serveuse revient nous déposer l'addition.

Une fois que Colby a payé, on retourne au campus.

De la musique sort des haut-parleurs de sa voiture. Même si être avec lui ne devrait pas être aussi confortable, c'est le cas. Quand il se gare dans le parking, mes doigts s'enroulent autour de la poignée. Je suis prête à sauter hors du véhicule pour m'échapper rapidement.

Ce que cette petite excursion m'a permis de découvrir, c'est que j'apprécie Colby plus que je le croyais possible. Il est de contact facile et il n'aurait pas à faire beaucoup d'efforts pour que j'abaisse mes défenses. C'est pour cette raison que je dois étouffer cette amitié dans l'œuf avant qu'elle ne puisse devenir autre chose.

— Merci de m'avoir emmenée patiner puis dîner. C'était amusant.

Il se tourne vers moi.

— Tu n'as pas besoin d'avoir l'air aussi surprise.

Je ne peux m'empêcher de sourire.

— Je suis plutôt choquée.

— Sache simplement que je suis plein de surprises.

Je n'en doute pas.

Je sais également que je ne vais pas rester suffisamment longtemps pour le découvrir.

Avant qu'il ne puisse songer à me toucher, j'ouvre la poignée et me glisse hors de la Cadillac. Ce n'est pas très gracieux.

— On se reverra.

— Attends. Je t'accompagne jusqu'à ta porte.

Sur ce, il descend du véhicule.

Argh !

— Oh, non.

Je fais un signe de la main et songe à m'enfuir à toutes jambes.

— Ce n'est pas nécessaire.

— J'ai promis à Lance que je m'assurerais que tu rentres bien. Et c'est exactement ce que je vais faire.

6

———

COLBY

Je ne mets que quelques secondes à rattraper Britt sur le trottoir. Dès qu'on atteint l'immeuble, elle compose le code sur le clavier, et la porte vibre, nous laissant entrer. Un petit groupe de filles discute dans le vestibule. Quand on passe devant elles, elles nous adressent un regard désintéressé.

Dès qu'elles me reconnaissent, elles écarquillent des yeux excités.

— Hé, Colby ! appelle l'une d'entre elles.

Je leur adresse un geste. Britt appuie sur le bouton de l'ascenseur et tape du pied avec impatience. La dernière chose que je veux, c'est donner à ces filles le feu vert pour passer à l'action. La jolie nana aux cheveux auburn se raccrochera à l'excuse la plus bidon pour échapper à mes griffes.

Je suis déterminé à ne pas lui en fournir une.

Alors qu'une des filles quitte la meute pour s'approcher d'un pas énergique, l'ascenseur bipe et les portes métalliques s'ouvrent. Je fais entrer Britt dans la cabine avant que l'inconnue ne puisse nous rejoindre.

Catastrophe évitée.

Une seconde plus tard, on est tous les deux enfermés dans la cabine.

Elle s'appuie contre la paroi du fond et me regarde.

— Tu aurais pu rester en bas pour parler à tes copines.

— Ce ne sont pas mes copines. Je ne les connais même pas.

Elle hausse les sourcils et m'adresse un regard incrédule.

— C'est vrai.

— Peu importe.

Avant de me donner l'occasion de réagir, les portes s'ouvrent en glissant, nous déposant au deuxième étage. Britt se faufile à l'extérieur et je lui emboîte le pas. J'ai l'impression que tous les progrès laborieux qu'on a faits plus tôt ont été effacés.

Il est clair que plus cette fille me tient à distance, plus j'ai envie de briser ses murailles et découvrir ce qui la fait tiquer. J'ai à peine gratté la surface, mais je sais déjà que je n'ai jamais rencontré quelqu'un comme elle.

Je suis si perdu dans mes pensées que je manque de l'emboutir quand elle pile des quatre fers au milieu du couloir.

— Que... ?

Je ne termine pas ma phrase quand je reconnais le couple qui se bouffe des yeux devant l'appartement qui jouxte celui de Britt.

— C'est officiel. Tu as été remplacée, murmuré-je contre son oreille, saisissant la moindre occasion pour envahir son espace personnel.

Elle tourne suffisamment la tête pour soutenir mon regard.

— Apparemment.

Sans rompre le contact visuel avec Maddie, Lance ouvre la porte de l'appartement avant de la faire entrer.

— Eh bien... Je crois qu'on n'aura pas besoin d'avoir cette petite discussion, dis-je avec un profond soupir.

— Je crois que ça va aller pour lui. Lance a la tête sur les épaules.

— Avec un plan sur quarante ans qui implique de connaître les taux de rendement annuel et devenir proprio ? Je crois que tu as raison à ce sujet.

Un petit ricanement lui échappe.

— Si quelqu'un est capable de remplir ses objectifs, c'est Lance.

Dans dix ans, on entendra parler de lui dans le magazine des anciens élèves de Western.

— C'est vrai.

Britt s'arrête devant sa porte avant de faire volte-face et de m'épingler sur place de son regard doré.

— Je suis arrivée.

Je ne la quitte pas des yeux. Je n'aurais pas pu me détourner même si j'avais essayé.

— Je m'en doutais déjà après mes investigations précédentes.

Un ricanement lui échappe alors qu'elle secoue la tête.

— C'est glauque.

— Romantique, la corrigé-je.

Elle s'éclaircit la gorge.

— La prochaine fois que je le verrai, je dirai à Lance que je suis rentrée en un seul morceau.

— Excellent.

Lorsque je m'approche, le défi pétille dans ses iris dorés alors qu'elle incline le menton juste assez pour maintenir le contact visuel. Britt a beau être grande pour une fille, je la dépasse quand même de quinze centimètres.

— J'ai passé un bon moment cet après-midi.

Il y a un instant de silence.

Puis un autre.

Elle a un mouvement de recul quand je glisse mes doigts sous son menton et le lui relève.

— Ce serait le moment où tu es d'accord.

La tension remplit ses muscles.

— Ah oui ?

— J'en suis quasiment certain.

Elle met un moment ou deux avant d'admettre à contrecœur :

— J'ai passé un bon moment.

Mes lèvres affichent un sourire sincère.

— C'était vraiment si difficile que ça ?

— Tu n'en as pas idée.

— Oh, je me l'imagine, mon volcan. Tu es parfaitement décidée à combattre ceci.

— Et qu'est-ce que *ceci*, exactement ?

— Le fait que toi et moi apprenions à mieux nous connaître.

Je me rapproche jusqu'à être capable de sentir la chaleur de son souffle caresser mes lèvres. La sensation est vertigineuse. Je fais un effort pour m'empêcher de la dévorer comme tous mes instincts me crient de le faire.

— C'est une mauvaise idée, murmure-t-elle.

— Tu crois ?

Ma queue se raidit alors que je songe à me rapprocher juste assez d'elle pour que mes lèvres viennent frôler sa petite bouche angélique.

— À cent pour cent.

Je frôle ses lèvres, ne les touchant pas entièrement, et sa respiration se fait laborieuse. Je suis tentée de la prendre comme je le désire, mais ça doit être sa décision.

Je n'ai jamais forcé une fille à faire quoi que ce soit et je refuse de commencer.

Je me plaque contre sa douceur, la collant contre la porte.

Britt est mince, quoique pulpeuse.

C'est une combinaison mortelle.

La partie la plus surprenante, c'est que je ne pense pas avoir déjà été plus excité que je le suis en cet instant.

Et on ne s'est même pas embrassés.

Pas encore.

On est si près !

Un seul millimètre nous sépare.

Mon corps entre en alerte absolue, attendant le moindre signal pour passer à l'étape suivante.

Je devine vaguement que je pourrais explorer sa bouche pendant des heures sans que ce soit suffisant.

Alors que je perds mon combat intérieur, la porte de son appartement s'ouvre et elle titube en arrière sur le seuil. On se regarde à travers la distance qui nous sépare à présent.

Son expression se fait choquée, ses doigts tremblants remontent vers ses lèvres.

— Je devrais y aller.

La tension magnétique entre nous est presque insupportable. J'ai envie de bondir en avant pour la retenir. La dernière chose que je veux, c'est qu'elle disparaisse à l'intérieur de l'appartement. Au lieu de cela, je me force à rester figé.

C'est une des choses les plus difficiles que j'aie jamais eu à faire.

— Très bien.

Ma voix ressemble plutôt à un rugissement.

Elle fait un pas hésitant en arrière. C'est comme si j'étais un animal sauvage avec lequel elle a besoin de faire attention.

— Bonne nuit, Colby.

Avant que je puisse prononcer une réponse, je me fais claquer la porte au nez. Pendant une seconde ou deux – merde, ça pourrait même être plus longtemps –, je regarde la porte épaisse, souhaitant silencieusement qu'elle l'ouvre et me laisse entrer.

Ça n'arrive pas.

Je n'ai pas encore goûté à cette fille et, déjà, je sais qu'un seul baiser ne sera pas suffisant pour rassasier le puits profond de désir qui se déchaîne en moi.

J'en veux davantage.

J'ai envie de tout ce qu'elle est prête à donner.

7

BRITT

—Je vais bien, Papa. Je te jure, répété-je dans le téléphone alors que je traverse le campus à la hâte.

Mon cours d'introduction à la psychologie vient de se terminer. J'ai l'intention de passer à la cafèt et d'acheter une barre protéinée pour le déjeuner avant de me rendre à la bibliothèque pour plusieurs heures. J'aime étudier à l'appartement, mais la tentation de prendre ma guitare et de bosser sur ma musique est trop importante. Je ne sais pas ce qu'il se passe, dernièrement, ma créativité est en roue libre.

Et j'adore ça.

J'entends parfaitement son profond soupir sonore.

— B, je ne comprends toujours pas pourquoi tu as trouvé nécessaire de t'enfuir comme tu l'as fait.

Quand un mec qui marche dans ma direction attire mon attention et sourit, j'abaisse un peu plus ma casquette noire sur mes yeux pour les dissimuler et je détourne le regard.

— Tu sais pourquoi je suis partie.

Ce n'est pas la première fois qu'on a cette conversation. C'est plutôt la centième. Ce serait bien si mes parents acceptaient le fait que je ne veuille peut-être pas reprendre la vie qu'on a créée.

Je suis prête à passer à autre chose.

Même si eux ne le sont pas.

— Ça fait plus de six mois que tu es partie. Linc commence à en avoir assez de tes excuses. Il veut que tu reviennes, maintenant. Il menace d'arrêter l'émission.

Il y a un silence malaisant quand sa voix baisse de volume.

— Ce n'est pas ce qu'on veut.

Une boule s'installe au creux de mon ventre alors que je regarde l'immense bâtiment en brique et en verre qui se dresse à l'horizon. Parfois, je crois que nos vies à tous seraient meilleures sans l'émission. C'est devenu toxique. Je me sens prise au piège et étouffée par un monde que j'ai moi-même créé.

Je ne vais pas perdre mon temps en me confiant à mon père.

Il ne comprendrait pas.

Et même s'il le faisait, il ne s'opposerait jamais à ma mère.

J'aime mon père, mais il a tendance à laisser Maman prendre toutes les décisions difficiles qui affectent nos vies. C'est bizarre qu'à l'âge de vingt-deux ans, je n'aie pas la liberté de faire mes propres choix et que je doive lutter pour lui retirer le contrôle.

Quand je songe à mettre un terme à ma vie ici pour retourner à L.A., ma poitrine se contracte et ma gorge se referme, m'empêchant de respirer.

J'ai passé les neuf dernières années à bosser cinquante heures par semaine avec à peine un jour de congé de temps en temps.

Présentement, je suis fatiguée et en burn-out.

Il y a peu de gens qui peuvent dire qu'ils ont ce genre de succès international. Parfois, j'ai l'impression d'être une sale morveuse gâtée et ingrate qui voudrait se débarrasser de tout, alors que des millions de gens tueraient pour avoir les occasions qu'on m'a données.

J'avais cru que plusieurs mois loin de la lumière crue des projecteurs apaiseraient l'agitation qui a grandi en moi. Mais ça n'a fait que me donner un aperçu de la liberté que je ne pourrai jamais connaître à L.A. avec ma famille.

Je rapproche le téléphone de ma bouche et baisse la voix.

— On fait l'émission depuis huit ans. Tu n'en as pas marre ?

J'ai fini par détester les caméras qui suivent tous mes faits et gestes, documentent toutes mes erreurs. Toutes les humiliations. Toutes les disputes ridicules.

Le pire, c'est qu'au bout d'un moment, tu t'y habitues tellement que tu oublies qu'elles sont là. Tu dis et tu fais des choses que tu n'aurais jamais faites si tu n'étais pas si désensibilisée à l'équipe de production. Si tout ça ne semblait pas si normal. Et quand tu les implores de retirer quelque chose, ils te regardent comme si c'était toi la folle.

— C'est notre vie, dit-il simplement. Les petits ont grandi avec l'émission. Ils ne connaissent pas autre chose. Ce serait plus facile de lancer la carrière musicale de Cheyenne avec le soutien de la chaîne.

Parfois, j'ai l'impression que nos vies ne nous appartiennent plus.

On les vit pour l'émission.

Pas le contraire.

Il y a tellement de choses scriptées !

Je veux dire... Qui voudrait nous regarder tous les sept en train de nous curer le nez toute la journée dans notre salon ?

Cette image me fait m'esclaffer.

— Qu'est-ce qu'il y a de si drôle ?

Ma bonne humeur disparaît, remplacée par le mécontentement.

— Rien.

— Ce serait bien si tu pouvais rentrer à la maison et discuter de la situation avec ta mère.

— Je serais ravie d'avoir une discussion avec elle au téléphone, mais elle refuse.

— C'est parce qu'elle veut voir ton visage. Elle veut discuter face à face avec toi en personne comme des adultes. N'est-ce pas ce que tu affirmes être ?

Aïe.

— Tu lui manques, B, poursuit-il pour tenter d'adoucir le coup précédent.

Peu probable.

Ce qu'elle veut, c'est me manipuler pour que je rentre dans le rang.

Et c'est plus facile de le faire en personne.

Sharon Benson est une femme formidable.

Elle terrifie même les producteurs.

Je n'exagère pas.

— En plus, il faut penser à Axel. Tu es partie en le laissant en plan. Il s'inquiète pour toi. Je me sens mal pour lui. Il dit que tu ne réponds même pas à ses appels ou à ses SMS.

Une avalanche de culpabilité tente de m'enterrer vivante.

Axel est une tout autre question.

Une sur laquelle je n'ai aucune envie de m'attarder.

Alors que je réfléchis à une réponse, un bras musclé s'abat sur mes épaules et je me retrouve plaquée contre un corps puissant avant d'être inondée par un parfum boisé. Je croise un regard bleu clair ; l'électricité fait crépiter l'air glacial qui tourbillonne autour de nous.

— B ? Tu es toujours là ?

Mon attention reste braquée sur Colby.

— Oui, je suis là.

Même si je n'ai aucune intention de le faire, je dis :

— Je vais réfléchir à tout puis je te recontacte, d'accord ?

— C'est super, ma puce. Je t'aime.

— Je t'aime aussi.

Quand Colby hausse très haut les sourcils et que l'hilarité s'estompe dans ses yeux, je rajoute à la hâte :

— Papa.

Mettant fin à l'appel, je glisse mon téléphone dans la poche de ma doudoune noire.

— Quelle surprise de te croiser ! me salue-t-il.

Ma réaction viscérale face à lui me prend par surprise.

Peut-être qu'après l'autre nuit, ça ne devrait pas.

— Ouais... Quelles sont les chances de se croiser sur un campus qu'on fréquente tous les deux ?

Je lui coule un regard.

— Probablement astronomiques, n'est-ce pas ?

Ses dents blanches brillent au soleil.

— Tu es hilarante.

— Je ne fais pas exprès, marmonné-je, détestant la façon dont mon cœur s'emballe quand il est dans les parages.

Il me rapproche de lui.

— Je sais, murmure-t-il. C'est ce qui fait que c'est si drôle.

Avant que je puisse lui décocher une réplique acerbe, il change de sujet.

— Tu vas déjeuner à la cafèt ?

— Hum...

Je suis tentée de mentir, mais une partie de moi est épuisée d'avoir à inventer des pans de ma vie. Malgré mon envie d'envoyer bouler Colby et de m'éloigner sans m'attarder sur lui, ce n'est plus possible. Sans que j'y prenne garde, il a réussi à s'infiltrer à travers mes défenses.

— Oui, mais juste pour acheter un truc vite fait avant d'aller à la bibliothèque.

— Et si tu déjeunais plutôt avec moi ?

L'air reste coincé dans ma poitrine.

— Manger avec toi ? Encore ?

— Oui. On pourra appeler ça le deuxième rendez-vous.

— Ah...

— Il y aura certains des mecs de l'équipe. Et probablement quelques-unes de tes copines aussi.

Je me mordille la lèvre inférieure alors qu'il nous propulse plus près du bâtiment en briques.

C'est une idée horrible. Ma vie est terriblement compliquée. La dernière chose que je veux, c'est ajouter Colby au mélange.

Il tourne la tête jusqu'à ce que son souffle chaud frôle ma peau.

— Qu'est-ce que tu en dis, mon volcan ? Tu veux déjeuner avec moi ?

Sa voix rauque couplée à la façon dont il me serre contre lui suffisent à faire descendre une cascade de frissons le long de mon dos. Avant que je puisse refuser sa proposition, il me pousse à travers les portes en verre, à l'intérieur du bâtiment chauffé. Après la morsure de la brise, la chaleur est agréable. J'ai le souffle coupé quand il me serre juste assez pour que je sente les lignes dures de son corps musclé.

— Tu as froid ?

— Un peu.

— Heureusement pour toi, j'ai quelques idées pour nous aider à nous réchauffer, murmure-t-il.

Sa voix rauque déborde de coquinerie.

— Non, merci.

Je m'extirpe de ses bras, parce que c'est la chose à faire, pas nécessairement parce que j'en ai envie. En vérité, je n'ai jamais été aussi tentée de me lover contre quelqu'un.

Et ça inclut l'homme qui m'a demandé de l'épouser.

— On ne t'a pas vu depuis longtemps, McNichols. Où te cachais-tu ?

Cette interruption est la bienvenue.

Colby sourit au brun, puis ils se font un *fist bump* comme seuls des potes savent le faire.

— À la patinoire pour le hockey. Tu devrais passer voir un match, un jour.

Alors qu'ils continuent de parler, Colby fourre la main dans sa poche et en extrait son téléphone avant de pianoter sur le minuscule clavier. Je suis tentée de zieuter l'écran pour voir à qui il écrit, mais je résiste à l'envie.

Plusieurs autres textos sont échangés.

Si je ressens un pincement de jalousie, je l'étouffe aussitôt.

— Non, mais merci pour ta proposition. J'aime regarder des gagnants. Je ne sais pas si tu connais le concept.

— Ah oui ?

— Ouais.

Colby change de position et son ton taquin disparaît.

— Hé, félicitations pour le championnat. C'est génial, ce que vous avez accompli, cette saison.

L'autre type braque le menton vers une table pleine de monde.

— Je n'en doute pas : ça va me manquer de ne pas jouer avec eux la saison prochaine.

Je ne peux m'empêcher de regarder dans leur direction. À en juger par leur taille et leur musculature, je devine qu'ils sont tous athlètes.

— Je sais exactement ce que tu veux dire.

Colby s'éclaircit la gorge et me coule un regard.

— Brayden, voici Britt.

Ses prunelles se font inquisitrices alors qu'il redevient taquin.

— Ne me dis pas que tu es avec ce *loser*. Si tu as envie de sortir avec un vrai mec, je te présenterai un des footballeurs. Il y en a toujours qui restent célibataires.

La prise de Colby se resserre sur moi comme s'il craignait que je ne m'enfuie.

— N'écoute pas un mot de ce que ce crétin a à dire.

— Non, on est juste amis, lui dis-je.

J'essaye peut-être de m'en convaincre aussi.

Visiblement, j'ai besoin qu'on me le rappelle.

— C'est intéressant.

L'expression de Brayden se fait pensive. Ce serait impossible de ne pas remarquer qu'il est très beau.

— Je n'étais pas au courant que l'assassin au visage poupin avait des amies filles.

Colby étire le cou et jette un coup d'œil vers la table bondée des footballeurs.

— Hé, je crois qu'un mec flirte avec Sidney. Tu devrais probablement le faire fuir avant qu'il ne te la chipe sous ton nez. Enfin, ça ne serait pas si difficile.

Brayden s'esclaffe en regardant par-dessus son épaule, mais il voit que Colby dit vrai. Un mec est en train de discuter avec sa copine.

Brayden fronce les sourcils.

— C'était super de te croiser, McNichols. Bonne chance pour la saison.

Après une bourrade rapide, il s'en va, file directement vers la blonde, glisse un bras autour de sa taille et la serre contre lui.

— Ah, j'étais certain que ça allait fonctionner, dit Colby avec un rire. Ce mec est super amoureux de sa copine. Je dois admettre que je ne l'ai pas vu venir. Tu as entendu parler de la compétition du Joli Cœur du Campus, n'est-ce pas ?

Je me creuse les méninges.

— Peut-être.

Colby désigne Brayden du menton.

— Ça fait trois ans qu'il la remporte.

Je ne peux m'empêcher de regarder le séduisant footballeur passer les bras autour de la blonde à la silhouette athlétique et l'embrasser devant tout le monde. Toute la table explose en un tonnerre d'applaudissements et de sifflements.

— Vous êtes amis depuis longtemps ?

Même si l'interaction a été brève, ils ont montré une camaraderie facile qui n'existe que lorsqu'on connaît bien quelqu'un.

— Son père jouait dans la Ligue nationale de football américain et était représenté par le même agent que le mien. Alors, on se connaît depuis qu'on est enfants.

— Ils vont bien ensemble. Sydney joue au foot pour l'équipe féminine de Western. C'est probablement la seule fille du campus capable de remettre ce type à sa place.

Même d'ici, ce n'est pas difficile de voir que cette fille a de la personnalité.

Après ça, il nous dirige vers une table où se pressent des hockeyeurs et leurs copines.

Juliette lève la tête et m'adresse un signe de la main quand elle m'aperçoit. Je ne peux m'empêcher de lui rendre ce geste accueillant. Elle est vraiment adorable. À côté d'elle se trouve Ryder McAdams. Il est grand, blond et doté d'un fan-club de groupies dont il n'a apparemment rien à faire.

Et comment leur accorderait-il de l'attention alors qu'il parvient à peine à détourner le regard de sa copine ?

Quand on atteint la table, Carina se redresse pour me donner une brève étreinte.

— Tu déjeunes avec nous ?

Je ne devrais pas...

— Oui, m'interrompt Colby avant que je puisse réagir. Elle a décidé de s'asseoir avec les gens cool, aujourd'hui.

— Qu'est-ce que ça veut dire, puisqu'elle est ici avec toi ?

Colby fusille du regard la danseuse blonde.

— Hamilton, viens récupérer ta copine. Elle me court sur le haricot.

— Alors, elle fait son boulot, lui réplique Ford.

Carina affiche un large sourire, puis me regarde en haussant les sourcils.

— Colby et toi ? Ça, c'est une histoire intéressante que j'ai besoin d'entendre. Et n'oublie pas le moindre détail croustillant.

Le baiser qu'on a failli partager s'infiltre dans mon cerveau, et je le repousse immédiatement.

La chaleur brûle mes joues quand je regarde autour de moi et mesure toute l'attention qu'on a attirée.

Oh, merde !

J'aurais dû écouter mon intuition quand des signaux d'alarme se sont déclenchés dans ma tête et décliner son invitation.

Stella referme les doigts autour de mon poignet et me fait m'asseoir à côté d'elle.

— Oh, mon Dieu, dis-moi la vérité. Tu as couché avec Colby ?

— Bien sûr que non, hoqueté-je. On s'est croisés sur le chemin. On vient de passer environ cinq minutes ensemble. C'est tout.

Colby se faufile à côté de moi avant de dire :

— Tu essayes sérieusement de minimiser notre relation, mon volcan ? Je suis passé te prendre et on est allés patiner puis dîner dans la soirée. Je suis quasiment certain que la plupart des gens considéreraient que c'est un rencard.

— Tu n'es pas la plupart des gens, lâché-je alors que ses amis et ses coéquipiers se tournent et nous observent comme si on était une attraction dans un zoo.

Viola écarquille les yeux avant de secouer légèrement la tête, complètement déboussolée.

— Je suis désolée... Ai-je bien entendu ? Colby et toi, vous vous *fréquentez* ?

— Quoi ? Bien sûr que non !

Je décoche un regard noir à Colby, qui s'esclaffe.

Je suis tentée de lui donner un coup de coude dans les côtes.

Fort.

Sauf qu'on est si serrés qu'il y a à peine la place de manœuvrer.

— Oh, ma belle… j'ai tellement de questions, ajoute Fallyn avec un sourire.

Je me force à respirer posément et tente de garder mon calme.

Ce n'est pas chose facile.

Hayes et Steele, un autre coéquipier, reviennent avec des plateaux chargés. Il y a un assortiment de plats : des soupes, des sandwiches, des chips et quelques salades.

Hayes regarde Colby.

— Tu voulais rosbif et gruyère ?

— Oui.

Il lève les mains, et Hayes lui jette le sandwich emballé ainsi qu'un sachet de chips. Tous les autres aliments sont distribués jusqu'à ce qu'un bol de soupe et un demi-sandwich soient placés devant moi.

— Merci, mais je n'ai rien commandé, dis-je au joueur séduisant qui se pose à l'autre bout de table à côté de Steele.

C'est un junior et le cousin de Bridger. À présent que je sais qu'ils sont parents, je peux voir leur air de famille. Ils ont tous les deux des cheveux acajou et des yeux bleus.

Maintenant que je passe plus de temps avec les filles, elles m'ont expliqué qui sont tous les mecs de l'équipe. Il y en a soixante et ce n'est pas facile de se rappeler les noms de tout le monde. Particulièrement ceux qui ne sortent pas sur la glace.

Steele désigne Colby du menton.

— C'est lui qui l'a commandé pour toi.

Je lui coule un regard en fronçant les sourcils. On est assez près l'un de l'autre pour que je sente la chaleur de son souffle caresser mes lèvres. C'est légèrement troublant.

Ça ne devrait pas.

D'ailleurs, ça ne devrait pas m'affecter du tout.

— Quand l'as-tu fait ?

— Pendant qu'on parlait à Brayden. Je les ai vus faire la queue et j'ai envoyé un texto à Hayes.

— J'avais prévu d'acheter une barre protéinée et d'y aller, marmonné-je en regardant la soupe et le sandwich.

Je suis presque surprise de me sentir aussi touchée par ce geste. Pourtant, au lieu de m'adoucir, ça me persuade davantage de garder mes distances.

Pas seulement physiquement, mais aussi émotionnellement.

Si je l'y autorise, ce mec va démanteler mes défenses.

— C'est au poulet et au riz sauvage.

Ignorant tout des pensées qui tourbillonnent dans ma tête, il me donne un coup d'épaule vigoureux.

— Ça te réchauffera, puisque visiblement, tu t'es opposée à ma suggestion précédente.

Je pousse un ricanement alors qu'un peu de la tension croissante s'estompe.

— C'est un bon mélange de glucides et de protéines, ajoute-t-il quand je n'effectue pas le moindre mouvement vers mon déjeuner. Exactement l'énergie dont tu as besoin pour le reste de ta journée.

— Merci.

— De rien. Maintenant, mange avant que ta soupe ne refroidisse. Sinon, je serai forcé de te réchauffer moi-même.

— Ce n'est pas ce que je souhaite, laissé-je échapper malgré moi.

— Non, je ne pense pas.

Ses yeux pétillent de défi.

— Du moins, pas encore.

Il déchire l'emballage de son sandwich et commence à le dévorer. Comme hier soir, il attaque sa nourriture avec enthousiasme comme s'il n'avait rien mangé depuis des journées entières. En regardant autour de la table, je réalise que ses coéquipiers font pareil.

Ça doit être un truc d'athlète.

Ou peut-être de hockeyeur.

Ce n'est certainement pas un truc de mec. Ceux que je connais à

L.A. sont tout aussi préoccupés par leur condition physique que les femmes.

Quand je soulève le couvercle en plastique, de la vapeur s'élève du bol et l'arôme du riz sauvage et du poulet me frappe, me faisant saliver.

— Ça a l'air bon, dit-il en zieutant le bol entre deux bouchées.

— Ça l'est, si tu veux tout savoir. J'ai beau être sur le campus depuis août, je prends rarement le temps de déjeuner avec des amis. J'achète une barre ou un fruit. Peut-être un sandwich à avaler sur le pouce si j'ai vraiment faim.

J'enfonce ma cuillère dans le bol avant de la porter à mes lèvres et de souffler dessus pendant une seconde ou deux. La première cuillerée est aussi délicieuse que l'arôme le suggère. Au bout de quelques bouchées, je réalise que ça me réchauffe de l'intérieur, comme l'a dit Colby.

Je regarde autour de la table et admets à contrecœur que c'est agréable. La camaraderie et les amitiés. Les piques qu'ils s'échangent.

C'est exactement ce que j'ai passé des années à désirer en secret.

J'ai mangé la moitié de mon repas quand Stella pose une question à la cantonade.

— Est-ce que quelqu'un regarde *Toute la journée avec Bebe* ?

Ces quelques mots suffisent à tuer mon appétit. Je me glace, la fourchette suspendue en l'air vers ma bouche.

Elle se tourne vers Juliette, Carina et Viola avant de me regarder dans les yeux. Je secoue légèrement la tête tandis que mes doigts tremblent. Prudemment, je replace ma cuillère dans le bol pour ne pas renverser de la soupe sur la table. La dernière chose que je veux, c'est d'attirer davantage l'attention sur moi.

— Tu es vraiment accro à la télé-réalité, dit Fallyn avec un rire.

— Ce n'est pas l'émission sur la chanteuse qui est devenue virale quand elle était ado ? demande Juliette.

J'essuie mes paumes humides sur les côtés de mon jean alors que les conversations fusent autour de moi, se faisant plus animées. Je ne savais pas que certaines parmi elles regardaient l'émission.

Personne ne l'avait mentionnée.

Maverick grogne.

— Je t'en prie, dis-moi que tu plaisantes. La télé-réalité, c'est vraiment de la merde.

Stella tire la langue.

— Ne me juge pas. C'est mon plaisir coupable. Comme de la barbe à papa pour le cerveau.

— Si tu le dis, marmonne-t-il.

Clairement, il ne voit pas l'intérêt.

Quand j'ai commencé à passer du temps avec les filles, Stella a expliqué que Juliette, Maverick et elle sont parents. Leur père, Brody McKinnon, est son demi-frère plus âgé, ce qui fait techniquement d'elle leur tante.

Mais ils sont plutôt comme des cousins super proches.

Riggs dépose un baiser sur la joue de Stella.

— Tu es adorable. Je ne te jugerai jamais.

Hayes feint d'avoir quelques haut-le-cœur avant de crachoter le mot *simp*.

Sans s'offenser, Riggs réplique :

— J'ai enfin réussi à arriver où je le désirais avec la fille que j'ai toujours voulue, alors laisse-moi en profiter.

— J'ai regardé plusieurs fois. La dernière saison s'est terminée sur un énorme *cliffhanger*, dit alors Fallyn tout en mangeant son sandwich au poulet. J'ai super hâte de savoir si elle a dit oui à la demande en mariage d'Axel. J'ai cherché partout sur Internet et je n'ai pas été en mesure de trouver quoi que ce soit. D'ailleurs, on dirait que Bebe a disparu de la surface de la Terre.

Une boule épaisse se loge dans ma gorge, m'empêchant de déglutir.

— J'ai entendu dire qu'elle est en cure ou bien se repose, quelque chose comme ça, ajoute Carina.

Ford hausse les sourcils.

— Attends un peu... Tu regardes l'émission aussi ?

— Tu ne connais pas tout de moi, sourit-elle en haussant les épaules.

— Tu veux parier ?

La chaleur qui naît dans ses yeux le fait ressembler à un prédateur.

— Je suis certain de te connaître sous tous les angles.

Elle lui donne un coup d'épaule.

— Oh, tais-toi.

— J'espère vraiment qu'elle va lui dire d'aller se faire voir ailleurs.

Stella plisse le nez en fourrant une frite dans sa bouche.

— Je n'aime pas du tout ce type. Ça a l'air d'être un connard.

Surprise par son commentaire et le dégoût que j'entends dans sa voix, je pose la question avant de pouvoir m'en empêcher :

— Tu le penses vraiment ?

Elle hoche la tête comme s'ils se connaissaient personnellement.

— Absolument. Il est *si* arrogant.

Maverick affiche un sourire goguenard alors qu'il désigne Colby du menton.

— Ce mec aussi, mais je ne dirais pas que c'est un connard.

Il y a un silence.

— La plupart du temps.

— Tu es hilarant, McKinnon, répond Colby d'un ton jovial. Prends garde à toi sur la glace. Tu ne sais pas quand tu vas te retrouver sur le cul.

Maverick lui adresse un sourire éblouissant.

— Je te prends quand tu veux, vieillard.

Colby s'esclaffe, avant de chiper une frite sur l'assiette de Bridger et de la jeter au jeune joueur.

— Hé, j'allais la manger, proteste Bridger. Prends la nourriture de quelqu'un d'autre.

— Quoi qu'il en soit...

Stella fusille du regard les garçons qui ont interrompu notre conversation.

— Je pense qu'elle peut trouver bien mieux. Je crois qu'Axel se préoccupe davantage de son apparence et des marques qu'il porte que d'elle.

Ce commentaire me fait l'effet d'un coup dans le ventre. J'ai secrètement pensé la même chose avant, mais quand j'ai fait part de mes soupçons à Maman, elle n'a rien voulu entendre. Elle me disait que les gens aimaient nous voir ensemble et que je ne devrais pas changer quelque chose qui fonctionne.

— Quand débutera la prochaine saison de l'émission ? demande Viola. Il faut que je vérifie.

— On devrait s'organiser une soirée entre filles pour faire un marathon de la dernière saison, décide Juliette. Ça serait cool de se détendre un peu. On pourrait commander des pizzas et préparer des margaritas épicées.

— Oh, ça a l'air super, dit Carina, qui s'empare de l'idée. Je suis totalement partante.

Je n'imagine pas ce que ça ferait de regarder l'émission avec elles. J'ai beau avoir modifié mon apparence, je serais constamment sur des charbons ardents.

C'est un scénario cauchemardesque.

— Et toi, Britt ? demande Stella en inclinant la tête. Tu es partante ?

Je m'agite sur mon siège, souhaitant qu'il existe un moyen d'éluder la question. La dernière chose que je veux, c'est les repousser et leur faire croire que je n'ai pas envie de les connaître de façon plus poussée.

— Oh... Hum... Je vais jeter un œil à mon emploi du temps et je te dirai.

Colby se tourne pour me regarder. Je peux pratiquement sentir la chaleur de son regard me brûler la chair.

— Tu n'as pas de temps à consacrer à tes copines ?

— Ce n'est pas ce que je dis. Je dois simplement vérifier ce que j'ai de prévu.

Je me force à lui adresser un sourire crispé.

C'est un soulagement quand Wolf s'éclaircit la gorge et que tout le monde braque son attention sur le gardien tatoué.

— Fallyn et moi songions à nous rendre à Vegas pour le week-end.

L'expression de son visage dément son ton détaché.

— Pourquoi ? demande Hayes avec un éclat de rire. Vous avez décidé de vous faire marier par Elvis ?

Le couple se regarde, avant d'échanger des sourires complices.

Le silence s'abat sur la table, puis Bridger s'exclame :

— Putain, vous allez vous marier ?

— Pas possible ! dit Steele.

— Fallyn ? hoquette Carina en ouvrant de grands yeux. C'est vrai ? Vous partez vous marier ?

Un sourire s'empare du visage de Fallyn, la faisant rayonner de l'intérieur alors que Wolf la serre contre lui, la prenant entre ses bras costauds.

— C'est ce qui est prévu.

Une douzaine de voix se font entendre autour de nous. Les questions et les commentaires fusent furieusement.

Le regard de Wolf reste braqué sur Fallyn.

— Ça fait des années que j'attends que cette fille comprenne. Maintenant qu'elle l'a fait, je n'ai pas envie d'attendre une minute de plus pour en faire mon épouse.

Viola est la première à bondir sur ses pieds et passer les bras autour de sa cousine. Carina, Juliette et Stella suivent le mouvement et félicitent le couple.

Je ne peux m'empêcher d'observer Wolf pendant qu'il contemple sa future femme. Je n'ai jamais vu aucun homme regarder sa copine comme il le fait. Cela dit, les autres garçons ne sont pas loin derrière. Mais il y a quelque chose chez Wolf...

Il est totalement obsédé par Fallyn.

Je ne pense pas qu'il existe quoi que ce soit qu'il ne ferait pas pour elle.

Ce genre d'amour dévorant fait plaisir à mon cœur. Ça ne fait que confirmer que m'éloigner d'Axel a été la bonne décision. Je ne l'imagine pas en train de me regarder avec ce genre d'amour dans les yeux.

Parce que, tout compte fait, c'est ce que je veux.

Quelqu'un qui est disposé à remuer ciel et terre pour moi.

Quelqu'un qui ne peut pas vivre sans moi.

Et je désire la même chose.

Une fois que les filles ont fini de féliciter Fallyn, je me redresse d'un bond. Je suis ravie pour elle.

Très bien... Je suis peut-être un peu jalouse.

Mais de façon positive.

— Félicitations, ma belle ! J'ai hâte d'entendre tous les détails. Il faudra que tu postes plein de photos du grand jour.

— Eh bien... en fait, dit-elle, on espérait que tout le monde nous accompagnerait. Ce sont les vacances d'hiver et il n'y a pas de match de hockey ce week-end, alors c'est le moment idéal pour le faire. On pourra tous faire la fête ensemble.

L'enthousiasme se déchaîne autour de la table pendant que tout le monde s'accorde pour vérifier les vols et les hôtels de libres.

Le regard de Stella accroche le mien.

— Tu nous accompagnes, n'est-ce pas ?

Je m'agite nerveusement alors qu'ils se tournent tous vers moi.

— Oh, je pensais que c'était juste pour...

Fallyn secoue la tête.

— Non, on veut que tous nos amis nous accompagnent et c'est exactement ce que tu es devenue, Britt. Ça signifierait beaucoup pour nous si tu venais pour nous aider à faire la fête.

Colby me donne un coup d'épaule.

— Oui, il faut que tu viennes. Ça ne sera pas la même chose sans toi.

Indécise, je me mordille la lèvre inférieure.

Évidemment, j'adorerais voir Fallyn et Wolf se marier. Leur histoire est comme un conte de fées. Ou plutôt comme Roméo et Juliette, mais avec une fin heureuse.

Je ne suis simplement pas certaine que ce soit une bonne idée de trop m'insérer dans leurs vies alors que je ne suis pas honnête à propos de la mienne. Car la vérité, c'est que je leur mens sur ma véritable identité.

Colby me jette un coup d'œil.

— Alors, qu'en dis-tu, mon volcan ? Tu viens à Vegas ou pas ?

8

COLBY

Après avoir placé mon sac de sport dans le compartiment du haut, je me laisse tomber sur le siège côté couloir, à côté de Britt.

— Quelle surprise de te croiser !

Elle me coule un regard noir, n'ayant pas l'air particulièrement ravie de me voir.

— Je t'en prie, ne me dis pas qu'on va rester assis l'un à côté de l'autre pour la durée de ce vol.

Je me contente de sourire plus fort.

— Je veux voir ton ticket, grommelle-t-elle en tendant la main. C'est impossible qu'on se soit retrouvés assis l'un à côté de l'autre par hasard.

Je lui montre mon ticket d'embarquement sur mon téléphone pour lui prouver mon innocence. Je vais me garder de mentionner les ficelles que j'ai dû tirer pour l'obtenir.

— Merde. Je n'ai vraiment pas de chance.

— Je crois que ce que tu veux dire, c'est que tu es ravie par la tournure qu'ont prise les événements.

Elle plisse les lèvres et le front.

— Non. Je suis certaine de ce que je viens de dire.

— Comme c'est dommage. Je pensais qu'on avait tourné la page et que, maintenant, on était les meilleurs amis du monde.

Je fourre mon sac à dos sous le siège devant moi avant d'essayer maladroitement d'enclencher ma ceinture de sécurité.

Elle tourne la tête le temps de me fusiller du regard.

— Désolée de te le dire, mais on n'est pas faits pour être les meilleurs amis du monde.

Sans pouvoir m'en empêcher, je me rapproche pour lui murmurer :

— Il ne faut jamais dire jamais, Britt. Ça ne t'amènera que des problèmes.

Pris dans un rapport de force silencieux, nos regards ne se quittent pas.

Ce n'est que lorsque le steward passe devant nous que la connexion s'interrompt.

— Madame, vous devez enclencher votre ceinture pour vous préparer au décollage.

Britt le regarde et sourit. Même si cette expression ne m'est absolument pas destinée, elle me percute comme un train de marchandises. Il faut que je découvre ce qui m'obnubile autant chez cette fille.

Sans quoi, je ne sais pas si je serai capable de passer à autre chose.

Quinze minutes plus tard, l'avion est en place et attend le feu vert de la tour de contrôle pour descendre la piste. Je vérifie deux ou trois fois ma ceinture, m'assurant qu'elle est bien en place, avant de prendre un chewing-gum, que je fourre dans ma bouche.

Je donne un coup de coude à Britt et lui en offre un.

— Tu essayes de me dire quelque chose ? demande-t-elle en tournant les pages d'un magazine.

Elle n'est absolument pas stressée, comme si elle prenait tout le temps l'avion et que ce n'était rien.

Ça ne fait que me donner envie de fouiller dans son passé pour en découvrir davantage.

— Oui, que tes oreilles vont te faire mal dans quelques minutes. J'essaye juste de te soulager.

Elle regarde le chewing-gum à l'emballage argenté pendant

quelques secondes silencieuses avant de tendre la main pour le prendre.

— Merci.

— Pas de problème.

Je me cale contre le dossier du siège et serre fort les paupières. Je pose les mains sur les accoudoirs et referme les doigts sur le métal froid.

Vous savez ce que je déteste plus que prendre l'avion ?

Rien du tout.

Malheureusement, mon aversion pour les avions n'a fait que croître au fil des années. Aussi tenté que j'aie été de me faire porter pâle, il était hors de question que je rate le mariage de Wolf. Même si ça signifie me fourrer dans une boîte de conserve volante propulsée à travers les cieux, défiant la gravité.

Quand j'étais enfant, voler était toujours une aventure amusante. On partait en vacances en famille ou bien on se rendait dans les villes où jouait mon père.

C'était génial.

Ensuite, un jour, quand j'avais onze ans, on a traversé de violentes turbulences. J'ai eu si peur que j'ai failli me pisser dessus. Les compartiments du haut se sont ouverts, laissant tomber les sacs qui s'y trouvaient. Puis des masques à oxygène sont descendus.

Je ne plaisante pas en disant que j'ai cru qu'on allait tous mourir.

Ça a été les pires cinq minutes de ma vie.

Peu importe que cet incident se soit déroulé il y a plus d'une décennie et que, depuis, j'aie pris l'avion des dizaines de fois, je n'ai jamais été capable de me débarrasser de la terreur de cette expérience. Elle repasse dans mon esprit avec une vivacité inquiétante qui me donne l'impression que c'était hier.

Je sursaute quand le moteur démarre et que l'avion descend la piste.

Je ne suis pas très pieux, mais présentement ?

Je prie comme si ma vie en dépendait.

Je pourrais même ajouter quelques Ave Maria si ça aidait à faire pencher la balance en ma faveur.

Mes doigts agrippent le métal lisse tandis que je serre les dents.

Une paume chaude se pose sur ma main crispée.

— Tout va bien ? On dirait que tu vas être malade.

— Je déteste prendre l'avion. C'est si évident que ça ?

— Juste un peu. Si tu détestes tellement, pourquoi le fais-tu ?

J'ouvre une paupière et découvre que Britt m'observe d'un air inquiet.

— Wolf n'est pas seulement un coéquipier, c'est un de mes meilleurs amis. Hors de question que je loupe son mariage. Peu importe où je dois aller ou ce que je dois faire pour y parvenir.

Son expression s'adoucit alors qu'elle me serre les doigts.

— Tu es un bon ami. Je suis sûr qu'il apprécie.

— Il ferait mieux, oui, grommelé-je.

Les moteurs rugissent, l'avion quitte l'asphalte et prend son envol, le nez pointé vers le ciel.

Merde.

Merde.

Merde.

— Ça va aller, dit-elle d'une voix apaisante.

C'est probablement la même dont elle se servirait pour parler avec un enfant turbulent.

— J'ai pris l'avion des millions de fois et je n'ai jamais eu de problèmes.

— Oui, je sais. Mais la peur n'est pas vraiment une chose rationnelle, n'est-ce pas ?

Elle reste silencieuse pendant un moment.

— Je suis désolée. Tu as absolument raison. Je peux faire quelque chose pour t'aider ou arranger la situation ?

Il y a un instant de silence, puis elle reprend d'une voix taquine :

— À part rejoindre en ta compagnie le club des gens qui s'envoient en l'air ?

Je souris.

— C'est presque comme si tu avais lu dans mes pensées.

— Je crois que maintenant qu'on a passé un peu de temps ensemble, j'ai appris à te connaître.

— Ne fais pas durer le suspense. Qu'est-ce que tu en penses, jusque-là ?

Avant qu'elle n'ait l'occasion de répondre, j'ajoute :

— Si tu devais me donner une note sur Yelp, qu'est-ce que ce serait ? « Cinq étoiles et j'ai aimé la moindre seconde de cette expérience ? »

Elle lève les yeux au ciel alors qu'un sourire danse au coin de ses lèvres.

— Je te donnerais deux étoiles, ainsi qu'un « ne recommande vraiment *pas* ».

— Aïe. Ça fait mal.

— Tu m'as posé la question, fait-elle remarquer.

— Tu as raison, en conviens-je. Absolument.

Il y a un instant de silence.

— Tu veux la vérité ?

— Ça dépend. Ça va me vexer ?

Ses lèvres tremblent comme si elle réprimait un sourire.

— Voici ce que je pense pour l'instant : tu es différent de ce à quoi je m'attendais.

Je ne suis pas certain qu'il s'agisse d'un compliment.

— C'est bon ou mauvais ?

Elle réfléchit à la question pendant quelques minutes.

— Un mélange des deux, je suppose.

Ironiquement, c'est la première fille par laquelle j'ai *envie* d'être apprécié. Toutes celles que j'ai connues avant n'ont absolument rien signifié. J'ai la sensation sournoise que ce qui se passe avec Britt aurait pu être quelque chose de plus.

Si je la laissais faire.

Et qu'elle me donnait une chance.

Je me tourne vers elle autant que l'autorisent le siège et la ceinture.

— Ça a l'air de te décevoir.

Elle arrache son regard au mien avant que j'aie eu le temps de le scruter.

— Tu devrais probablement savoir que je n'ai pas envie de m'impliquer.

— En général, ou avec moi en particulier ?

Mon cœur se serre tandis qu'elle réfléchit à la question.

— Avec qui que ce soit.

Je ravale la déception qui essaye d'éclore au creux de mon ventre et m'efforce de rendre mon ton plus léger, voulant que la conversation reste relax.

— Très bien. J'entends ce que tu dis. Alors... On parle plutôt de quoi ? D'un simple coup d'un soir ? Parce que je suis totalement partant.

Un sourire hésitant lui monte aux lèvres alors qu'elle secoue la tête.

— Je t'ai déjà dit que tu étais incorrigible ?

— C'est possible.

— On ne le voit peut-être pas de l'extérieur, mais ma vie est... *compliquée*. Et ça ne serait pas très futé de la complexifier davantage.

Loin de se montrer dissuasive, elle me donne seulement envie de démolir tous les murs qu'elle tente d'élever entre nous.

— J'aimerais bien savoir ce qu'il y a de si compliqué là-dedans. Tu es étudiante. Tu es secrètement mariée ou bien tu as un fiancé caché quelque part ?

La panique s'infiltre dans ses yeux dorés, mais elle la dissimule rapidement.

— Ne sois pas bête, murmure-t-elle.

Je me rapproche et baisse la voix.

— Laisse-moi deviner, tu es une criminelle en cavale.

— Non.

— D'accord. Tu es agent secret et tu as été transférée à Western pour te mêler à la population locale.

— C'est ridicule, marmonne-t-elle avant de s'agiter sur son siège.

Je vois parfaitement qu'elle regarde droit devant elle, refusant de soutenir mon regard alors que je la bombarde de questions.

Je ne sais pas quoi en penser.

C'est peut-être un indice.

Ou bien ce n'est rien.

Je ne connais pas encore Britt assez bien. J'ai découvert qu'elle aime garder ses pensées et ses sentiments pour elle.

Elle est maîtrisée.

Réservée.

Imperturbable.

Je ne peux que me demander ce que ça ferait de lui faire perdre le contrôle.

Et la faire se désagréger.

Je parie que ce serait spectaculaire.

Comme des feux d'artifice.

— Bon, dis-moi ce qui est si compliqué dans ta vie.

Alors qu'elle s'apprête à répondre, l'avion tressaute. Quelques secondes plus tard, les lumières rouges et blanches des ceintures de sécurité clignotent dans la cabine.

Heureusement, je n'ai pas enlevé la mienne.

— Mesdames et messieurs, nous sommes désolés, dit le capitaine dans le haut-parleur. Visiblement, nous rencontrons des turbulences. Le personnel de cabine va regagner ses sièges, mais ne vous inquiétez pas. Cela ne devrait pas durer.

— Je déteste vraiment ça, dis-je, les dents serrées.

Elles sont à deux doigts de s'effriter.

— Ça va aller, m'apaise-t-elle en étreignant mes doigts.

Quand on pénètre dans une autre zone de turbulences, je suis quasiment certain que c'est fini pour nous tous et que, dans quelques secondes, on s'écrasera et trouvera la mort.

J'ai été content de vivre.

C'est une surprise quand Britt se rapproche et chante :

— « Durant les nuits les plus sombres, j'ai titubé, sans voir la lumière. Perdue dans un labyrinthe, sans trouver ce qui est juste. Mais au fond, le feu brûlait, refusant de s'éteindre. Une voix en moi a murmuré : *tu trouveras ta voie.* »

Je serre fort les paupières alors que sa voix apaisante me caresse telle une vague délicate.

Si je devais mourir, ce ne serait pas la pire manière de partir.

Quand les paroles s'interrompent, je marmonne :

— Ne t'arrête pas.

Je ravale les vrilles froides de panique qui n'ont de cesse de s'enrouler autour de mon cœur.

— *Je t'en prie.*

— « Je m'élève, plus forte que je l'aie jamais été. Chaque cicatrice est une histoire ; je ne les laisse pas l'emporter. Parmi les hauts et les bas, je trouverai ma vérité. À travers le chaos, je trouverai ma jeunesse. »

Elle chante légèrement plus fort pendant le chorus. Graduellement, ma peur s'estompe et mes muscles perdent de leur rigidité. Je me concentre sur sa voix et les paroles au lieu de ce qui se passe autour de nous.

— « Dans chaque chute et tous mes doutes, je reste fière. Je dois oublier le passé, me donner en entier. Tous les jours, je dis adieu à mes vieilles peurs, acceptant chaque défi, je vais libérer mon esprit. »

Quand elle retrouve le silence, je me rends compte que les turbulences sont passées et que les lumières des ceintures ne sont plus allumées. Je n'ai plus l'impression que mon cœur est pris dans un étau, et je peux aspirer dans mes poumons une grande goulée d'air. L'adrénaline qui court dans mes veines diminue.

Je garde les yeux braqués sur les siens.

— Merci. Ça m'a vraiment aidé.

Nos visages ne sont plus qu'à quelques centimètres l'un de l'autre. Ce serait trop facile de me rapprocher d'elle et de plaquer mes lèvres contre les siennes. J'ai eu à nouveau terriblement envie de la goûter depuis que je l'ai raccompagnée jusqu'à son appartement après notre rendez-vous improvisé.

— Ce n'est rien.

Elle ne bouge pas d'un millimètre alors que tout autour de nous disparaît.

J'ai l'impression que nous sommes les deux seules personnes à bord de cet avion.

— Tu as une jolie voix.

Ce compliment lui tire un léger sourire.

Je me creuse les méninges, essayant de me rappeler si j'ai déjà entendu cette chanson. Elle a quelque chose de familier.

Je crois.

Peut-être.

— Comment s'appelle cette chanson ? Parce que maintenant, j'ai besoin de la trouver sur Spotify.

Elle s'arrête de respirer pendant une seconde et écarquille légèrement les yeux alors qu'elle retire sa main de la mienne : tout à coup, on ne se touche plus. Ce retrait soudain après l'intimité qu'on vient de partager est douloureux et acéré.

Étrangement dévastateur.

— Je ne m'en souviens pas.

— Vraiment ? dis-je en fronçant les sourcils. Tu connaissais toutes les paroles.

Elle hausse sèchement les épaules et change de position sur son siège.

— C'est probablement de la mémoire musculaire.

C'est dommage.

La mélodie continue de me tourner dans le cerveau.

— Eh bien, merci encore. Tu m'as sauvé d'une crise de panique. Si je l'avais eue, le pilote aurait changé de trajectoire et on aurait effectué un atterrissage en urgence à Tulsa.

Je désigne les rangées de personnes qui nous entourent.

— Ce que tu as fait est un service public pour tous les passagers du vol 7809.

— Je crois que tu aurais réussi à te contrôler, s'esclaffe-t-elle.

C'est à mon tour de hausser les épaules en affichant un léger sourire.

— Peut-être. Peut-être pas. Je crois qu'on ne le saura jamais. Ce qui vaut mieux.

On adopte un silence confortable alors qu'elle contemple par le hublot le ciel rempli de nuages.

Comment est-il possible qu'après quelques minutes seulement, son contact me manque déjà ?

Sans pouvoir me contenir, je tends le bras et referme les doigts autour des siens, plus effilés. Son regard tombe sur nos mains jointes, puis elle lève les yeux.

Je lui adresse un sourire. Celui qui fait ressortir mes fossettes.

Cela dit, j'ai bien compris qu'elles n'ont aucun effet sur cette fille.

Mais... ça ne fait jamais de mal d'essayer, si ?

Parfois, il faut sortir l'artillerie lourde.

— Ça ne te fait rien si je te tiens la main pour le reste du vol ? Ça apaise mon anxiété.

Il y a une seconde ou deux d'hésitation. Enfin, elle pousse un long soupir éprouvé.

— Si ça peut t'éviter de te donner en spectacle, alors je suppose que je n'ai pas d'autre choix que de me sacrifier. Je parle au nom de tous les passagers à bord quand je te dis que personne ne veut faire un détour à Tulsa pour un atterrissage en urgence.

Je ne peux m'empêcher de sourire.

— On va t'appeler « la fille qui murmure à l'oreille de Colby ».

— C'est un job auquel non seulement je n'ai jamais postulé, mais que je ne suis également pas certaine de désirer.

— Trop tard, mon volcan. Il est déjà à toi.

— Merde. J'avais peur que tu dises ça.

9

———

BRITT

Quand on nous dépose enfin à l'hôtel, je n'ai qu'une envie : prendre une douche bien chaude. Contrairement à Colby, j'aime voyager. J'ai volé partout dans le pays pendant des années. Je viens de passer plusieurs mois à Western et cela fait dix ans que je ne suis pas restée plus longtemps au même endroit. Une fois découverte, j'ai connu une célébrité fulgurante aux yeux du public. Puis l'émission a fait de notre famille des gens hyperconnus.

Alors que je me dirige vers la réception, je songe au fait que cette animation constante ne me manque pas vraiment, ni les emplois du temps de fou.

Le groupe regarde les alentours tout en faisant des *oh* et des *ah* devant le luxe du vestibule. Des lustres de cristal sont suspendus très haut, projetant des constellations kaléidoscopiques sur les sols en marbre brillants. On ne peut s'empêcher de ressentir l'impatience qui vibre dans l'air.

Ce n'est pas ma première visite à Vegas. J'y viens généralement deux fois par an pour des fêtes données par le studio.

Ça découle de mon travail.

Je tire sur ma veste. Quand on s'est embarqués dans l'avion tôt ce matin, il faisait très froid, mais à Vegas, il fait une quinzaine de degrés. J'aimerais pouvoir retirer quelques-uns de mes vêtements d'hiver pour le week-end et profiter d'un peu de soleil. Le temps estival est probablement la seule chose californienne qui me manque.

Wolf et Fallyn sont les premiers à prendre leur chambre. Viennent ensuite Juliette et Ryder. Puis Carina et Ford. Stella et Riggs, ainsi que Viola et Madden, s'enregistrent et on leur tend les clés de leur chambre. C'est alors que je vois que je suis la seule fille célibataire du groupe. J'aurais probablement dû m'en rendre compte plus tôt. Maverick, Hayes, Bridger et Colby ont réservé une suite en commun.

Dans l'avion, Colby a fait danser ses sourcils et m'a proposé de crécher avec lui pour que je ne me retrouve pas toute seule.

Je lui ai fait ravaler cette idée avant qu'elle ne lui soit entièrement sortie de la bouche.

Quand c'est mon tour, je m'avance vers le long comptoir et donne mon nom. La femme qui se tient derrière sourit et pianote sur quelques touches avant de prendre mon numéro de carte de crédit.

Puisque les mecs s'enregistrent à côté de moi, je ne peux m'empêcher de surprendre leur conversation.

— Je suis désolé, monsieur, dit le réceptionniste à Bridger. Il semble qu'il y ait un problème avec votre réservation. Notre seule chambre disponible pour le week-end a des lits jumeaux.

Hayes regarde Maverick avec désarroi et se pince l'arête du nez.

— Je ne vais pas dormir par terre, mec. Tu peux oublier cette idée tout de suite.

— Il n'y a rien d'autre de disponible ? demande Colby à l'employé. On était censés avoir une suite de quatre lits.

L'homme qui les aide pianote sur les touches de son clavier d'un geste dramatique avant de secouer la tête.

— Non, je suis désolé.

Son expression s'illumine.

— Mais on peut installer un lit pliant dans votre chambre, gratuitement.

Maverick, Colby, Bridger et Hayes s'échangent des regards et froncent les sourcils. Je peux presque les voir effectuer des calculs mentaux pour comprendre que ça n'a aucun sens.

— Ça ne fait que trois lits pour nous quatre, signale Bridger. C'est possible d'ajouter un deuxième lit d'appoint ?

Le réceptionniste secoue la tête.

— Désolé, mais non. La pièce n'est pas assez grande. C'est contre les règles... Risque d'incendie. Peut-être que quelqu'un d'autre dans votre groupe ne verrait pas d'inconvénient à partager sa chambre ?

— Je refuse catégoriquement de dormir avec ma sœur et Ryder, grommelle Maverick. Je préfère retourner à la maison que de les écouter faire des choses. Ce serait psychologiquement préjudiciable pour toutes les personnes présentes.

— Je ne sais pas, mon pote. Ça ne me ferait rien, dit Hayes avec un sourire.

Maverick lui donne un coup dans le bras.

— Merde, mon pote. Ça fait mal, dit l'attaquant blond en riant.

— Très bien.

— Hé, Britt...

Avant que Colby ne puisse dire le reste, je secoue la tête. Je vois où ça va nous mener à des kilomètres de distance et je refuse catégoriquement.

— Absolument pas.

— Ça résoudrait le problème, tente-t-il de me convaincre en désignant ses trois camarades avec le pouce. Ils peuvent partager une chambre et je crécherai avec toi.

— Il n'y a qu'un seul grand lit, et je refuse qu'on dorme dedans ensemble.

Le réceptionniste obséquieux pianote tout en regardant son écran d'ordinateur.

— En fait, cette chambre a un canapé dépliant.

— Merci de la précision, dis-je en le fusillant du regard.

Il rayonne, ne comprenant clairement pas le sarcasme quand il l'entend.

— Pas de problème. C'est important que tous nos invités soient heureux.

— Et vous avez lamentablement échoué, grommelé-je.

Colby joint le bout des doigts avant d'afficher un air de chien battu.

— Je t'en prie, Britt. Je dormirai sur le canapé et je ne t'embêterai pas. Tu ne sauras même pas que je suis là.

Ah !

— J'en doute.

Il n'a qu'à entrer dans une pièce pour que je devienne hyperconsciente de sa présence.

C'est un problème.

— Écoute, l'interrompt Maverick, qui brandit un pouce en direction de son coéquipier. Si tu ne veux pas partager avec ce type, je dormirai sur ton canapé.

Colby lui décoche un regard mortel alors que sa voix se fait glaciale. Je ne l'avais encore jamais entendue venant de lui.

— Tu veux parier, McKinnon ?

Le frère de Juliette lui adresse un grand sourire : son expression se fait positivement joyeuse.

— Tu sais, je crois que c'est à Britt de prendre la décision. Pas à toi.

Quand Colby plisse les yeux et fait un pas vers le plus jeune joueur, je plaque ma paume contre sa poitrine afin de le tenir à distance. Un frisson d'excitation me parcourt en voyant les muscles d'acier qui se contractent sous son sweat-shirt.

— Très bien, marmonné-je. Tu peux rester dans ma chambre.

Au fond de moi, je sais que c'est une décision que je vais finir par regretter.

Putain, ça ne fait que trente secondes et j'aurais déjà souhaité avoir gardé la bouche fermée.

La tension épaisse qui émane de lui comme des vagues suffocantes se dissipe alors que son regard se tourne vers le mien.

— Tu en es sûre ?

Non. Même pas un peu.

— Ai-je vraiment le choix ? répliqué-je.

Un coin de sa bouche se relève.

— Bien entendu. Tu peux choisir de ne pas partager une chambre avec un de ces mecs.

Au lieu de répondre, je me tourne vers l'employé qui m'a aidée.

— Je peux avoir une autre clé pour la chambre, s'il vous plaît ?

— Absolument, dit-elle.

— Et pour nous faire pardonner, je vous ferai monter une bouteille de notre meilleur champagne, ajoute l'employé comme si ça allait arranger la situation.

— Super.

Une fois que tout le monde dans notre groupe a reçu ses clés, on se fourre dans les ascenseurs vers nos étages respectifs. On en a tous un différent. Certains se trouvent même dans différentes tours. On se met d'accord pour se retrouver en bas dans deux heures pour aller dîner et profiter de la vie nocturne.

Dès qu'on pénètre dans la chambre, Colby pousse un petit sifflement.

Très bien… alors, ce n'est peut-être pas juste une chambre. C'est plutôt une suite pour deux personnes avec un salon de plus de soixante-dix mètres carrés.

Il inspecte le bel intérieur décoré.

— Putain… C'est vraiment super.

— C'était la seule chose disponible quand on a réservé, marmonné-je.

— Ça a dû coûter bonbon.

Il coule un regard inquisiteur dans ma direction alors qu'il s'avance dans la suite.

— Je dois admettre que j'ai du mal à te comprendre, Britt.

Le commentaire nonchalant fait peser une masse de la taille de Rhode Island au creux de mon ventre. Je ne veux pas qu'il me comprenne.

Je me dirige vers les fenêtres qui donnent sur le Strip. La nuit, elles offriront une vue imprenable sur la ville qui s'étend à nos pieds.

— Il n'y a rien à comprendre.

Je m'efforce d'empêcher ma voix de trembler.

L'air reste emprisonné dans mes poumons tandis que je retiens mon souffle, attendant de voir s'il va insister et creuser afin d'obtenir des réponses.

— Ça ne te fait rien si je prends une douche ? Je me sens tout collant après ce vol.

Le soulagement m'envahit, manquant de m'affaiblir les genoux. J'ai eu envie de faire pareil, mais ça m'est égal de patienter si ça signifie mettre un terme à cette conversation désagréable.

— Je t'en prie.

C'est le murmure des vêtements qu'on retire qui me fait me retourner. En face de moi, je découvre Colby, torse nu. J'ai beau ne pas avoir envie de le regarder, mes prunelles s'abaissent vers ses pectoraux ciselés.

Putain !

Il a l'air d'avoir été taillé dans le marbre plutôt que d'être fait de chair et de sang. J'ai connu bon nombre de mannequins et athlètes professionnels au fil des années, et il leur met la honte.

Je suis tentée de réduire la distance entre nous et de faire courir mes mains sur tous ses muscles rigides.

Et ses abdos...

Si je compte correctement, il a un paquet de huit.

Mes yeux s'écarquillent quand ses mains se posent sur l'élastique de son jogging.

— Ne...

Trop tard.

Le tissu gris est descendu sur ses cuisses puissantes et ses mollets bien définis, puis il le retire. Enfin, il ne porte plus qu'un caleçon noir moulant qui embrasse chacun de ses muscles nerveux.

J'ai déjà dit putain ?

Eh bien, je vais le répéter.

Putain !

Aucun homme n'a le droit d'être aussi beau.

Mes yeux courent sur ses jambes qui feraient pâlir d'envie un tronc d'arbre et viennent se poser sur son paquet. Il n'en faut pas plus pour que ma bouche se dessèche, m'empêchant de déglutir.

Il est... euh... gros.

Très gros...

Chose amusante : plus je le contemple, plus j'arrive à le faire réagir.

Sans arrière-pensée.

La chaleur remonte jusqu'à mes joues alors que l'excitation se concentre dans mon intimité tel du miel chaud. Je fais un effort pour détourner les yeux et regarder par la fenêtre. Ce paysage spectaculaire ne me fait rien. D'ailleurs, je ne le vois même pas.

Je ne vois que Colby.

— Tu devrais aller prendre ta douche pour que je puisse faire pareil.

Aussi détachée que j'essaye de paraître, rien ne saurait être plus éloigné de la vérité, même si je peux entendre la tension épaisse qui vibre dans ma voix comme un fil électrique.

— Ou alors, dit-il sur le ton de la conversation, on économiserait autant du temps que de l'eau en prenant notre douche ensemble.

Je lui coule un regard noir. Ça me paraît être l'option la plus sûre puisque je viens de perdre quelques neurones en le regardant en face.

— Non, merci, lâché-je sèchement.

Il hausse les épaules avant de farfouiller dans son sac de sport.

— Tu es certaine que je ne pourrai pas te convaincre de faire un geste pour aider à sauver la planète ?

— Je ne préfère pas.

— Dommage pour toi.

Probablement.

Sur ce, il tourne les talons et passe à la salle de bains comme s'il n'avait pas le moindre souci au monde. Dès qu'il se détourne, je tourne brusquement la tête pour le regarder. Et oui, son dos est tout aussi ferme et plaisant que son torse. Je fonds dès que le verrou de la porte de la salle de bains se referme.

Comment vais-je faire pour partager un espace avec ce mec pendant tout le week-end ?

Je ferme les yeux et répète mon nouveau mantra.

Je ne vais pas me compliquer la vie.

Je ne vais pas me compliquer la vie.

Je ne vais pas me compliquer la vie.

Parce que c'est exactement ce qu'est Colby McNichols.

Une complication.

10

BRITT

Une heure plus tard, je me sens beaucoup mieux. La douche a réussi à faire des miracles. C'est comme si j'étais une nouvelle personne. Une personne plus que capable de résister à l'assassin au visage poupin avec qui je suis forcée de cohabiter pendant le week-end.

Il peut bien sortir l'artillerie lourde.

Je gérerai.

Pas de problème.

Je m'observe une dernière fois dans le miroir, tournant d'un côté puis de l'autre alors que la télévision murmure en arrière-plan. La robe argentée sans bretelles moule mes courbes et descend jusqu'à mes cuisses. C'est la première fois depuis que j'ai quitté ma vie à L.A. que j'ai pris la peine de faire un effort concernant mon apparence. Même quand les filles et moi sommes allées danser toute la nuit au *Blue Vibe*, je suis restée discrète.

Une autre première fois pour moi : appliquer mon propre maquillage et me coiffer toute seule. Avant, j'ai toujours eu une équipe de stylistes pour s'en occuper. Même pour les scènes sans importance quand je m'entraînais à la salle de sport, j'étais super glamour – quoique subtilement : je devrais feindre de ne pas en porter.

Petite anecdote : filmer une émission de télé-réalité n'est pas filmer la réalité.

Mais ça ne compte pas. Les gens dévorent ça et en veulent davantage.

Comme Stella l'a dit, c'est de la barbe à papa pour le cerveau. C'est une façon abrutissante d'échapper à ce qui se passe dans le monde pendant une heure ou deux.

Je ne peux m'empêcher de scruter mon reflet en silence.

Ça m'a pris six mois et pas mal d'introspection pour me rendre compte que Bebe n'est rien de plus qu'un personnage.

Une création du studio.

Au plus profond, ce n'est pas qui je suis.

Ou qui j'ai envie d'être.

J'ai enfin l'impression que les entraves de mon passé sont brisées et se détachent.

Ça fait longtemps que je ne me suis pas sentie aussi libre.

Un long sifflement profond arrache mes pensées au passé. Même si je suis quasiment certaine que Colby ne sait pas qui est Bebe, mes muscles se contractent et l'air reste coincé dans ma gorge alors que je lui adresse un regard prudent par-dessus mon épaule nue.

— Tu es magnifique.

Sa voix est basse et graveleuse comme si on l'avait repêché du fond de l'océan. Son timbre profond fait de drôles de choses à mes intestins.

La chaleur s'empare de mes joues.

— Merci.

Je déteste le fait que ce compliment signifie tellement plus venant de sa part.

Mon regard le parcourt tout entier. J'ai l'habitude de voir Colby en jogging, en jean et en sweat-shirt. L'uniforme officiel de l'athlète universitaire.

Ou peut-être des étudiants de fac en général.

C'est une épidémie sur le campus.

Ce soir, il porte une chemise rose clair qui souligne ses épaules larges et un pantalon gris qui lui va à la perfection. Une bouffée d'excitation me frappe au plus profond de mon intimité.

— C'est délicieux, ajoute-t-il avec un clin d'œil narquois.

Je lève les yeux au ciel.

Ce commentaire dissout la tension croissante qui s'est installée entre nous.

Avant que je trouve une réplique, une voix guillerette attire mon attention.

— Donnez-nous tous les détails, Sharon ! Où est Bebe ? Pourquoi ne l'a-t-on pas vue depuis des mois ? Elle se cache ? Axel et elle se sont-ils enfuis ensemble pour vivre leur meilleure vie loin des caméras ?

Je tourne la tête si vite vers le grand écran télé que je manque de me tordre le cou. Une blonde refaite fourre un micro sous le visage souriant de Maman. Mes quatre frères et sœurs sont agglutinés derrière elle, très glamour. Cheyenne rabat ses longs cheveux dorés derrière une épaule et adresse un sourire rayonnant à la caméra. Elles doivent être en train d'assister à un lancement. Il y en a toujours plein à Los Angeles. Un pour chaque soir de la semaine.

Je ne peux que la regarder, choquée, alors que mon cœur bat à un rythme douloureux contre ma cage thoracique.

— Tu es *si* taquine, Maryanne.

Ma mère brandit vers la journaliste un doigt surmonté d'un ongle au vernis brillant.

— Bien sûr que Bebe ne se cache pas. Elle prend une pause bien méritée. La pauvre fille n'en a pas eu depuis des années et ça lui a semblé la meilleure occasion d'en profiter.

Maman adresse un sourire exercé à la caméra.

— Je peux seulement vous dire qu'elle travaille sur de nouveaux morceaux.

— Oh, Axel est avec elle ? Elle a déjà pris une décision ?

Maman secoue la tête et fait un geste devant ses lèvres pour montrer qu'elles resteront closes.

— Vous savez que j'adorerais vous le dire, mais j'ai juré de garder le secret.

La journaliste se rapproche, avant de fourrer le microphone plus fermement près de la bouche de ma mère.

— Nos spectateurs aimeraient avoir un scoop exclusif.

Maman regarde la caméra, et un frisson glacial dévale mon épine dorsale. C'est comme si elle regardait directement dans mon âme.

Me parlait directement.

— On va bientôt recommencer à filmer l'émission, alors tout le monde découvrira si Bebe et Axel planifient un mariage durant la saison qui vient. Entretemps, Cheyenne chantera...

Colby éteint la télévision avec la télécommande avant que ma mère ne puisse achever sa phrase.

Je mets une seconde ou deux à m'extirper de la stupeur qui s'est abattue sur moi. La simple pensée de reprendre mon ancienne vie me provoque une boule douloureuse au creux du ventre. J'inspire profondément et conserve l'air dans mes poumons pendant un moment. Puis deux. Alors seulement, je le relâche dans l'atmosphère.

— C'est l'émission dont parlait Stella l'autre jour ?

Et merde !

Je le regarde malgré moi alors qu'un éclair de nervosité court dans mes veines.

— Euh, oui. Enfin, je crois.

Il secoue la tête en retroussant la lèvre d'un air dégoûté.

— Ces gens sont seulement connus pour être connus. Ils ne *font* absolument rien. C'est pathétique, la façon dont cette femme prostitue ses enfants pour avancer dans la vie.

Mes yeux s'écarquillent et j'en reste bouche bée.

Ces commentaires me font l'effet d'une claque en plein visage.

Ce n'est pas comme si je n'avais pas pensé la même chose un million de fois. Mais pour une raison quelconque, c'est différent quand ça vient de lui.

Colby est un étranger qui ne sait rien de ma famille.

Il ne sait pas à quel point ma mère travaille dur. C'est elle qui gère tous nos emplois du temps, négocie les contrats et les concerts, les spectacles et les interviews. C'est grâce à sa ténacité et sa force qu'on mène la vie qu'on a. Je sais parfaitement qu'elle marcherait pieds nus jusqu'aux confins de la Terre si ça offrait à ses enfants toutes les occasions de réussir. Peu importe ce que je ressens en ce moment, j'ai toujours été reconnaissante.

Je me redresse de toute ma hauteur.

— C'est un peu dur.

— Je dis les choses telles qu'elles sont.

Il hausse les épaules rudement.

— Dis-moi que je me trompe.

Ma langue vient humecter mes lèvres. Pour une raison quelconque, j'ai l'impression de marcher sur une corde raide.

— L'émission ne concerne pas juste la famille. Bebe n'est pas simplement une star de télé-réalité. C'est une musicienne. L'émission nous permet simplement d'entrevoir le processus.

Y a-t-il quelque chose de plus bizarre que de parler de soi-même à la troisième personne ?

— Je... euh... J'avais lu un article il y a quelque temps qui disait qu'autrefois, ils sortaient à peine la tête de l'eau.

Je désigne la télévision.

— Avant que sa fille ne soit découverte, cette femme faisait des services de douze heures en tant qu'infirmière à l'hôpital. Elle a pris la décision de tous les déraciner pour les faire déménager dans un endroit où ils n'avaient ni famille ni amis. Puis elle s'est démenée afin de s'assurer que tous ses enfants auraient l'occasion de réaliser leurs rêves, quels qu'ils soient. Alors, dis-moi... En quoi cela fait-il d'elle une mauvaise mère ?

Mon cœur tambourine dans ma poitrine.

— Ça t'est déjà arrivé que ta famille n'ait pas assez pour régler les factures ?

D'après ce que je sais de son père, hockeyeur célèbre, je devine que c'est tout le contraire.

Il fronce les sourcils.

— Je...

Un silence malaisant s'abat sur nous.

Je connais Colby depuis très peu de temps, mais je ne l'ai jamais vu la langue aussi nouée.

Il me scrute plus attentivement en inclinant la tête. J'ai du mal à garder le menton relevé sous ses prunelles attentives.

— Non, admet-il enfin d'une voix plus douce.

Je suis emprisonnée par son regard scrutateur et les questions qui dansent dans ses yeux.

— Mais je devine que toi, si.

— Il y a longtemps.

— Désolé, je n'avais pas l'intention de toucher une corde sensible et de t'offenser.

Je me mordille la lèvre. Je suis tentée de lui répondre que non, mais ce serait un mensonge et on le sait tous les deux.

Mes muscles se détendent alors qu'il examine la suite luxueuse.

— On dirait que les choses se sont améliorées.

Je pousse un soupir ferme et me rends compte qu'on se rapproche dangereusement d'un territoire dont j'aurais du mal à m'extraire.

Et je suis lasse des mensonges.

J'ai l'impression que mon existence tout entière est basée là-dessus.

— Oui, c'est vrai.

Avant qu'il ne puisse poser d'autres questions auxquelles je ne sais pas répondre, je change de sujet.

— Tu es prêt à y aller ? Tout le monde nous attend probablement en bas.

La tension qu'on ressentait il y a quelques secondes se dissipe.

— Oui.

J'enfile mes chaussures à talons et prends mon sac sur la crédence. On quitte la suite pour se diriger vers l'ascenseur situé dans le couloir. Colby ne me quitte pas des yeux pendant tout le trajet jusqu'au vestibule. Je m'efforce de rester impassible. C'est un soulagement quand les portes s'ouvrent et que du bruit se déverse à l'intérieur de l'ascenseur. L'air frais fend la tension croissante.

Il garde la porte ouverte alors que je sors dans le couloir et cherche nos amis.

Cette pensée suffit presque à me faire freiner brusquement, parce qu'au cours des derniers mois, c'est exactement ce qu'ils sont devenus.

Mes amis.

Cette prise de conscience me provoque une bouffée de chaleur qui m'envahit entièrement.

Colby me donne un coup de coude, et je suis ramenée au moment présent.

— Hé, ce n'est pas le mec du film d'action qui est sorti l'été dernier ?

Je coule un regard au mec en question. Il est au milieu de son entourage et de ses fans.

— Oui, c'est lui. Tu veux un autographe ?

Il ricane tout en plissant le visage.

— Certainement pas. Il peut plutôt me demander le mien. Je lui en donnerai *peut-être* un.

D'après toutes les rumeurs qui courent sur le campus, Colby va finir par prendre d'assaut la Ligue nationale. Si les gens ne le connaissent pas à cause de son parcours de hockeyeur professionnel, ils le reconnaissent à cause de tous les partenariats que son agent lui a trouvés.

Dans quelques années, Colby McNichols sera connu. Il est trop torride, talentueux et charmant pour ne pas l'être.

Cette combinaison est un trio gagnant.

On remarque une demi-douzaine de visages connus alors qu'on traverse le vestibule bondé, avant de remarquer Carina et Ford en compagnie de plusieurs autres personnes.

Quand elle nous voit, la danseuse blonde nous adresse un geste du bras. Elle me dévisage des pieds à la tête.

— Eh, tu es super, ma belle !

Je lui adresse un sourire.

— Merci. Tu es super aussi.

Elle rabat sa queue-de-cheval haute par-dessus une épaule.

— Merci.

Juliette et Ryder pénètrent dans le vestibule, main dans la main, l'air heureux. Enfin, elle a plutôt l'air radieuse. Pas besoin de se demander pourquoi. Ils sont tous les deux tirés à quatre épingles. Le bras de Ryder enlace sa copine d'un geste possessif. Ils forment le couple parfait.

Maverick, Hayes et Bridger les suivent. Tous les trois rient et se bousculent comme des enfants. Les têtes se tournent sur leur passage. Ils sont attirants. Grands, musclés et beaux. En voyant l'aisance avec laquelle ils évoluent, on se doute qu'ils sont athlètes, même sans le savoir.

Ford jette un œil au groupe.

— Je crois qu'il ne manque plus que les mariés.

— Je ne m'imagine pas ce qui peut les retenir, dit Hayes avec un rire.

Bridger lui donne un coup de coude dans les côtes, ce qui le fait simplement rire plus fort. Même si Hayes semble décontracté et sourit tout le temps, j'ai l'impression qu'il a des profondeurs cachées. Presque comme s'il affichait une façade pour ses amis.

Probablement parce que je fais pareil.

On se reconnaît mutuellement.

Il est aussi beau que les autres mecs, avec ses cheveux blond cendré qui sont longs sur le dessus et ont tendance à retomber sur ses yeux.

— Les voilà, dit Maverick. Je crois qu'on est prêts à faire la fête.

— Et où ferait-on ça, exactement ? demande Bridger en passant une main dans ses cheveux acajou.

D'habitude, il porte une casquette. C'est probablement la première fois que je le vois sans. Comme tous les autres à Western, j'ai lu les textos groupés qui ont été envoyés tant au personnel qu'aux étudiants et j'ai compris qu'il essaye de rester discret. C'est évident que quelqu'un cherche à lui nuire.

— On va manger dans un resto en bas de la rue. Le concierge a fait des réservations. Puis on ira en boîte pour se remuer le popotin, annonce Stella.

— C'est bon pour moi, en convient Carina. Je suis toujours partante pour un peu de *dirty dancing*.

— Le seul *dirty dancing* que tu vas faire sera pour moi, bébé, rit Ford, qui la serre contre lui et dépose un baiser sur ses lèvres.

— Bon, dit Wolf. Allons-y.

Notre soirée commence dans un resto possédé par une star de télé-réalité. Je n'en parle pas, mais j'y suis déjà venue. Elle m'avait invitée. La nourriture est délicieuse et les boissons coulent à flots. Tout le monde passe un bon moment. C'est très facile de voir que ce groupe est soudé et à l'aise. Dans des moments comme ça, je suis reconnaissante que les filles se soient montrées si accueillantes et m'aient fait de la place.

Une fois que l'addition est payée, on se dirige vers un club tout proche et on découvre une grande file qui fait le tour du pâté de maisons. Colby s'adresse au videur qui garde la porte et, quelques minutes plus tard, le colosse en costard nous fait entrer comme si on était des VIP. Les gens en tête de file grommellent quand on passe devant eux.

— Qu'est-ce que tu lui as dit ? ne puis-je m'empêcher de lui demander.

Colby passe un bras autour de mes épaules et me serre contre lui avant de murmurer :

— Reste avec moi, ma belle. Je t'emmènerai dans des endroits et te montrerai des choses que tu n'as jamais vues.

Je secoue la tête en souriant malgré moi.

Ce mec...

Il est vraiment gonflé.

Ça ne devrait pas être sexy.

Ça ne devrait vraiment pas...

Mais ça l'est indéniablement.

Une énergie contenue rend frénétique l'espace plongé dans la pénombre. Des lumières colorées fendent l'obscurité. À l'intérieur, c'est bondé. Perché haut au-dessus de la piste de danse, un DJ mixe la musique. Des néons clignotent au fond du club, illuminant un long bar sophistiqué et classe.

Même si la température extérieure a diminué de quelques degrés, je suis contente de ne pas avoir pris de gilet. On vient d'arriver, mais je sens déjà la chaleur de la masse des corps tourbillonnants.

On s'avance pour fendre la foule vers le bar. Ryder commande une tournée de shots pour le groupe. Puis Carina en paye une autre. Après quoi, Stella m'entraîne vers la piste de danse et toutes les filles suivent le mouvement, et on finit par se tailler un petit espace pour nous-mêmes.

La techno bat un rythme régulier que je suis capable de sentir au plus profond de mes os. Mes paupières ne mettent pas longtemps à se fermer alors que je lève les bras et permets à la musique de se déverser sur moi. Tout ce dont j'ai envie est d'oublier tout ce qui tiraille mon inconscient.

Toute la pression que je ressens à l'idée de retourner à Los Angeles.

Vers ma famille...

Je les aime, mais je ne veux plus avoir la responsabilité de nous faire vivre. Je désire la liberté de pouvoir me retirer sans que cela affecte le business qu'on a bâti au cours de la décennie qui vient de s'écouler.

Est-ce possible ?

C'est la question qui me ronge dans l'obscurité et me tient éveillée la nuit.

Les chansons se succèdent jusqu'à ce que j'aie l'impression de flotter. Je ne sais pas si c'est l'alcool qui court dans mes veines, la musique ou bien l'atmosphère de fête, mais je voudrais que ce moment ne se termine jamais.

Ce n'est que lorsque des bras puissants s'enroulent autour de ma cage thoracique et me plaquent contre un torse d'acier que je reprends mes esprits. Sans me tourner, je sais exactement qui m'étreint aussi fort. Je reconnaîtrais son odeur boisée n'importe où.

Si j'avais les idées claires, je m'écarterais de Colby et mettrais de la distance entre nous.

Au lieu de cela, je m'enfonce contre sa force brute alors qu'il resserre son étreinte. Ça fait longtemps que je ne me suis pas sentie aussi en sécurité et protégée.

Je suis fatiguée de lutter contre cette attirance.

— La façon dont tu bouges est si sexy, gronde-t-il.

Ses mains glissent sur mes courbes. Je tourne suffisamment la tête pour que nos regards se croisent. Même dans la pénombre de la boîte, la chaleur et l'excitation font pétiller ses pupilles. Plus on se regarde, plus le reste s'estompe.

L'air se fige dans mes poumons tandis que son visage se rapproche.

C'est alors que je réalise qu'il n'en faudrait guère plus pour que je tombe sous le charme de ce type.

Cette pensée me fait l'effet d'un seau d'eau froide en plein visage et je sors de ma rêverie avec un sursaut.

— J'ai besoin d'aller aux toilettes, murmuré-je en me libérant, avant de m'éloigner.

Dès que je le fais, le voile épais qui obscurcit mon cerveau se dissipe suffisamment pour que ma raison reprenne le dessus.

Après tout ce que j'ai fait et ce que j'ai traversé, il en faut beaucoup pour me décontenancer.

Mais c'est exactement ce que je ressens en cet instant.

— Tu veux que je t'accompagne ?

Je secoue la tête et m'écarte de lui d'un autre pas.

— Non, je reviens.

Peut-être.

Avant qu'il ne puisse répondre, je me faufile à travers la masse des corps dansants, vers l'autre côté de la zone spacieuse, où sont situées les toilettes. Et tout comme le reste de l'établissement, elles sont ridiculement grandes et luxueuses. Après mon passage au petit coin, j'effectue un détour par le bar pour acheter une bouteille d'eau dont j'aurais bien besoin.

Tandis que j'attends qu'un serveur prenne ma commande, mon regard danse sur la foule glamour, avant de se laisser capturer par la section VIP fermée par une corde. J'ai fait la fête ici des douzaines de fois et c'est toujours là qu'on s'asseyait, loin de la foule, avec plus de place pour respirer et du personnel dédié qui accède à tous nos caprices.

Le duvet de ma nuque se hérisse quand mon attention se pose sur un mec aux cheveux noir de jais et aux yeux bleu pâle qui se prélasse sur un canapé en velours molletonné. La boisson dans sa main est assortie à l'expression ennuyée plaquée sur son visage.

Je la connais intimement.

À moins qu'on ne filme l'émission.

Alors, il n'est que charisme et charme désinvolte.

C'est une performance pour les caméras et les millions de gens qui nous regardent toutes les semaines.

Quand son regard désabusé croise le mien, l'électricité me parcourt, dérobant l'air de mes poumons, m'empêchant de respirer.

Avec un froncement de sourcils, il redresse le dos.

Merde.

Ça suffit à me faire prendre la poudre d'escampette.

11

COLBY

Je suis Britt de loin alors qu'elle se faufile à travers la foule, puis dans le couloir qui mène aux toilettes. Elle ne veut certainement pas que je l'accompagne, mais j'ai une petite sœur et je ne voudrais pas qu'elle se déplace toute seule dans un endroit comme ça.

Elle revient au bout d'environ dix minutes. Je me redresse de toute ma hauteur quand je la vois effectuer une ligne droite vers le bar sophistiqué au lieu de revenir vers la piste de danse où tout le monde se déhanche.

Je suis terriblement tenté de franchir la distance qui nous sépare et de la reprendre dans le cercle chaud de mes bras, là où est sa place. Je secoue presque la tête alors que cette pensée se coagule dans mon cerveau. Le mélange d'émotions qui me parcourt est étrange et nouveau. Jusqu'ici, je n'ai rien connu de tel. Au lieu de battre en retraite, elles n'ont fait que me donner envie de creuser plus profond et de découvrir ce que tout cela signifie.

Même si ça va à l'encontre de tous mes instincts, je me force à prendre du recul pour observer. Je suis curieux de voir si elle va revenir sur la piste de danse.

Revenir à moi.

Elle s'attarde près du bar, tentant d'attirer l'attention de quelqu'un. Mais les barmans sont occupés et il y a au moins deux rangées de clients. Mes muscles se contractent quand plusieurs mecs prennent le temps de lui mater le cul. Je suis comme un cheval de course qui se ronge le mors. Si un de ces connards essaye de tenter son coup, je m'interpose.

Ça me démange de la marquer de mon sceau, pour que ces bouffons comprennent qu'elle est prise.

Sauf que... ce n'est pas le cas.

Britt ne m'appartient pas.

Je ne suis même pas certain qu'on soit amis.

Indifférente à l'attention qu'elle attire, elle observe la section VIP. Je suis son regard et découvre un type aux cheveux sombres. Il est installé sur un canapé de luxe alors que les gens bien habillés qui l'entourent rient et boivent.

Il dégage quelque chose de familier. Cela dit, ce n'est pas vraiment surprenant. J'ai aperçu pas mal de célébrités depuis qu'on est entrés dans l'hôtel. Des stars du cinéma et de la télé, des athlètes et des chefs connus dans le monde entier.

Vegas est un terrain de jeu pour les gens riches et célèbres.

L'attention de Britt reste braquée sur lui. Sous les lumières colorées qui brillent et clignotent, son corps se raidit. Elle a l'air complètement prise au dépourvu.

Figée sur place.

Le connaît-elle ?

Je scrute le mec plus attentivement et je découvre qu'il rend son regard à Britt. Il affiche un air surpris alors qu'il redresse l'échine comme un chien de chasse qui vient de flairer une proie.

Quand je me tourne vers Britt, je suis choqué de voir qu'elle a disparu. Apercevant un éclair argenté qui traverse la foule, je me mets en mouvement. Après avoir effectué quelques pas, je jette un coup d'œil par-dessus mon épaule, voulant m'assurer que le mec en question n'a pas l'intention de la suivre. Il plisse le front et se redresse, sondant la pénombre.

Ne voulant pas la perdre pour la seconde fois de la soirée, je tourne les talons et accélère le pas. Je suis assez grand pour voir au-dessus de la majeure partie de la foule amassée dans le club et je l'aperçois qui se glisse par la sortie.

Mon cœur martèle un rythme inégal alors que je pars à sa poursuite. Moins de deux minutes plus tard, je parviens à sa hauteur.

Elle sursaute. Je lis un soupçon de peur sur son visage quand elle tourne brusquement la tête et que nos regards s'entrechoquent.

— Colby.

Sa voix est tremblante.

Haletante.

— Hé.

Elle a l'air soulagée, mais se réfugie rapidement derrière un masque d'indifférence alors qu'elle continue à avancer à grandes enjambées décidées vers notre hôtel relativement éloigné.

J'attends une seconde.

Puis une autre, espérant qu'elle me fournira une explication quant à son départ soudain.

Il devient vite évident que c'est peine perdue.

— Qu'est-ce qui vient de se passer ?

Elle regarde devant elle.

— Rien. J'ai juste eu un peu chaud et j'ai décidé de revenir à l'hôtel.

Un peu chaud ?

C'est son excuse pour s'être enfuie comme si elle avait le diable aux trousses ?

— Et tu n'allais pas en informer quelqu'un ? Tu ne penses pas que tes copines s'inquiéteront, si tu disparais sans un mot ?

Elle s'arrête maladroitement et me regarde. Elle a l'air troublée.

— Tu as raison.

Elle récupère son téléphone dans son sac à paillettes assorti au bout de tissu qui lui sert de robe, puis envoie un texto. Elle brandit le petit appareil rose et doré.

— C'est fait. J'ai envoyé un texto groupé pour leur dire que je rentre à l'hôtel.

Puisqu'elle ne va pas m'expliquer pourquoi elle a quitté la boîte, je décide de prendre le taureau par les cornes.

— C'était qui, ce mec ?

Il y a un éclair de panique dans ses yeux dorés, mais il disparaît immédiatement.

— Quel mec ?

— Celui dans le coin VIP. Le mec que tu regardais.

Il y a un moment de silence malaisant, puis j'ajoute :

— Celui qui te rendait ton regard comme s'il te connaissait.

Elle se mordille la lèvre inférieure en se détournant.

— Je n'en ai aucune idée.

J'incline la tête et la scrute sous les néons clignotants des restaurants, casinos et hôtels.

— Tu en es certaine ? Parce que la façon dont vous vous êtes regardés me dit le contraire.

Elle fronce les sourcils et m'interroge à son tour.

— Tu m'observais ?

Bien sûr, je pourrais mentir…

Mais à quoi cela servirait-il ?

— Oui.

— Pourquoi ? demande-t-elle en écarquillant les yeux.

Je me rapproche, dévorant l'espace entre nous, avant de tendre la main pour lui caresser la joue du bout des doigts.

— Je crois que ce devrait être plus qu'évident.

Quand elle garde le silence, je renchéris :

— Tu ne penses pas ?

— Colby…

Elle cligne des paupières, et son visage se fait indécis.

Au lieu d'insister, je permets à ma main de s'écarter pour venir se glisser autour de sa taille et la serrer contre moi. Il y a quelque chose dans son corps chaud ancré contre le mien qui apaise tout ce qui se déchaîne en moi.

— Viens, on va rentrer à l'hôtel.

— Tu n'es pas obligé d'écourter ta soirée. Il y a plein de gens dans les rues. Je suis parfaitement en sécurité.

Je refuse catégoriquement de la laisser rentrer seule.

Je ne me comporte pas toujours comme un gentleman, mais au fond de moi, c'est exactement ce que je suis.

D'ailleurs, ma devise a toujours été « les femmes d'abord ».

Ça ne saurait être plus révélateur.

Je hausse les épaules.

— J'ai vraiment envie de rentrer.

Je suis soulagé quand elle se détend, puis on se remet en mouvement dans un silence convivial.

Pour la première fois de ma vie, je suis focalisé sur une fille.

Je suppose que lorsqu'on aura couché ensemble, mon intérêt disparaîtra et que je pourrai tourner la page. Une petite voix à l'intérieur de ma tête se demande ce qui se passera si ce n'est pas le cas.

Je réprime cette pensée avant qu'elle ne puisse me ronger le cerveau et causer des dommages irréparables.

Parce que ça n'arrivera jamais.

12

____

BRITT

Colby garde le bras enroulé autour de moi alors qu'on traverse l'hôtel et qu'on entre dans l'ascenseur couvert de miroirs, avant de monter au vingt-cinquième étage. Il y a quelque chose de réconfortant dans sa présence et la façon dont il me garde ancrée à lui comme si on le faisait depuis des années.

Je dois me rappeler continuellement que ce type est un séducteur. C'est ce qu'il fait.

Il séduit les filles, qui tombent dans son lit.

Et elles sont ravies d'avoir cette occasion. Selon les rumeurs, elles sont tout aussi contentes le matin quand il les fiche dehors. À présent qu'il est entièrement concentré sur moi, je comprends à quel point son attention peut être enivrante.

Ce que je ne comprends pas, c'est que j'ai géré mon lot de mecs séducteurs et que je suis plutôt douée pour découvrir ce qui se dissimule sous la poudre et les paillettes. Je n'ai jamais eu un problème pour m'en aller sans jeter un seul regard en arrière.

Mais Colby est différent.

L'odeur boisée de son après-rasage me prend sournoisement dans ses volutes, m'empêchant de le tenir à bonne distance. Quand il colle sa carte contre la serrure, je réalise exactement comment la soirée va se dérouler. Après avoir vu Axel à la boîte de nuit, je suis déboussolée et je n'ai pas les idées claires. J'ai l'impression que ma vie à Western est un château de sable qui s'écroulera à la première vague... et c'est terrifiant.

Le silence emplit la suite alors qu'il allume et qu'un rayonnement chaud illumine l'espace. Je gravite vers les fenêtres et les lumières vives de la ville qui s'étend en dessous. Le Strip est rempli de nombreux hôtels iconiques et de casinos dont les néons se détachent sur l'obscurité de velours.

C'est criard, excessif, mais aussi magique.

Je réalise que Colby s'est glissé derrière moi quand ses mains viennent se poser sur mes épaules nues et qu'il me plaque contre son torse puissant.

— C'est beau, n'est-ce pas ? murmuré-je.

— Magnifique.

Il lève la main pour écarter les cheveux de mon visage, puis le bout de son nez caresse la courbe de ma joue. Un frisson de désir parcourt la longueur de mon dos alors que son souffle chaud danse sur ma chair. Quand ses doigts s'enfoncent dans ma peau nue, un éclair aigu d'excitation se concentre au plus profond de mon ventre.

J'ai beau être envoûtée par la vision qui s'offre à moi, mes paupières se ferment toutes seules quand il mordille le lobe de mon oreille.

Ça fait longtemps que personne ne m'a autant excitée.

Des années.

Je pivote dans ses bras jusqu'à ce que je puisse observer son visage.

Son regard enflammé projette des étincelles.

— Dis-moi à quoi tu penses.

— Je ne comprends pas ce qui existe entre nous.

C'est bon de pouvoir enfin admettre la vérité à haute voix.

Ses lèvres tressautent.

— De l'attirance. Du désir. Qu'y a-t-il d'autre à comprendre ?

Il a raison, bien sûr. C'est tout ce qu'il y a.

Un peu d'attirance physique qui refuse de s'éteindre.

Il glisse les doigts sous mon menton.

— La question est : qu'est-ce que tu vas y faire ?

Peut-être que la véritable question est... *qu'est-ce que j'ai envie d'y faire ?*

J'ai passé six mois à garder mes distances parce que je craignais de m'approcher trop près. Effrayée que quelqu'un découvre mon secret.

Ça a été épuisant.

Pendant une nuit, j'ai envie de faire semblant que ma vie à L.A. n'existe pas et que je suis exactement celle que je prétends être. J'ai envie de céder à l'attirance qui court dans mes veines et mouille ma culotte quand je vois cet homme.

Juste pour cette nuit.

Quelques heures de baise sans lendemain.

Et Vegas est l'endroit parfait pour le faire. On pourra se le sortir du système, puis retourner à la fac et reprendre nos vies séparément. Si les rumeurs que j'ai entendues sur Colby sont vraies, c'est exactement ce qu'il compte faire.

Ça se goupillera parfaitement.

Ma décision prise, j'enroule les bras autour de son cou et m'étire sur la pointe des pieds, avant de frôler ses lèvres avec les miennes. Un grognement remonte du plus profond de son torse alors qu'il mordille ma lèvre inférieure et tire dessus avec des crocs acérés. Il n'en faut pas plus pour qu'une vague d'excitation s'abatte sur moi, menaçant de m'entraîner au fond de l'océan.

Quand un gémissement de désir m'échappe, la douceur veloutée de sa langue se glisse à l'intérieur de ma bouche pour venir se mêler à la mienne. Il prend le contrôle du baiser. Ses mains s'enroulent autour de mes hanches pour venir saisir mes fesses et tripoter la chair arrondie. Il me serre de plus près afin que la longueur épaisse de son érection s'enfonce dans mon bas-ventre. Le besoin se concentre dans mon intimité.

Avec un grognement, il s'écarte, puis colle son front contre le mien et me regarde dans les yeux.

— Je ne veux pas que ça aille plus loin si tu n'es pas entièrement d'accord. Tu comprends ?

Je hoche la tête, ébahie qu'il soit capable de s'arrêter alors que j'ai simplement envie de sentir ses lèvres glisser sur les miennes et oublier tout ce qui me ronge dans l'obscurité.

— Oui, murmuré-je. J'en ai envie. J'ai envie de *toi*.

Pour ce soir.

Peut-être même demain.

Mais rien de plus.

Son regard scrute le mien pendant quelques secondes, puis il hoche fermement la tête et fait un pas en arrière. Avant que je puisse protester contre cette séparation, il pose les mains sur mes épaules et me fait tourner : mes fesses se retrouvent collées à lui.

— Soulève tes cheveux, ma chérie. Tu es super chaude dans cette robe, mais elle doit disparaître.

Mes mains tremblent alors que je rassemble ma chevelure épaisse et l'écarte de mon cou. Le grincement des dents de métal est le seul son qui rompt le silence pesant de la suite. Mon cœur bat plus vite tandis que le tissu dégringole le long de mon corps comme une cascade, jusqu'à ce qu'il se rassemble autour de mes chaussures à talons argentés de dix centimètres.

Le seul vêtement que je porte est un string qui ne couvre quasiment rien.

— Merde.

Je n'ai même pas pris la peine d'enfiler un soutien-gorge, vu que la robe n'a pas de bretelles et qu'elle a un corset intégré.

Quand je tente de baisser les bras, il pousse un grognement guttural.

— Non. Reste comme ça. Je suis loin d'avoir fini de t'admirer.

L'ardeur qui envahit sa voix me provoque des papillons dans le ventre.

— Tu es si belle, tu sais ?

Je me tourne juste assez pour regarder par-dessus mon épaule et croiser ses yeux aux paupières alourdies. La chaleur qui les remplit suffit presque à me brûler vive.

— Tu vas me contempler toute la nuit ou bien me baiser ?

Un air prédateur assombrit ses traits.

— Oh, j'ai l'intention de te baiser toute la nuit.

Cette promesse coquine fait exploser un essaim de papillons au plus profond de mon ventre.

Une grande enjambée me suffit à dévorer la distance entre nous jusqu'à ce qu'il soit assez proche pour s'aligner avec mon épine dorsale. Ses mains se glissent autour de ma cage thoracique afin de saisir mes seins nus avec mes paumes. Il presse leur douceur comme s'il en testait le poids avant de faire rouler mes mamelons entre ses pouces et ses index. Je ressens un éclair de plaisir qui m'électrise de l'intérieur.

Ma tête bascule en arrière, contre sa poitrine. C'est là que je me rends compte qu'il porte toujours son pantalon de costard et sa chemise rose empesée, alors que je suis pratiquement nue.

Je ne sais pas pourquoi cette image mentale est si érotique.

Cette pensée se désintègre quand il pince mes pointes durcies.

Je laisse échapper un petit cri. Je ressens la morsure de la douleur, rapidement noyée par une vague de plaisir.

— Tu aimes ça, ma jolie ?

Ses dents viennent racler contre la courbe de ma joue alors qu'il répète le mouvement.

Un grognement torturé est la seule réaction dont je suis capable.

— Si je glisse ma main dans cette pathétique imitation de sous-vêtement, je vais trouver ta petite chatte toute mouillée pour moi ?

Oh, mon Dieu...

Je ne m'étais pas attendue à ce qu'il parle aussi crûment.

Une bouffée de chaleur emplit mon string.

— Hum ?

Il me mordille l'oreille et me pince à nouveau.

— Tu n'as pas répondu à ma question.

C'est parce que j'ai perdu l'usage de la parole. Mon cerveau court-circuite et je suis incapable de construire une réponse passable. Si j'ouvre la bouche, il n'en sortira que du charabia.

Il m'a à peine touchée que je danse déjà au bord du précipice.

Si ça laisse présager du reste de la nuit, je comprends parfaitement pourquoi les filles quittent son lit avec un sourire et rien que des compliments.

— Je crois que je vais devoir le deviner tout seul.

Une main quitte mon sein, court sur mes côtes et mon ventre, se faufile sous l'élastique de mon string. Ses doigts frôlent mon clitoris palpitant puis ma fente avant de se glisser entre les lèvres humides. Deux doigts s'enfoncent en moi, me pénétrant jusqu'à la garde. Il les tient fermement en place alors que ses lèvres frôlent le rebord de mon oreille.

— Hum... trempée.

Il les fait aller et venir. Le mouvement est lent, comme s'il avait tout le temps du monde pour explorer mon corps.

— J'espère que tu vas me laisser lécher tout ça.

Il grogne quand une nouvelle explosion d'excitation envahit mon intimité.

— Tu aimes que je parle cru, n'est-ce pas ?

Je pousse un cri de protestation quand il retire ses doigts de mon corps.

— Oui !

— C'est bien, me complimente-t-il en les faisant remonter.

Il frotte mon clitoris en cercles paresseux qui m'entraînent vers les sommets.

Ma main s'enroule autour de la sienne et j'enfonce les ongles dans sa chair.

— Quelques griffures ne me font rien. Tu veux apposer ta marque sur moi ? Je n'y vois aucun problème.

Mon corps se contracte alors qu'il continue à caresser ma chair, faisant naître tant de plaisir que j'ai envie de pousser des cris.

— Je t'en prie, laissé-je échapper dans un gémissement.

Je n'ai jamais imploré personne de toute ma vie, pour quoi que ce soit.

Mais je n'arrive pas à empêcher les mots de se déverser librement.

Son corps envahit le mien jusqu'à ce que j'aie l'impression d'être entourée de tous les côtés par sa présence masculine. Il pince mon mamelon d'une main tout en frottant mon clitoris de l'autre. Je cambre le dos, et mes muscles se contractent alors que j'explose comme un feu d'artifice. Un cri déchire ma gorge et remplit l'air.

— Ouvre les yeux, ma belle.

Même si c'est la dernière chose que j'ai envie de faire, je me force à les ouvrir. Les lumières colorées du Strip emplissent mon champ de vision. Mon souffle reste coincé dans ma gorge tandis que des vagues successives de plaisir s'abattent sur moi. Mes genoux faiblissent. Il joue de mon corps comme d'un instrument précieux.

Ça ne fait que prolonger mon orgasme.

Quand la dernière vague de plaisir envahit mon système, je deviens toute molle. Il me caresse du bout des doigts en me tenant plaquée à lui. Je regarde son reflet dans la vitre.

— Tu es belle quand tu te laisses aller.

Mes joues se réchauffent quand il glisse la main hors de mon string. Sans me quitter du regard, il porte ses doigts à ses lèvres et en lèche le nectar avant de les aspirer dans sa bouche.

Les yeux écarquillés, je n'arrive plus à respirer.

Je ne pourrais pas me détourner même si j'en avais envie.

Ai-je déjà vu quelque chose d'aussi sexy de toute ma vie ?

— C'est délicieux.

Cette même main descend vers mon string avant de se glisser sous l'élastique pour me pénétrer une seconde fois. Je réalise alors à quel point je suis trempée. La vitesse à laquelle il a réussi à me faire jouir est presque embarrassante.

Le pire est que je suis quand même excitée et que j'en désire plus.

Il fait aller et venir ses doigts en moi, profondément. À chaque mouvement alangui, l'excitation s'intensifie dans mon ventre.

Bien entendu, j'ai déjà couché.

Parfois, j'ai joui. D'autre fois, l'orgasme restait insaisissable et je me finissais toute seule plus tard. Sauf si c'était vraiment mauvais.

Alors, je ne faisais même pas l'effort.

Axel était égoïste. Il préférait recevoir, mais ne voulait pas toujours me rendre la pareille.

Le comportement de Colby m'a complètement désarçonnée. Je

me suis dit qu'il serait comme tous les autres mecs séduisants de mon passé. Je cligne des paupières pour chasser d'autres pensées alors qu'un deuxième orgasme commence à croître. Avant que je puisse m'abandonner à la sensation, sa main s'écarte, et un gémissement torturé m'échappe.

Ma tête bascule en arrière, reposant contre la force puissante de sa poitrine. Je ne me détourne pas de notre reflet dans la fenêtre.

Il m'adresse un petit sourire.

— Tu bouillonnes de désir, n'est-ce pas ?

C'est que... je n'avais encore jamais fait une chose pareille.

Il lève les doigts jusqu'à ce qu'ils parcourent les contours de ma bouche, les peignant avec ma propre excitation. Ce n'est qu'après que mes lèvres ont été recouvertes qu'il plaque ses doigts contre elles. Son regard reste braqué sur notre reflet.

— Ouvre grand. Montre-moi comment tu vas t'étouffer sur ma grosse queue.

Cet ordre ne devrait pas m'exciter, c'est pourtant le cas.

Tellement que ça défie presque la logique.

Il ne me vient pas à l'esprit de ne pas suivre cette directive. J'ouvre la bouche et attends ce qui va se passer ensuite.

Même s'il sourit comme s'il se ravissait de ma soumission, l'excitation brûle si fort dans ses yeux qu'ils sont pratiquement illuminés d'un feu bleu.

— Tu obéis bien.

Je continue de contempler cette image érotique dans la vitre alors qu'il parcourt paresseusement les contours de mes lèvres. Son autre main saisit mon sein tandis que ses doigts pincent et tourmentent mon mamelon.

— Sors la langue.

Encore une fois, je fais ce qu'il me dit.

Mon cœur bat douloureusement sous mes côtes pendant plusieurs secondes.

Quand je m'impatiente, il enfonce ses doigts en moi.

Il tourne le visage pour le plaquer dans mes cheveux.

— Tu sens cet arôme ?

Avec un gémissement, je me colle à lui.

— Celui de ta chatte excitée quand je joue avec ?

Un autre gémissement m'échappe.

Son souffle chaud danse contre ma chair.

— Ferme la bouche autour de mes doigts et aspire-les profondément.

Je n'hésite même pas à suivre ses instructions. Céder entièrement le contrôle est étrangement libérateur. C'est la première fois depuis des années – peut-être même une décennie – que je m'y autorise. Je peux quasiment sentir les entraves de mon passé se desserrer avant de tomber à terre.

Toute cette pression qui pèse généralement sur moi et m'étrangle.

Je ne me suis jamais sentie aussi légère.

Comme si je flottais.

C'est presque aussi addictif que l'orgasme extraordinaire qu'il vient de me donner et celui qui couve déjà profondément dans mon intimité telle une tempête imminente, prête à exploser au moindre commandement.

— Hum, c'est tellement bon. Tu peux me prendre un peu plus profondément, ma belle ?

Ses doigts glissent au fond de ma gorge. C'est un mélange étrange de plaisir et de douleur.

— Maintenant, avale.

Les muscles de ma gorge se contractent autour de l'intrusion.

— Tu vas super bien accueillir ma queue, n'est-ce pas ?

Pour toute réponse, je réitère le mouvement, voulant simplement lui faire plaisir.

Ses lèvres glissent sur le côté de mon visage alors qu'il me pince un mamelon durci.

— Je vais prendre ça pour un oui.

Il s'enfonce encore un peu plus jusqu'à ce que les larmes me brûlent les yeux.

— C'est super bien, murmure-t-il avant de les retirer.

Le bras enroulé autour de moi s'écarte.

— Tourne-toi.

Mon corps vibre comme un fil électrique tandis que je pivote sur mes talons aiguilles. Je m'attends à ce qu'il affiche un sourire narquois. Après tout, il a réussi à me faire faire ce qu'il voulait avec une facilité déconcertante. Au lieu de ça, son expression s'enflamme. Il y a tant d'excitation refoulée dans ses traits !

Presque comme s'il avait mal.

C'est là que je me rappelle que si j'ai trouvé mon plaisir, lui non.

Je baisse les yeux vers la braguette de son pantalon de soirée qui forme une tente sur le devant.

— Ouvre le bouton et descend la fermeture.

Les doigts tremblants, je suis ses instructions jusqu'à ce que le coton noir émerge de la braguette.

— Sors ma queue pour pouvoir jouer avec, dit-il d'une voix tendue par le désir.

Je n'ai pas besoin d'encouragements supplémentaires pour plonger dans son caleçon et refermer mes doigts autour de sa longueur chaude, que je libère de sa prison.

Comme je le soupçonnais, sa verge est épaisse et longue.

Une autre vague d'excitation envahit mon intimité.

— À genoux, ma jolie.

Je lève brièvement les yeux avant de m'agenouiller sur le tapis, les yeux au niveau de son érection. Une de ses mains s'enroule dans mes cheveux ; l'autre vient caresser ma lèvre inférieure avec son pouce. Ses caresses douces et rapides me laissent débordante de désir.

— Tu serais encore plus magnifique avec ma queue dans la bouche.

Une autre bouffée de désir manque de me couper le souffle.

— Ouvre grand et prends-moi. J'ai envie que tu m'aspires dans ta gorge comme tu l'as fait avec mes doigts.

Ma langue vient humecter mes lèvres, puis je prends son gland. Ses doigts se referment autour de mon crâne pour me maintenir en place alors qu'un grognement remonte dans sa poitrine et que j'aspire sa verge plus profondément.

— C'est tellement bon ! grogne-t-il.

Les larmes me montent aux yeux lorsqu'il vient frapper le fond de ma gorge. Délicatement, il retire l'humidité avec le pouce.

L'inquiétude se lit à travers le plaisir total exprimé sur son visage séduisant.

— Je te fais mal ?

Je secoue légèrement la tête.

— C'est bien. La frontière entre le plaisir et la douleur est incertaine. Je ne veux pas la franchir. Jamais. Seulement t'en donner assez pour éveiller ton corps et le faire chanter pour moi.

Il se rapproche jusqu'à ce que les poils drus de son entrejambe me chatouillent le nez et que mes lèvres soient forcées de s'étirer davantage autour de son épaisseur.

Quand mes cils mouillés se referment, il dit :

— Garde les yeux sur moi, ma belle.

Je me force à les ouvrir et les braque sur lui. Quand je pense qu'il va jouir, il se retire. Dès que son sexe se libère, j'inspire à pleins poumons. D'un geste fluide, il baisse les mains et enroule ses bras autour de ma cage thoracique avant de me redresser pour plaquer ses lèvres contre les miennes. Sa langue farfouille à l'intérieur de ma bouche pour se mêler à la mienne.

— Tu as mon goût, gronde-t-il. Ça me plaît. Tu es prête à te faire prendre ?

Tellement prête !

Je ne m'imagine pas ce que ça ferait d'être complètement remplie par sa verge, mais j'ai désespérément envie de le découvrir.

Mon string est si trempé que je pourrais probablement l'essorer.

Il me fait tourner et nous dirige vers les fenêtres qui couvrent toute la longueur du mur. Un hoquet m'échappe alors que je me retrouve plaquée contre la vitre froide. Mes seins nus et mon ventre s'y aplatissent. Quand ses mains se referment autour des miennes, il les fait passer au-dessus de ma tête jusqu'à ce que je me retrouve complètement étirée. Je pose une joue contre la surface lisse. Si quelqu'un nous regardait depuis un immeuble de l'autre côté de la rue, ils verraient ma silhouette nue.

Cette pensée m'excite davantage.

— Ne bouge pas ou je vais fesser ton joli postérieur.

Quand je garde le silence, il me claque une fesse. Le son de la chair qui frappe la chair résonne dans toute la suite.

— C'est compris ?

— Oui, hoqueté-je alors que davantage de chaleur se rassemble dans mon intimité.

Mon cœur bat à un rythme régulier dans ma poitrine lorsqu'un bruit de papier déchiré attire mon attention.

Un préservatif.

Il déballe un préservatif.

Dieu merci, il pense à se protéger, parce que ce n'était pas le cas pour moi. J'ai beau avoir un stérilet, j'ai quand même envie qu'il utilise quelque chose.

Puis son corps dur couvre le mien, m'entourant jusqu'à ce qu'il masque le monde autour de nous.

Sa longueur épaisse se retrouve pressée contre mes fesses. Il incline les hanches, avant de donner un coup de reins afin que sa verge glisse dans la raie. Je me cambre, m'offrant à lui.

— Dis-moi... Cette petite chatte avide a-t-elle besoin d'une queue dure ?

— Oui, sangloté-je sans pouvoir m'en empêcher.

Même si un ricanement lui échappe, il est coloré d'une certaine tension. Il écarte le string fin et se glisse au plus profond de mon corps.

— Grâce à moi, tu te sentiras bien !

Je ne peux que grogner quand il me remplit complètement. Je ne pense pas avoir déjà été aussi étirée. Le plaisir et la douleur sont exquis. Je suis tellement excitée que je ne vais pas durer longtemps. J'ai joui il n'y a pas quinze minutes, mais je suis prête à repartir.

Un grognement m'échappe alors qu'il se retire avant de se glisser à nouveau à l'intérieur. Chaque fois qu'il donne un coup de hanches, une autre vague de plaisir s'abat sur moi. Ses doigts s'enroulent autour des miens tandis qu'il me prend contre la vitre. Pas plus de douze va-et-vient plus tard, je vole en éclats. Dès que mes muscles intérieurs se contractent, il me suit jusqu'au rebord du précipice et dans l'oubli.

Je suis quasiment certaine que je crie son nom – peut-être même le scande – à chacun de ses coups de boutoir.

La seule pensée cohérente à laquelle je peux me raccrocher est que, de toute ma vie, rien ne m'a jamais paru aussi incroyable.

C'est également ce qui m'effraie le plus.

13

COLBY

— **A**ux mariés ! trinque Ford en levant son verre.

Notre groupe de quinze l'imite. Les petits verres s'entrechoquent, puis tout le monde porte le liquide brûlant à ses lèvres pour l'avaler cul sec.

On entend quelques toussotements alors que leurs yeux se remplissent de larmes.

Amateurs.

Mon regard se pose sur Britt. Elle est en compagnie de Stella, Juliette, Viola et Carina, toutes rassemblées autour de Fallyn. Je braque mon attention sur Wolf, qui regarde sa nouvelle épouse avec une expression amourachée. Ce mec est vraiment tombé sous son charme.

Ça me fait plaisir.

C'est évident à la façon dont elle lui rend ses regards torrides que le sentiment est mutuel. Je ne m'imagine pas ce que cela ferait de traverser la vie avec quelqu'un de fidèle à mes côtés.

Je jette un nouveau coup d'œil à Britt. Elle est une bombe dans sa robe noire qui moule toutes ses courbes délicieuses.

Des courbes sur lesquelles j'ai fait courir mes mains la nuit dernière avant de les plaquer contre la vitre. Puis je l'ai prise jusqu'à ce qu'on soit tous les deux rassasiés. Ensuite, on est tombés sur l'immense lit deux places et on s'est endormis. À mon réveil ce matin-là, je la tenais dans mes bras.

Je vous assure que j'ai savouré la moindre minute.

Et je n'ai pas aussi bien dormi depuis des mois.

Je ne sais pas ce que me fait cette fille. Elle s'infiltre sous ma peau. C'est une envie que je ne parviens pas vraiment à satisfaire.

Ce matin, je m'étais attendu à me réveiller et découvrir que le désir insatiable que j'ai ressenti pour elle depuis qu'elle a attiré mon attention à *Slap Shotz* s'était dissipé.

Au moins un peu.

Au lieu de cela, j'ai été salué par le gourdin du matin et le besoin de baiser.

Alors, c'est exactement ce qu'on a fait.

Deux fois.

On s'apprêtait à entamer le troisième round quand Carina a appelé pour nous dire qu'on était en retard pour le petit-déjeuner. Après quoi, les filles sont parties pour leur rendez-vous au spa. Et les mecs sont allés faire un neuf trous au terrain de golf.

À trois heures, on est montés dans une limousine pour partir vers une des chapelles environnantes. Même si j'ai essayé de convaincre Wolf de laisser Elvis présider la cérémonie, il a refusé l'idée. Trente minutes plus tard, l'heureux couple était uni pour la vie. Maintenant, nous sommes au bar pour fêter les jeunes mariés.

C'est probablement le meilleur mariage auquel j'ai été invité.

Britt adresse un sourire à Fallyn, avant d'enrouler les bras autour de son époux aux cheveux noirs pour lui donner une étreinte chaleureuse.

Sans qu'elle en ait conscience, je permets à mon regard de la dévorer des pieds à la tête. Je ne comprends absolument pas pourquoi je suis si obsédé…

Ouah.

Correction. Je ne suis pas *obsédé*.

Je suis…

Je ne sais plus qui je suis.

Quoi que ce soit, j'ai besoin d'évacuer ça de mon système.

Rapidement.

Je suis brutalement tiré de mes pensées quand quelqu'un me tapote l'épaule. Je me tourne et découvre Hayes.

Avant que je puisse dire quoi que ce soit, il pointe le menton vers un groupe de filles.

— Qu'est-ce qui se passe entre Britt et toi ?

Je ne fais pas semblant de ne pas comprendre de quoi il parle. Où que cette fille aille, je la suis. C'est comme si un fil invisible nous connectait l'un à l'autre.

La seule chose que je puisse dire, c'est que c'est une première.

Je hausse les épaules avant de lever un doigt pour demander au barman une autre bouteille de bière.

— On s'amuse un peu, c'est tout.

Il sourit comme un chat du Cheshire.

— Laisse-moi deviner... Ce qui se passe à Vegas reste à Vegas ?

— Oui. Quelque chose comme ça, marmonné-je.

L'expression me déplaît profondément, même si c'est exactement ce que j'ai essayé de me faire croire ce matin après qu'on s'est douchés ensemble.

Ce n'est rien que du sexe.

Normalement, cette assurance m'apporterait un certain réconfort.

Cette fois, ça me laisse vaguement insatisfait.

Ce doit être l'atmosphère du mariage qui me fourre toutes ces pensées étranges dans la tête. Les gens deviennent des guimauves sentimentales quand ils voient leurs amis se marier. Puis ils commencent à entretenir des idées qu'ils ne devraient pas avoir.

— Elle est vraiment magnifique.

Il regarde Britt et incline la tête.

— Si tu ne tentes pas ton coup avec elle, je vais peut-être me lancer.

Je me tourne brusquement vers lui alors qu'un grognement remonte dans ma poitrine.

— Qu'est-ce que tu viens de dire ?

Avec un sourire, il me donne une bourrade dans le dos et éclate de rire :

— Un peu d'amusement, mes fesses. Tu es complètement foutu.

Quand la barista revient avec ma bière, Hayes attire son attention.

— J'aimerais commander une tournée de Fireball.

— Très bien, dit la jolie fille derrière le comptoir avec un clin d'œil.

Une fois les shots servis, Hayes porte le plateau jusqu'à nos amis. Avant qu'il s'en aille, je chipe deux petits verres et le suis. Je fais le tour du groupe avant de me glisser près de Britt et de lui en passer un.

Un sourire illumine son visage alors que la couleur lui envahit les pommettes. Ça rehausse l'éclat de ses yeux dorés. Je suis à nouveau frappé par sa beauté. Normalement, quand je la croise, elle est décontractée, avec un jean, un pull et une casquette enfoncée très bas sur ses yeux.

Comprenez-moi bien, cette fille est belle dans n'importe quelle circonstance.

Mais habillée comme ça ?

Je me sens réellement un peu désemparé.

Son attention se braque sur la bouteille qu'elle tient à la main.

— Je ne devrais probablement pas. J'ai déjà bien trop bu.

Sa voix est légèrement pâteuse.

Malheureusement pour moi, je n'ai pas encore assez bu pour atténuer l'excitation qui court dans mes veines ou les idées coquines qui me remplissent la tête.

Sans la quitter du regard, je lève mon verre.

— Au couple heureux. Puisse l'amour qu'ils ressentent l'un pour l'autre durer jusqu'à la fin des temps.

Son expression s'adoucit.

— Oh, c'est super beau.

Avant que je puisse lui demander si elle veut que je boive son shot, elle l'avale cul sec comme une pro.

Ce n'est que lorsqu'elle repose le verre sur la table qu'elle s'essuie la bouche du revers de la main.

— C'était vraiment une mauvaise idée.

Je baisse les yeux vers ses lèvres roses.

Des lèvres qui, la nuit dernière, étaient enroulées autour de ma verge pendant que je lui prenais profondément la gorge. Il n'en faut pas davantage pour que je me raidisse.

La question m'échappe malgré moi.

— Tu serais intéressée par une autre idée ?

Elle hausse les sourcils en inclinant la tête.

— Ça dépend… C'est quelque chose que je regretterai demain ?

— Probablement.

— Hum.

Son expression se fait pensive. Aussi pensive qu'on puisse l'être quand on est complètement bourrée.

— On prend un autre shot ?

— Absolument.

14

BRITT

J'émerge d'un sommeil profond avec un grognement torturé. Ma tête pulse douloureusement jusqu'à ce qu'un rythme de batterie soit reconnaissable à l'intérieur de mon cerveau. J'ouvre un œil, reconnaissante que la suite soit plongée dans l'obscurité.

Je vais prendre ça pour une petite bénédiction.

Putain...

Qu'est-ce qui s'est passé la nuit dernière ?

Je me creuse les méninges, perturbée de constater que je ne me rappelle pas être retournée dans ma chambre après le mariage.

Je me rappelle que j'ai enchaîné les shots.

Putain ! Je *savais* que c'était une erreur.

Je n'abuse jamais de l'alcool. Juste un verre de vin ou la nouvelle boisson à la mode à Los Angeles, quelle qu'elle soit.

C'est tout.

Mais on a tous passé un très bon moment et on a fini par faire la fête jusqu'à tard dans la nuit.

Ou ce serait peut-être plus précis de dire les petites heures du matin.

Quand je me déplace sur le drap de qualité, je réalise que je ne porte pas le moindre vêtement. Avant que je puisse enquêter davantage, un léger ronflement fend le silence de la chambre à coucher.

Quand je tourne la tête, je découvre Colby allongé à côté de moi.

Les coups de marteau dans mon crâne ne suffisent pas à atténuer l'excitation qui se concentre dans mon intimité.

Je me souviens vaguement d'avoir passé la porte de l'hôtel la nuit dernière.

Il y a eu des rires.

Et de longs baisers profonds qui m'ont fait tourner la tête.

Ainsi que les mains de Colby partout sur mon corps.

M'excitant.

Sans parler de sa bouche.

Il savait exactement quoi en faire !

Mon regard parcourt son torse.

Il est magnifique.

Dommage que je ne me souvienne pas de plus de détails pour pouvoir les remiser pour plus tard et les sortir quand je me sentirai seule. Je suis sûre que ce qui s'est passé a été aussi chaud que la première nuit.

Vais-je être capable de le convaincre de refaire la bête à deux dos avant de descendre retrouver tout le monde pour le petit-déjeuner ?

J'en suis quasiment certaine.

Je doute qu'on voie Fallyn et Wolf. Si j'étais eux, je profiterais de mon statut de jeunes mariés.

Au lit.

Après quoi, il faudra qu'on fasse nos bagages et qu'on prenne un taxi pour l'aéroport pour ne pas rater notre vol qui s'envolera plus tard dans l'après-midi.

Je lève les bras au-dessus de ma tête pour m'étirer.

La première chose dont j'ai besoin sont des antidouleurs et une tasse de...

Tous mes muscles se rigidifient et je m'immobilise en contemplant l'énorme diamant à mon doigt.

Je cligne des paupières et observe attentivement.

Je n'en crois pas mes yeux.

Mon annulaire n'est pas seulement orné d'un énorme diamant, mais également d'une véritable alliance en argent.

Mon cœur trébuche douloureusement, puis accélère alors que je me passe une main sur le visage. D'autres bribes de souvenirs de la nuit dernière se succèdent dans mon esprit, d'une qualité onirique.

Floue.

Sauf que...

Oh, merde !

Le bras gauche de Colby est jeté maladroitement sur ses yeux. Même si c'est douloureux, je remonte et tente de jeter un œil à sa main. Le drap soyeux s'enroule autour de ma taille quand je me penche au-dessus de son corps dur. C'est là que je la vois : la même alliance en argent qui entoure son annulaire.

Tout en moi s'effondre et je pousse un autre grognement.

Comment ai-je pu laisser une telle chose arriver ?

J'étais vraiment si bourrée que ça ?

Question bête.

— Hum, c'est un joli spectacle, dès le réveil.

Le timbre bas de sa voix vibre dans toutes les cellules de mon corps, avant de s'installer profondément dans mon intimité alors qu'il malaxe mes seins. Il roule sur le côté et aspire un mamelon entre ses lèvres. Un sifflement m'échappe et toutes les pensées paniquées qui tourbillonnent dans mon cerveau me sortent par les oreilles tandis que le plaisir se réveille.

À n'en pas douter, cet homme a des lèvres et des mains magiques.

Sans parler d'une queue fantastique.

Non, je ne veux pas y penser.

C'est comme ça que tu t'es retrouvée dans cette situation.

Je fais un effort herculéen pour m'arracher à lui.

Dès que je place un peu de distance entre nous, il fronce les sourcils.

— Pourquoi tu as fait ça ?

J'ai rarement vu Colby plisser le front. Mais c'est exactement ce qu'il est en train de faire. Je suis tentée de me pencher en avant pour l'effacer d'un baiser...

Argh !

J'avais raison : ce mec est dangereux.

Il est un péril pour la gent féminine.

Et je suis bien bête d'avoir mordu à l'hameçon.

Je lève ma main tremblante à présent ornée de bagues.

— À cause de ça !

Il les contemple pendant un moment silencieux avant de croiser mon regard.

— Qui as-tu épousé ?

— Toi ! m'écrié-je. Je t'ai épousé, *toi* !

Sérieusement, il ne s'en souvient pas ?

Alors, je crois que nous sommes deux.

Je me penche sur son corps afin de saisir sa main, que je remonte devant son visage.

Mon cœur se serre tandis qu'il la contemple.

— Eh bien, merde.

Une étrange émotion colore sa voix, comme si ça arrivait à une autre personne et qu'il n'était qu'un spectateur.

Mes poumons se vident quand je me laisse tomber contre les oreillers et souffle sur une mèche de cheveux pour l'écarter de mes yeux.

— Au cas où tu ne t'en serais pas encore rendu compte, ces shots ont été une erreur.

Sa main glisse sur la mienne, puis il entrelace nos doigts et les rapproche de son visage afin d'inspecter les bagues.

— Au moins, je t'ai acheté un joli set assorti. Ce n'est vraiment pas de la camelote.

Je tourne la tête pour le regarder.

Je m'attendais à tout sauf à ça.

— C'est tout ce que tu as à dire ?

Il hausse les épaules, apparemment indifférent à notre situation.

— Tu préférerais que je sois contrarié ?

Je cligne des paupières. Je ne comprends absolument pas ce type.

— Oui, un peu.

— Quel bien cela ferait-il ?

J'ouvre la bouche pour balancer une réponse cinglante, mais aucun son n'en sort. Tout en moi se dégonfle alors que je secoue la tête, mes pensées échappant à mon contrôle. Ou peut-être que je court-circuite. C'est difficile à dire, avec ma gueule de bois.

— Je ne sais pas.

Il se tourne sur le flanc avant de déposer un baiser sur mes lèvres, puis il lève la main pour jouer à nouveau avec mon sein.

— J'espère vraiment qu'on a consommé le mariage.

Je pousse un soupir tremblant, quasiment certaine qu'on l'a fait.

Quand je ne réponds pas, il grogne :

— Je me suis toujours demandé ce que ça ferait de coucher avec une femme mariée.

Il roule sur moi et, d'un mouvement rapide, sa verge se glisse au plus profond de mon corps, me remplissant jusqu'à la garde. Il y a quelque chose de délicieux dans cet étirement.

Malgré tous mes efforts, je ne peux pas retenir un gémissement.

Il insiste vraiment pour me vider de tout mon plaisir afin qu'il ne reste plus rien.

— Putain, Britt.

Sa voix est profonde et caillouteuse.

— Il n'y a rien sur cette Terre qui se compare au fait d'être à l'intérieur de toi. Tu es si moite, chaude et étroite ! Et la façon dont ta chatte se resserre autour de ma verge... C'est comme si on était faits l'un pour l'autre. On va parfaitement bien ensemble.

Quand un grognement se réverbère dans sa poitrine, je le sens au plus profond de mes os.

— C'est si bon, haleté-je alors qu'il incline les hanches avant de donner des coups de reins plus forts.

Même s'il vient de se glisser en moi, je suis déjà dans les starting-blocks et prête à partir. Un léger coup de pouce me fera basculer. Avec les autres hommes que j'ai connus, je pourchassais l'orgasme, espérant le trouver ; pas cette fois.

Non.

Il est déjà là, menaçant de s'abattre sur moi.

— Préservatif, dit-il entre ses dents serrées.

Oh, mon Dieu. Il a raison.

Avant que je puisse organiser mes pensées, il se retire et roule vers la table de chevet. Il y prend une capote et l'enfile. Puis il revient, s'enfonçant en moi.

On ne se quitte pas du regard alors qu'il se frotte contre mon pelvis. Pas plus de vingt-cinq coups de reins plus tard, je jouis. Des étoiles explosent derrière mes paupières dans un fracas de couleurs vives. Mon orgasme déclenche une réaction en chaîne et il me suit par-dessus le précipice comme si on était parfaitement synchrones.

Une fois que ses muscles se détendent, il se cale sur les coudes et colle son front au mien avant de me regarder dans le blanc des yeux. Il n'en faudrait guère plus pour que je me noie dans leurs profondeurs bleues.

Ce serait comme de plonger dans l'océan sans jamais refaire surface.

Je chasse rapidement ces pensées étranges quand il dit :

— Si c'est ça être marié, je pourrais m'y habituer.

Oh, merde.

Comment ai-je pu oublier qu'on est mariés ?

— Ton expression n'a pas de prix, mon volcan, se moque-t-il avec un petit rire.

Il roule sur le côté, quitte le matelas et se redresse.

Ma bouche se remplit de coton, m'empêchant de déglutir.

Il est nu.

Et magnifique.

Et complètement indifférent à sa propre nudité.

Je ne peux m'empêcher de le contempler. Ce n'est qu'au bout de plusieurs secondes que je réalise qu'il n'a pas bougé d'un muscle. Il reste immobile. Même s'il vient de jouir, il est toujours à moitié en érection. Je n'ai jamais été le genre de fille qui trouve une queue belle ou bien formée, mais la sienne l'est.

Elle est longue, épaisse et parfaitement incurvée.

Je me souviens malgré moi de l'avoir prise dans ma bouche vendredi soir.

Je ne verrais pas vraiment d'inconvénient...

— Je crois que tu as trouvé un avantage à ce mariage après tout.

Je me secoue du brouillard mental qui s'est abattu sur moi. J'ai vraiment envie de me reprendre. Ça devient embarrassant.

Je lève les yeux afin de croiser son regard.

— Peut-être un petit.

— Petit, mes fesses, s'esclaffe-t-il.

Il s'empare de son membre, qu'il fait aller et venir dans sa paume.

Ma bouche s'ouvre alors que l'air reste coincé dans mes poumons et que le désir se concentre dans mon intimité.

Putain !

— Sens-toi libre de me rejoindre sous la douche, et je te prouverai à nouveau à quel point c'est bon de sentir ma grosse queue à l'intérieur de toi.

Avant que je puisse réenclencher mon cerveau, il se détourne et s'engouffre dans l'immense salle de bains en marbre.

Et oui... son cul est aussi superbement sculpté que le reste de sa personne. Je suis tentée d'enfoncer les dents dans la chair ferme et de le marquer d'une sorte de manière primale.

Je ferme les yeux.

Qu'est-ce qui m'arrive ?

Le son de l'eau qui coule remplit le silence de la suite.

En dépit de ma gueule de bois, je déteste admettre que c'est tentant de rouler hors du lit et de le suivre sous la douche.

N'est-ce pas hilarant que j'aie cru que Colby serait nul ou égoïste au lit ?

Un rire bouillonne dans ma gorge, parce que rien ne saurait être plus éloigné de la vérité.

Disons seulement qu'il sait parfaitement comment se servir de son bâton. On a beau être devenus amants très récemment, il a réussi à trouver tous mes boutons.

Et il aime appuyer dessus jusqu'à me faire perdre tout contrôle.

Mais...

Si je m'autorisais à céder et à le rejoindre, je ne ferais que compliquer les choses.

Je m'assieds et jette un œil dans la salle de bains, me rendant compte qu'il est déjà entré dans la cabine en marbre.

— Je t'attends, ma belle, m'appelle-t-il en haussant la voix pour se faire entendre par-dessus le bruit de l'eau.

Un frisson glisse le long de mon dos avant de s'infiltrer dans mon intimité quand j'entends ce surnom et la voix grondante qui l'accompagne.

Non. Je ne peux pas.

Je ne peux pas m'impliquer davantage.

Pour notre bien à tous les deux, je dois y mettre un frein tout de suite.

Ma décision prise, j'écarte les couvertures et me redresse maladroitement. Je lève la main jusqu'à mon front alors que ma migraine se réveille avec un rugissement déterminé.

Aussi tentant qu'il soit de ramper à nouveau dans mon lit pour me plonger dans le sommeil, je me force à bouger. J'ai besoin de m'éloigner avant que Colby ne sorte de la douche. Je me précipite vers ma valise, y farfouillant pour en sortir une culotte propre, un soutien-gorge, un pantalon de yoga et un sweat-shirt. Puis je rassemble mes cheveux en queue-de-cheval avant de jeter un œil à la salle de bains. Il s'y trouve toujours, et j'ai l'impression qu'il fredonne la chanson que je lui ai chantée dans l'avion.

La culpabilité qui m'envahit menace de m'engloutir tout entière.

J'ai beau me sentir nulle de partir ainsi, j'ai besoin de temps pour m'éclaircir les idées, et je ne peux pas le faire à proximité de Colby. Il embrouille tout.

Je me dépêche et récupère tout ce que j'avais emporté pour le week-end avant de traîner ma petite valise derrière moi et de quitter la suite.

Ce n'est que lorsque la porte se referme que je pousse un soupir de soulagement.

15

COLBY

Je sors de la douche et prends une serviette molletonnée sur le chauffe-serviette avant de me sécher le visage, les cheveux et la poitrine. Pendant une seconde ou deux, je songe à l'enrouler autour de ma taille avant de revenir dans la chambre. Je choisis plutôt de la jeter sur la paroi en verre de la cabine.

Pourquoi prendre cette peine ?

Britt fond chaque fois qu'elle me voit nu. Au moins, ce spectacle lui coupe la chique. Et présentement, c'est exactement ce dont elle a besoin pour se radoucir.

Je songe seulement à me glisser à nouveau dans la chaleur étroite de son corps.

Si j'ai pensé qu'une fois serait suffisante pour atténuer mon attirance naissante, je me trompais.

Plus elle m'en donne, plus je suis insatiable.

Il est clair que ce week-end n'a pas suffi à étouffer le désir croissant que j'ai développé pour elle.

Alors...

Tout ce que je peux dire, c'est que ce qui se passe à Vegas ne reste pas à Vegas.

Une fois que je lui aurai donné du plaisir, on pourra discuter de la situation conjugale dans laquelle on s'est fourrés. Je coule un coup d'œil à l'épaisse bague argentée qui entoure mon doigt et me prépare à la vague de panique qui s'abattra forcément sur moi maintenant que je suis lié à une autre personne. Une personne que je connais à peine.

Étrangement, elle ne se produit pas.

Ça a beau avoir été une décision impulsive que j'ai prise en étant complètement bourré, j'aime l'idée que Britt m'appartienne.

Cela veut-il nécessairement dire qu'on va s'asseoir sur des fauteuils à bascule sur le porche, à surveiller nos enfants qui jouent dans le jardin, quand on aura quatre-vingts ans ?

Certainement pas.

À un moment donné, il faudra bien dissoudre le mariage. Je parie que ce genre de choses arrive tout le temps. C'est exactement pour ça que les atmosphères de fête et les mariages précipités ne font pas bon ménage.

Dans quelques années, je suis certain que ça sera une anecdote hilarante.

Une dont je pourrai même faire part à ma famille.

Je marque un temps d'arrêt, incapable de m'imaginer ce que mes parents diront quand ils le découvriront.

C'est-à-dire s'ils le découvrent.

Songer à ma famille suffit à me faire débander. Et puisque ce n'est pas l'ambiance que je recherche, je chasse ces pensées avant de revenir dans la grande chambre, nu comme un ver. Heureusement, l'idée de me glisser dans la chaleur accueillante de Britt suffit à me redonner le gourdin.

Mon regard se pose sur le lit défait, qui est vide. Avec un froncement de sourcils, j'effectue un demi-cercle, mais ne vois aucun signe de Britt. Je mets quelques secondes à réaliser qu'elle a disparu, avec tous ses vêtements.

Ainsi que sa valise et son sac.

Putain...

Sérieusement ? Elle s'est cassée et elle m'a laissé en plan ?

Je ravale la peine qui me remonte dans la gorge.

Que la douleur aille se faire foutre.

Je me dirige vers mon sac et j'en fouille le contenu. Une seconde plus tard, mes doigts se referment sur un caleçon. Une fois que j'ai remonté le vêtement en coton sur mes cuisses et que l'élastique de la ceinture est en place, je prends le téléphone et appuie sur son numéro.

Je bascule directement sur boîte vocale.

Les yeux plissés, je regarde à travers les baies vitrées qui donnent sur le Strip. À la lumière crue de l'aube, ça n'a pas l'air aussi magique que lorsque j'ai plaqué Britt contre la vitre épaisse et que je l'ai prise jusqu'à lui faire tourner la tête.

Ce n'est pas comme ça que j'avais envisagé ma matinée.

Je me passe la main sur le visage et tente de me convaincre que ce qui s'est passé ce week-end ne signifie absolument rien.

Ce n'est pas comme si on allait rester mariés.

Alors… Cela compte-t-il vraiment que le meilleur coup de ma vie soit parti sans même dire un mot ?

Si ça me fait quelque chose ?

Non. Pas le moins du monde.

J'ai besoin de tourner la page et de continuer.

Tout comme elle l'a fait.

Deux heures plus tard, je suis toujours d'une humeur massacrante. Je cale mon sac sur mon épaule et descends au lobby pour retrouver tout le monde. Je regarde l'heure sur mon téléphone. La navette devrait arriver dans dix minutes pour nous emmener à l'aéroport.

J'avoue, Vegas a été intéressant.

C'est certain.

Dès que l'ascenseur s'ouvre au rez-de-chaussée, j'en descends et je traverse le vestibule. Wolf, Fallyn, Carina, Ford, Stella, Riggs, Viola et Madden sont déjà là. Ils patientent avec leurs bagages.

— Hé.

Wolf scrute mon visage avec un sourire moqueur.

— Tu as une tête de déterré, vieux.

Je m'esclaffe et lui fais un doigt.

— Et tu as l'humeur qui va avec ton apparence, ricane-t-il.

Je suis tenté de lui faire un doigt pour la deuxième fois en moins d'une minute.

— Vous étiez où, la nuit dernière, Britt et toi ? On buvait des shots, et une minute plus tard, vous aviez disparu.

Ouais... Je refuse d'annoncer qu'il n'est pas le seul homme marié du groupe.

Vous imaginez leur réaction ?

Wolf observe l'espace qui grouille de monde.

— Où est Britt ? Je pensais qu'elle était avec toi.

Alors que je m'apprête à admettre que je ne sais pas où elle se trouve, Stella dit :

— Elle a eu un imprévu et elle a dû prendre un vol anticipé pour Western.

Ah !

Le gros bobard.

Quand je la rattraperai enfin sur le campus, ça m'intéresserait de découvrir pourquoi elle a ressenti le besoin de me fuir.

Parce que si cette fille pense qu'elle peut me larguer après notre mariage, elle se fourre le doigt dans l'œil.

16

BRITT

Je regarde le livre ouvert sur la table où j'étudie à *The Roasted Bean*, le café du campus qui sert le corps étudiant. J'aime passer, acheter un cappuccino et étudier. C'est confortable et, généralement, j'arrive à abattre pas mal de travail.

Malheureusement, ce n'est pas le cas cet après-midi. Je suis ici depuis plus d'une heure et j'ai difficilement fini un devoir.

La concentration n'est pas dans mon camp pour le moment.

C'est comme ça depuis que je suis rentrée de Vegas il y a quelques jours. Encore pire, j'ai pris l'habitude de traverser le campus en douce, pour ne pas tomber sur le hockeyeur torride.

C'est vraiment nul.

Mon cerveau ne cesse de revenir à ce week-end.

Je n'arrive toujours pas à croire que je suis mariée à Colby McNichols.

Colby !

McNichols !

Monsieur Super-Queutard.

L'assassin au visage poupin.

Comment ai-je pu laisser une telle chose arriver ?

Je me suis trituré les méninges pour essayer d'en déterrer le plus possible sur cette nuit, mais les souvenirs restent fâcheusement flous.

Il y a eu des shots, bien entendu.

Beaucoup de rire.

Et du sexe.

Plein de sexe super agréable.

Je dirais une chose à propos de ce mec : dans ce département, il sait exactement ce qu'il fait. Quand mes souvenirs se réveillent, un frisson danse le long de mon dos avant de se concentrer dans mon intimité.

Et la première nuit...

Quand il m'a plaquée contre la vitre pour faire ce qu'il voulait de moi ?

Oui... Cette expérience est gravée dans mon cerveau pour toujours.

À un moment donné, il faudra qu'on se pose pour discuter de la situation et de ce qu'on va faire pour dissoudre notre faux mariage.

Je dois simplement invoquer le courage de lui faire face. Ce n'est pas comme si Colby avait envie d'être mon époux, pas plus que j'ai envie d'être liée à lui. Il est probablement en train de paniquer.

Il a peut-être déjà commencé à lancer la procédure.

Cela dit, il n'a pas pété un câble quand il s'est rendu compte de ce qu'on avait fait.

Non. Il est resté tranquille, calme et mesuré.

C'est moi qui ai paniqué.

Je me pince l'arête du nez et pousse un lent soupir. Par le passé, s'il y avait des situations que j'étais incapable de gérer toute seule, je pouvais compter sur ma famille pour m'aider. Maman débarquait et prenait les rênes. C'est ce que Sharon fait de mieux. En quelques jours, le problème était réglé.

Vu le statut de notre relation, ça n'est pas une option viable. Si je demande de l'aide, elle viendra me rejoindre et je serai forcée de retourner à L.A. Je suis loin d'être prête à le faire.

Je pense à Tonton Sully. Je me mords la lèvre inférieure et songe à me tourner vers lui. Au cours des derniers mois, on est devenus encore plus proches qu'avant.

C'est vraiment super.

La dernière chose que je veux, c'est causer des problèmes entre lui et ma mère. Il garde déjà le secret de ma présence ici, le fait que je réside dans la même ville.

Alors, ce n'est pas une option.

Ce qui signifie que je dois résoudre ça toute seule.

J'aime à penser que ça prouvera à ma famille que je suis une adulte mature qui est plus que capable de gérer sa propre vie, mais je doute qu'épouser un inconnu à Vegas quand on est saoule soit la preuve qu'on est adulte.

Je fais un effort pour écarter ces pensées et recentrer mon attention sur mon manuel scolaire. J'ai un examen dans quelques jours, et si je ne comprends pas la terminologie et les concepts, je vais le foirer.

Alors que je me félicite d'être parvenue au bout d'une page et d'avoir tourné la suivante, quelqu'un s'arrête pile devant moi. Le duvet de ma nuque se hérisse. Je n'ai pas besoin de lever les yeux pour savoir qui je verrai.

En dépit des quelques dizaines de centimètres qui nous séparent, la senteur boisée de son eau de Cologne glisse autour de moi, m'enveloppant dans sa familiarité. L'excitation explose au creux de mon ventre alors que mon esprit revient à la sensation de me réveiller à côté de lui, nos jambes nues s'emmêlant.

Avec une exhalaison tremblante, je contracte tout en moi avant de me forcer à le regarder.

Sa beauté masculine chasse brutalement tout l'air de mes poumons.

Ce n'est pas comme si je ne m'étais pas rendu compte qu'il était beau, mais après des journées d'absence, les souvenirs se sont estompés. Je l'ai peut-être fait exprès. Un mécanisme d'autoprotection. Maintenant qu'il est assis en face de moi, l'air morose et irrité, je n'ai pas d'autre choix que de l'admettre.

Quand je garde le silence sans savoir comment ouvrir le dialogue, il fronce davantage les sourcils et croise les bras. L'intensité de son regard rend mes efforts pour rester détachée totalement vains.

Ce n'est pas ainsi que j'avais imaginé nos retrouvailles.

— Eh bien, bonjour... *mon épouse*.

Sa voix profonde s'abat sur moi telle une lame de fond qui menace de m'entraîner au large.

Ma langue sort pour humecter mes lèvres desséchées.

Je ne sais absolument pas comment réagir. Mon cerveau s'enraye et rien ne vient.

Toutes les fois où j'ai aperçu Colby sur le campus ou même à *Slap Shotz*, il était entouré de groupies et affichait un éternel sourire satisfait, comme s'il n'avait pas le moindre souci au monde.

Son apparence entre en contraste direct avec ça.

— Je dois admettre que tu as été difficile à retrouver, dit-il en inclinant la tête. Presque comme si tu cherchais à m'éviter. Moi, ton mari. Tu imagines ?

Je jette un regard rapide à l'intérieur du café, espérant que personne ne prête attention à notre conversation. Je ne voudrais vraiment pas que ça s'ébruite. Il faudrait simplement qu'une étincelle s'allume et soudain, l'endroit serait réduit en cendres.

Il ne le comprend peut-être pas, mais moi, si.

À quelques tables de nous, une poignée de filles le dévisagent avec des yeux affamés.

Je suis tentée de lever les miens au ciel.

Ce mec attire vraiment l'attention comme le vinaigre attire les mouches.

C'est une autre raison pour laquelle j'ai besoin d'étouffer ça – quoi que ce soit – dans l'œuf et mettre un terme à cette histoire avant qu'elle n'échappe à mon contrôle.

Cela dit, j'admets que c'est un peu tard pour ça.

La dernière chose que je veux, c'est compromettre la vie que je me suis créée à Western.

J'ai eu très chaud en apercevant Axel à Vegas.

Trop chaud.

Ça n'a fait que souligner l'importance de ce que je risque de perdre. Pour la première fois depuis des années, j'ai un groupe de copines. Je mène une existence ordinaire et je suis des cours. Toutes les choses qui m'ont fait défaut quand j'étais adolescente. Et ma créativité coule enfin librement.

Je refuse d'abandonner.

Me cacher n'est certainement pas une solution à long terme, mais pour le moment, j'ai envie de m'y accrocher le plus longtemps possible.

— Baisse la voix, marmonné-je, essayant toujours de maîtriser toutes mes émotions incontrôlées. Je ne suis *pas* ta femme.

Il hausse un sourcil. Il est épais et sculpté, cadrant parfaitement à son profil. Cela dit, ce serait un défi de trouver la moindre imperfection dans l'apparence de Colby. Il est bien trop beau pour être honnête.

C'est dangereux.

— Eh bien, c'est intéressant, parce que j'ai un document qui dit le contraire.

Cette nouvelle me fait écarquiller les yeux.

— Ah oui ?

— Oui. Je l'ai trouvé dans la poche de mon pantalon le matin où tu es partie.

Ses yeux ressemblent à des éclats de glace bleue.

— Je dois dire, songe-t-il, que généralement, les filles se précipitent vers ma queue ; elles ne la fuient pas.

La chaleur me brûle les joues.

— Désolée, grommelé-je. Quelque chose s'est présenté et j'ai dû partir.

Même s'il hoche la tête comme s'il acceptait le mensonge, sa lèvre supérieure retroussée dit le contraire.

— Très bien.

Je me redresse sur la banquette et je tente d'invoquer une certaine indignation.

— Quoi ? C'est vrai.

Ne voulant pas qu'on se dispute, je change de position et passe à autre chose.

— Alors... À propos de ce... Tu sais...

— Mariage ? C'est le mot que tu cherches ?

— Oui.

Je ne comprends pas pourquoi il rend cette conversation difficile. On devrait être au diapason.

Quand il sourit, mon regard descend vers ses lèvres, et une boule de chaleur explose dans mon sexe. Le souvenir des sensations qu'elles ont provoquées en explorant mon corps me submerge. Ça suffit à me faire m'agiter sur le canapé.

Quand il mordille sa lèvre inférieure entre ses dents blanches acérées, un grognement manque de m'échapper.

Euh... Ce serait embarrassant, non ?

Je me force à le regarder, découvrant simplement qu'une chaleur jumelle s'est allumée dans ses iris bleus.

Les muscles serrés, il se penche en avant et se rapproche légèrement de moi.

— Y a-t-il un souvenir en particulier de ce week-end dont tu aimerais me faire part ? Parce que j'en ai plusieurs.

— Non, couiné-je, mortifiée qu'il parvienne à me lire avec une telle facilité.

Ou me faire fondre.

C'est démoralisant.

Très bien... Bon, je le comprends peut-être. On ne l'appelle pas l'assassin au visage poupin pour rien.

Clairement, le surnom est largement mérité.

La chaleur me brûle les joues.

— Ne devrait-on pas chercher une solution pour s'en sortir ?

Il y a un instant de silence avant que j'ajoute :

— D'après ce que j'ai entendu dire, tu n'es même pas du genre à sortir. Ou même à coucher avec une fille plus d'une fois.

Son regard pétille d'humour tandis qu'il se cale à nouveau contre le dossier de son siège, s'y étalant comme s'il était un roi sur son trône.

— Tu t'es donc renseignée sur ton nouveau mari ? Je crois que tu ne m'es pas aussi indifférente que tu aimerais me le faire croire.

Je lève les yeux au ciel.

— Ne te flatte pas.

— Tu sais quoi ?

Je pince les lèvres. La question me paraît plus rhétorique qu'autre chose.

— Ça me plaît d'être un vieil homme marié.

Mon visage se plisse.

— J'en doute vraiment. Ça n'entravera pas ta vie sociale hyperactive ?

Il me décoche un sourire entendu avant de lever les bras et de placer les mains derrière sa tête. Le mouvement fait ressortir ses biceps sous son sweat-shirt.

— Ça t'intéresse aussi ?

L'audace de cet homme ne connaît aucune limite.

Si ce n'était pas aussi irritant, ce serait presque impressionnant.

— Certainement pas.

Je change de position et me force à dire le reste d'un ton que je veux nonchalant.

— Je dis simplement que les hommes mariés ne couchent pas avec des groupies.

— Certains le font.

J'en reste bouche bée.

Avant que je puisse l'envoyer bouler, il ajoute :

— Mais tu n'as aucun souci à te faire.

Il m'adresse un clin d'œil.

— Je suis tout à toi.

Je libère l'air emprisonné dans mes poumons, ignorant pourquoi on a cette conversation inutile.

Cela dit, ça ne m'empêche pas de répliquer avec quelques questions.

— Vraiment ? Le mec qui n'arrive pas à garder sa queue dans son fute ne va pas aller voir ailleurs ? C'est vraiment ce que tu es en train de me dire ?

Ses yeux pétillent, et il incline la tête.

— Allons, pourquoi ferais-je une chose pareille alors qu'une femme magnifique m'attend à la maison ?

Son expression passionnée provoque une réaction en chaîne au plus profond de mon ventre ; je suis au bord de l'incinération.

— On ne vit pas ensemble.

— *Pas encore.*

Sa façon de prononcer ces mots me donne l'impression qu'une bombe fait vibrer mon monde jusque dans ses fondations.

— Tu n'es pas sérieux, murmuré-je d'une voix étranglée.

Il laisse retomber ses bras alors qu'il s'avance au bord de son siège et se penche en avant, se pliant à la taille comme s'il était à deux doigts de bondir sur moi.

— J'ai vraiment l'air de plaisanter ?

C'est ce qui est effrayant.

Qui ne fait aucun sens.

Il a l'air parfaitement sérieux.

Ça suffit à m'assécher la bouche.

Je fais un effort pour m'extraire du sortilège dans lequel il m'a retenue prisonnière au cours des dix minutes qu'a duré notre conversation. Tout ce que je peux dire est que Colby McNichols est encore plus dangereux pour mon bien-être et ma santé mentale que je l'aurais cru.

Je lève une main, surprise de découvrir qu'elle tremble.

— J'ai effectué quelques recherches pour savoir ce dont on a besoin pour dissoudre ce mariage. Ce n'est pas difficile...

— J'ai fait pareil et une annulation est impensable.

— Pourquoi ?

Il hausse un sourcil alors qu'un sourire lent s'empare de son visage. Je suis quasiment certaine que la fille assise à la table derrière nous vient de hoqueter.

— Tu ne te rappelles peut-être pas qu'on a consommé notre mariage durant la nuit, mais on l'a assurément fait le lendemain matin.

Il y a un instant de flottement avant qu'il ajoute :

— Juste avant que tu quittes la ville.

— Arrête de dire ça. Nous ne sommes pas mariés, grogné-je en ignorant sa pique.

— L'État du Nevada soutiendrait certainement le contraire.

— Eh bien, ce n'est pas forcé d'être permanent.

— Sauf si on en a envie.

Ses mots me coupent le souffle et on se dévisage pendant une seconde de silence tendu.

— Quoi ?

— On peut rester mariés si on en a envie, répète-t-il prudemment.

— Je ne comprends pas.

Je secoue la tête d'un air confus.

— C'est ce que tu veux ?

Il se cale à nouveau au dossier de sa chaise avant de hausser les épaules.

Ce geste peut sembler anodin.

Mais son regard ne l'est certainement pas.

17

———

COLBY

Merde.

Britt me regarde comme si j'étais le diable en personne venu l'entraîner jusqu'en enfer.

Il est clair que je m'y suis mal pris.

Je suis tenté de me passer une main sur le visage, mais je me force à rester immobile. Cette fille est comme un animal effrayé. Au moindre mouvement soudain de ma part, elle quittera le café à toutes jambes. J'ai mis plusieurs jours à la retrouver pour qu'on puisse avoir cette conversation. Je me suis renseigné auprès de ses amies, j'ai quadrillé le campus et j'ai surveillé son immeuble tel un harceleur.

C'est comme si elle m'évitait exprès.

C'est par chance que je suis passé devant *The Roasted Bean* et que je l'ai repérée dans la vitrine. Même si je n'aime pas sécher les cours, il faut qu'on mette la situation à plat avant de pouvoir avancer.

Séparément.

Ou ensemble.

Quand, il y a un quart d'heure, j'ai poussé la porte en verre de l'établissement, j'avais un discours entier sur le bout de la langue. Je voulais qu'on contacte notre avocat familial pour dissoudre le mariage.

Parce que, bon... on est étudiants.

Fallyn et Wolf ont le droit de se casser aussi tôt dans leur vie, mais ce n'est pas ce que j'avais imaginé pour ma part.

Et contrairement à tout ce que je viens de dire, ce n'est pas ce dont j'ai envie tout de suite.

C'est juste que...

Cette fille a vraiment envie de me fuir et je mentirais en disant que ça ne me contrarie pas. Pour la première fois depuis qu'on s'est rencontrés à *Slap Shotz*, j'ai enfin l'impression de lui avoir dérobé la position dominante.

Et je n'ai aucune intention de la lui céder.

D'autres filles sur le campus auraient sauté de joie à l'idée de m'avoir épousé. Elles auraient déjà diffusé la nouvelle sur tous leurs réseaux sociaux pour l'annoncer à la Terre entière.

Britt ne l'a pas fait.

D'ailleurs, elle ne veut pas que la nouvelle de notre mariage se propage.

Cela dit... C'est peut-être parce qu'elle n'a pas le moindre profil en ligne. Ce qui est étrange pour une fille de son âge. Que fait-elle avec tous les selfies qu'elle prend si elle ne les poste pas sur les réseaux sociaux ?

Je fronce les sourcils en y pensant.

L'ai-je déjà surprise en train de prendre un selfie ?

Je passe mes souvenirs en revue.

Non. Pas même une seule fois.

La plupart du temps, quand les filles ont pris des photos à Vegas, elle est sortie du cadre. Si je ne l'avais pas observée attentivement, je ne l'aurais pas remarqué.

Je reviens à la conversation quand elle marmonne :

— Je ne sais pas. Je pensais simplement qu'on était sur la même longueur d'onde à ce sujet.

— Tu sais qu'il ne faut pas tirer de conclusions hâtives.

Il y a un moment de silence maladroit, puis je laisse échapper :

— On ne peut que se tromper.

Elle plisse le front alors qu'elle me regarde comme si j'étais un insecte écrasé sur son pare-brise. Ou bien une espèce étrange qu'elle n'a encore jamais rencontrée.

Ce n'est pas bon.

Cette conversation est à l'article de la mort.

Dans des circonstances normales, je suis suave et beau parleur avec les dames.

Sauf si elles s'appellent Britt.

Alors, ça devient un vrai cirque.

Ayant besoin de passer à autre chose, je m'éclaircis la gorge, le temps qu'elle reprenne sa boisson pour avaler une gorgée.

— Tu as fait part de notre nouveau statut à ta famille ?

Ses yeux s'écarquillent tandis qu'elle tousse et bafouille, avant de s'essuyer la bouche.

— Tu plaisantes ? Certainement pas.

— Pourquoi pas ?

Elle pince fort les lèvres, refusant de répondre.

Quand je hausse un sourcil, elle souffle enfin.

— Ils seraient effarés par les circonstances.

— Ils vivent dans les environs ?

Je me trémousse maladroitement.

— On pourrait faire le voyage pour le leur dire ensemble. J'aimerais rencontrer mes nouveaux beaux-parents. Ne t'inquiète pas. Je suis super avec les parents. Ils m'adorent.

Elle devient très pâle.

— Cette aventure a l'air amusante, mais ce n'est pas possible. Ils sont en Californie.

Quand elle ne propose pas plus de détails, je l'encourage :

— C'est là où tu as grandi ?

— Non.

Quand je pense que ça va devenir nécessaire de l'interroger pour lui soutirer quelques petites infos, elle marmonne :

— On s'y est installés il y a quasiment dix ans.

— Ah. Je n'étais pas au courant de ce fait.

— Il y a une bonne raison pour ça. C'est parce qu'on ne se connaît pas. Et on devrait probablement en rester là.

Je me frotte le menton, digérant les bribes d'informations que j'ai été capable de lui soutirer. Plus j'en apprends sur elle, plus j'ai envie de la faire fondre et de découvrir ce qui la fait tiquer.

— Je ne sais pas, mon volcan. Considère ma curiosité piquée.

La peur s'empare de ses traits séduisants en un instant, et je me demande si ce n'était que mon imagination. Par contre, je vois que sa main tremble lorsqu'elle referme les doigts autour du cappuccino pour une seconde fois et le porte à ses lèvres.

Même si c'est la dernière chose à laquelle je devrais songer, mon attention se braque sur sa bouche et la façon dont elle se plisse quand elle avale une gorgée. Le souvenir de ses lèvres autour de ma queue suffit à la faire durcir dans mon jogging.

Ce n'est que lorsqu'elle repose la tasse qu'elle dit :

— Je crois qu'il vaudrait mieux qu'on rectifie immédiatement cette erreur. Discrètement.

Ce commentaire devrait-il me contrarier ?

Probablement pas.

Dans des circonstances normales, c'est moi qui esquive et mets un frein, tenant les filles à distance.

Je ne veux pas qu'elles se rapprochent trop.

Comment nos rôles se sont-ils inversés ?

Maintenant, c'est Britt qui me fait ressentir toutes ces choses.

À moi.

Ça ne me plaît pas du tout.

Et ça me fait perdre mon *flow*.

J'ai besoin de reprendre le contrôle.

— J'ai une idée.

— Si je m'en souviens bien, c'est comme ça qu'on s'est retrouvés dans cette situation.

Une ébauche de sourire aux lèvres, j'ignore son commentaire.

— Et si tu passais voir mon match demain pour qu'on discute de nos options après ?

— Des options ? Quelles options ?

Elle baisse la voix et plisse le front.

— Nous ne voulons pas être mariés, l'un comme l'autre.

Je me redresse afin qu'elle soit contrainte de tendre le cou pour soutenir mon regard.

— Contrairement à toi, je n'ai pas encore pris de décision.

— Colby…

Elle écarquille les yeux en baissant la voix.

— Nous n'avons rien en commun. Rester mariés serait idiot.

— Ce n'est pas vrai.

D'un pas rapide, je fais le tour de la table et me retrouve debout directement devant elle. Incapable de résister à mes pulsions, je me penche et l'emprisonne avec mon corps plus grand. Elle s'aplatit contre les coussins du canapé, tentant de placer plus de distance entre nous, mais je refuse catégoriquement de la laisser faire.

Je ne quitte pas son regard, scrutant en silence ses iris dorés. Quand elle déglutit, les muscles délicats de sa gorge se contractent.

— Tu avais vraiment l'air d'apprécier mes baisers.

Je me rapproche jusqu'à sentir la chaleur de son souffle caresser mes lèvres. C'est enivrant.

— Entre autres.

Elle écarquille les yeux.

Avant qu'elle ne puisse le nier, j'ajoute :

— Et ça m'a plu aussi.

Je passe ma bouche sur la sienne.

— Tu vois ? C'est quelque chose que nous avons en commun. Je parie qu'il y en a d'autres. On a peut-être besoin de prendre le temps d'explorer ça.

J'ai beau être tenté de plaquer mes lèvres sur les siennes, je me force à reculer. C'est peut-être une des choses les plus difficiles que j'aie jamais eu à faire.

Mais le flou dans son regard ?

Ça vaut vraiment la peine.

Je me détourne et me dirige vers la sortie.

— On se voit demain.

18

BRITT

Je referme ma veste autour de moi et me glisse hors de la voiture avant de lever les yeux vers le centre sportif.

Pourquoi ai-je permis à Colby de me convaincre de faire une chose pareille ?

Ah, oui… Il a accepté de se poser pour discuter de notre mariage après le match. Cette pensée me fait presque grimacer. Ce que je veux dire, c'est qu'il a accepté de discuter de ce qu'on va faire pour enclencher notre divorce.

Argh !

Ça n'a pas l'air mieux.

La leçon que je retiens de ce fiasco, c'est que je ne me saoulerai plus à Vegas.

Peut-être que je ne me rendrai plus jamais à Vegas.

Fin de l'histoire.

Ce n'est que depuis ma rencontre avec Stella, Juliette, Carina, Viola et Fallyn que j'ai assisté à plusieurs matches de hockey. Elles ont dû m'entraîner de force au premier. Je m'étais attendue à m'ennuyer, mais j'ai été surprise quand ça n'a pas été le cas. L'action est rapide dès le lancer du palet et jusqu'au dernier signal sonore.

Je balaie du regard le parking bien éclairé alors que les fans endiablés envahissent le centre sportif.

J'ai appris au cours des mois passés que le hockey est un sport populaire.

Autant que le football.

Même si je ne vais pas voir Colby avant quelques heures, mon ventre est déjà complètement noué. Je plaque une paume sur mon bas-ventre, espérant apaiser les papillons qui tentent de s'y installer.

Alors que je gravis les larges marches en pierre qui mènent à l'entrée du bâtiment, un nouveau message fait vibrer mon téléphone. Je le sors de ma poche avant de regarder l'écran.

Tu ferais mieux de venir. Je détesterais devoir venir te chercher. Parce que lorsque je poserai les mains sur toi...

Un frisson danse le long de mon épine dorsale.

C'est un mélange étrange d'excitation et d'anxiété.

Avant que je puisse répondre, j'entre en contact avec un petit corps compact et fais un bond en arrière. Je lève les yeux, des excuses sur le bout de la langue. J'aurais dû regarder où j'allais au lieu de rester concentrée sur mon téléphone.

— Hé, Britt.

— Ava !

Un sourire sincère incurve mes lèvres.

— Comment vas-tu ?

— Bien. J'allais t'envoyer un texto pour savoir si tu voulais qu'on se retrouve cette semaine. On pourrait peut-être aller déjeuner.

Je lui prends le bras, avant de nous diriger vers le côté, hors de la foule des piétons. C'est comme un courant rapide, et on est à deux doigts de se faire emporter par la foule.

— Tu es là pour le match ?

Son visage se plisse alors qu'elle secoue sa tête blonde.

— Non, je viens de terminer sur la glace. J'espérais pouvoir sortir avant que la horde n'arrive.

Je regarde autour de moi.

— Je crois que c'est trop tard.

— Apparemment.

Je me tourne et lui lance une proposition.

— Tu crois que je peux te convaincre de rester pour voir le match ?

Elle scrute le bâtiment et se mordille la lèvre inférieure.

— Je ne sais pas...

— Je parie que ton père apprécierait ta démonstration de soutien, insisté-je.

Elle secoue la tête avec un sourire hésitant.

— Merde. C'est un coup bas, tu t'en rends compte ?

Je souris avec un petit ricanement.

— Toujours.

— D'accord. Tu m'as convaincue. Je vais assister au match avec toi.

— Ouais ! Maintenant, tu peux rencontrer toutes les amies dont je t'ai parlé.

— Laisse-moi mettre mon sac dans ma voiture et on peut entrer ensemble.

Dix minutes plus tard, on se faufile à travers la foule épaisse à l'intérieur du centre sportif. Je m'arrête et je cherche les filles du regard. Je mets quelques minutes à les repérer. Dès que je le fais, Juliette se redresse et nous fait signe du bras.

J'étreins doucement Ava.

— Elles vont te plaire. Elles sont très gentilles.

Parfois, j'ai l'impression qu'Ava n'est pas nécessairement à l'aise avec les jeunes de notre âge. Comme moi, elle a été éduquée à la maison pour pouvoir se concentrer sur l'entraînement. Elle est au courant que moi aussi, j'ai eu des profs particuliers, or elle n'en connaît pas la raison.

— On verra, marmonne-t-elle d'un air incertain.

Je comprends son scepticisme. Certaines filles peuvent être vaches et méchantes. D'après ce que j'ai tiré de nos conversations, c'est encore plus le cas dans le monde du patinage. Tout le monde est en compétition avec tout le monde. On te sourit et on est gentil en face, mais on te poignarde dans le dos dès que tu le tournes. Même si je ne connais pas très bien Ava, il y a quelque chose de délicat en elle qui fait ressortir mes instincts protecteurs.

Dès qu'on parvient à nos sièges, je fais les présentations. Comme je l'avais prévu, tout le monde accueille Ava les bras ouverts. Particulièrement quand je leur dis qu'elle est la fille de l'entraîneur Philips. Il y a plein de questions et de plaisanteries amicales. Ava ne met guère de temps à se détendre alors qu'elle plaisante avec elles.

— Alors, Britt, dit Fallyn avec une lueur espiègle dans ses yeux bleus, existe-t-il une raison pour laquelle on n'a pas eu besoin de te forcer à venir nous retrouver ici ce soir ?

Au lieu d'attendre une réponse, elle se tapote le menton avec le doigt et fait semblant de réfléchir à la question.

— Hum. Je me demande ce que ça peut être...

— Laisse-moi deviner, s'esclaffe Carina. Ce qui s'est passé à Vegas n'est pas resté à Vegas ?

Mes yeux s'écarquillent et je reste bouche bée. Elle n'a quand même pas découvert qu'on était mariés ?

Je n'en ai parlé à personne.

Et je doute que Colby l'ait fait.

Peu importe ce qu'il a dit au *coffee shop*, on ne va pas rester mariés.

— Pardon ? couiné-je alors que mon cœur se serre. Que veux-tu dire ?

Toutes les filles braquent leur attention sur moi.

Fallyn m'adresse un regard étrange avant de dire en riant :

— Juste que vous avez partagé une chambre pour le week-end.

Ah, oui... On a partagé une chambre.

Je vide l'air de mes poumons et me force à sourire.

— Désolée, j'ai tout oublié à ce sujet.

Mensonge.

Je mettrai longtemps à oublier ce week-end ainsi que la sensation de me faire plaquer contre les baies vitrées d'une suite et d'être complètement...

Ouais.

Carina se penche derrière Juliette, qui est assise à côté de moi.

— Alors vous n'avez pas couché ensemble ? Parce que d'après les rumeurs, Colby au lit est vraiment inoubliable.

La chaleur court dans mes veines avant de se concentrer dans mon intimité jusqu'à ce que je me contorsionne.

Elle ne se trompe pas.

Je décide de mentir.

— Je n'en sais rien. On est simplement amis.

En quelque sorte.

Peut-être.

Stella hausse les sourcils.

— C'est juste une amitié ou une amitié avec bénéfices ?

— Strictement amis.

— C'est intéressant. Je ne savais pas que Colby McNichols avait des amitiés féminines, dit Viola. Il faut que quelqu'un rédige un article.

Argh !

La dernière chose que je veux, c'est mentir à mes nouvelles amies, mais c'est impossible pour moi de leur dire la vérité.

Mon attention est attirée par Colby, qui émerge d'un couloir et se dirige vers nous, sa crosse en travers de ses épaules. Il est costaud. Grand, large et avec une musculature développée. Sur ses patins et avec son rembourrage, il a l'air immense.

Nos regards se soutiennent tandis qu'il patine devant nous.

Même une fois que la connexion a été rompue, mon attention reste braquée sur lui.

— Amis, mes fesses, me murmure Ava en me donnant un coup de coude.

Ce commentaire suffit à m'arracher de la transe dans laquelle Colby m'a fait tomber. Quand, avec une ébauche de sourire, elle hausse les sourcils pour me poser une question silencieuse, mes épaules s'affaissent.

C'est presque un soulagement quand on pousse un coup de sifflet et que les joueurs s'alignent le long de la patinoire. Les lumières s'éteignent et la musique monte d'un cran. Un spot est braqué sur la glace, et l'équipe en déplacement est annoncée, suivie par les

Western Wildcats. Les fans se redressent, criant et applaudissant quand on appelle les joueurs. Il y a encore plus de sifflements et de cornes de brume quand Colby sort.

À n'en pas douter, c'est un favori des fans.

Une fois que le centre sportif est illuminé, les avants regagnent leur position, alors que le reste de l'équipe retourne au banc pour attendre leur tour. Le palet est lancé, et tout le monde se met brusquement en mouvement. Hayes lutte pour reprendre le palet avant de le passer à Colby, qui file sur la glace, y enfonçant ses lames. Une fois qu'il traverse la ligne bleue, il passe le disque noir à Ford Hamilton, qui l'emmène vers le filet. Un défenseur de l'autre équipe plaque Ford contre le rebord. Le son de la collision résonne dans tout le centre sportif.

Carina grimace, alors que Viola pousse un petit rire.

— Vous voulez parier que quelqu'un fera l'infirmière ce soir ?

— C'est le plus gros bébé du monde, dit Carina avec un rire. Il va faire durer la chose pendant des journées entières.

Ryder McAdams intercepte le palet et le renvoie à Hayes, qui le passe à son tour à Colby. Il file à toute vitesse devant les buts et tire. L'air reste coincé dans mes poumons alors que le palet échappe au gardien et que le long signal d'une corne de brume résonne dans le centre sportif.

Quand Colby contourne la cage par l'arrière et regagne son côté de la glace, son regard accroche le mien, le gardant prisonnier. L'éclair d'électricité qui me traverse fait vibrer mes doigts et mes orteils.

Ava s'éclaircit la gorge.

— Oh, ma belle... Tu m'as caché des secrets.

J'ouvre la bouche pour nier l'accusation, hélas je n'arrive pas à faire sortir le moindre mot. Au lieu de cela, je la referme et pince les lèvres.

Je suis vraiment dans la merde.

Si les filles discutent et commèrent pendant le match, mon attention reste braquée sur Colby. Même si je ne connais pas grand-chose sur le hockey à part ce que j'ai glané au cours des derniers mois, je vois qu'il a du talent. Ça me fait mal de l'admettre, mais je comprends pourquoi on fait autant d'histoires à son propos. Ce mec n'est pas seulement torride et musclé, c'est également un athlète talentueux.

Et d'après ce que j'ai pu voir, intelligent et drôle.

Et doué au lit.

Qui ne voudrait pas mettre les mains sur lui, même si ce n'est que pour une nuit ou deux ?

Le dernier signal sonore résonne, et les Wildcats ramènent une autre victoire. C'est la tradition pour tout le monde d'aller fêter ça à *Slap Shotz*.

Cela dit, on n'a pas prévu ça ce soir. Je suis seulement venue à ce match pour discuter de cette parodie de mariage.

Fallyn se redresse, et le reste de notre groupe la suit.

— Attendons les garçons dans le hall d'entrée, crie-t-elle par-dessus son épaule tout en circulant à travers la foule épaisse.

On acquiesce toutes alors qu'on se dirige vers le couloir où est situé le vestiaire des joueurs.

— Il faut vraiment que j'y aille, dit Ava.

— Tu peux te joindre à nous, lui propose Juliette.

À cette invitation, son expression s'adoucit.

— Merci. J'apprécie, mais je n'ai jamais été du genre à traîner avec les joueurs de mon père. Ça a toujours été un interdit dans ma maison.

— Je comprends pourquoi, songe Viola. Je suis certaine que ton père ne veut pas que tu t'impliques avec l'un d'eux.

Ava réprime un sourire.

— Non.

— C'était super de te rencontrer, dit Viola.

— C'est réciproque.

Elle balaie du regard toutes les filles.

— Vous toutes. C'était super.

— On devrait planifier une soirée au *Blue Vibe* pour danser un peu, suggère Carina.

— J'en suis, décide Stella.

Ava me prend dans ses bras et murmure :

— Merci encore pour l'invitation. Et tu as raison : tes amies sont géniales.

— Je te l'avais dit.

— Envoie-moi un texto, m'enjoint-elle avec un geste de la main avant de partir.

— Je n'y manquerai pas.

Puis elle s'en va, se fondant dans la foule des spectateurs.

— Je l'aime bien, annonce Carina avec un hochement de tête, un mouvement qui fait tressauter sa queue-de-cheval blonde.

— Moi aussi.

Je souris, contente que tout le monde s'entende. C'est vraiment un groupe de filles super et j'aimerais qu'Ava apprenne à mieux les connaître.

Je regarde autour de moi, remarquant qu'une foule de gens entoure un homme plus âgé séduisant. Quand il se tourne et sourit à un type du même âge avant de tendre le bras pour lui serrer la main, je n'arrive pas à me débarrasser de la sensation qu'il a quelque chose de familier.

— Qui est-ce ? demandé-je à Viola en désignant le groupe.

C'est comme s'il était une véritable célébrité.

Peut-être que les deux hommes le sont.

— Oh, c'est Gray McNichols.

McNichols ?

Avant que je puisse faire le rapprochement, elle ajoute :

— Le père de Colby. Il a joué dans la Ligue nationale pendant un moment avant de devenir commentateur sportif pour ESPN.

Colby est blond, et son père est tout le contraire, avec des cheveux plus foncés, mais la ressemblance entre les deux hommes est déroutante.

— Et l'homme à qui il parle est Brody McKinnon, interrompt Juliette avec un sourire. Mon père.

Je hausse les sourcils.

— Ouah. Il est...

— Ne dis pas torride, marmonne Juliette, qui devient amère.

Carina arbore un grand sourire alors que ses épaules tressautent d'une hilarité silencieuse.

— Elle déteste quand on dit que son père est un véritable rêve.

Juliette foudroie sa coloc du regard.

— Il l'est, murmuré-je à Carina.

— Oh, fais-moi confiance... Je le sais, dit-elle avec un ricanement.

— Hé, c'est mon grand frère sur qui tu fantasmes, ajoute Stella. Et c'est juste dégoûtant. Garde tes *daddy issues* perverses pour toi.

— Mais où serait le plaisir ? lui réplique Carina avec un sourire.

Je coule un regard à Gray McNichols, qui passe un bras autour d'une femme mince, avant de déposer un baiser sur le sommet de sa tête sombre. Je devine que c'est la mère de Colby. Il a beau ressembler à son père, sa mère et lui ont également des traits similaires.

Si ses parents attendent, ils voudront probablement se retrouver une fois qu'il sera sorti du vestiaire, ce qui veut dire qu'on n'aura pas l'occasion de parler.

Putain !

À présent que je n'évite plus la question, j'ai juste envie d'enclencher les choses pour le divorce.

Ou une annulation.

Ou une séparation.

Ou quel que soit le terme.

Mais je ne peux pas le faire tant qu'on ne sera pas sur la même longueur d'onde.

19
____

COLBY

Je me mets du déodorant et referme la porte de mon casier avant de fourrer les pieds dans mes chaussures. Puis je passe les mains à travers mes cheveux mouillés pour les écarter de mon visage.

— Pourquoi tu es si pressé, McNichols ? Tu as deux ou trois groupies pour t'aider à célébrer les Wildcats ce soir ?

Je me tourne vers Hayes, mais évite de répondre à la question.

— Je ne suis pas plus pressé que d'habitude.

La façon dont il plisse les yeux me révèle qu'il n'avale pas ce que je tente de lui faire gober.

Il retire la serviette enroulée autour de sa taille et s'en sert pour s'essuyer le visage et le torse. Il se fiche d'être complètement à poil.

Je tape du pied, impatient de me casser d'ici et d'aller retrouver...

— Ça concerne la petite poupée avec qui tu as partagé une chambre le week-end dernier ?

Parfois, j'oublie à quel point Hayes peut être perspicace. Il donne l'impression d'être cool et détaché, mais j'ai découvert qu'il a des profondeurs inexplorées.

Il évoque des eaux calmes ou quoi que soit l'expression.

— Qu'est-ce qui te fait dire ça ?

— Le fait que tu répondes à une question par une autre question.

Je lève les yeux au ciel.

— D'accord. Ça a peut-être quelque chose à voir avec elle.

Il m'adresse un sourire suffisant.

— Je m'en doutais.

Il prend son caleçon et le remonte sur ses cuisses avant de faire claquer l'élastique contre son ventre.

— Tu es super intéressé.

Je suis à deux doigts de nier l'accusation.

Parce que c'est exactement ce que c'est.

Au lieu de cela, je baisse la voix et fais l'impensable.

— Et si je l'étais ?

Il balaie du regard le vestiaire bruyant avec une expression d'émerveillement.

— Dans quel monde je vis ? Colby McNichols s'intéresse à une fille ?

Ford tourne les talons et regarde Hayes fixement.

— Je suis désolé, qu'est-ce que tu viens de dire ?

Notre milieu de terrain sourit joyeusement.

— Apparemment, l'assassin au visage poupin a un *crush* sur une fille.

Ford m'observe avec de grands yeux, puis secoue la tête.

— Impossible. Je n'y crois pas. Pas une seule seconde.

— Eh bien, crois-y, parce que c'est vrai, poursuit Hayes.

Mes joues s'embrasent quand d'autres personnes se tournent et me dévisagent comme si j'étais un numéro de cirque.

Putain !

Je savais que c'était une mauvaise idée. J'aurais dû nier en bloc.

Hayes ferait mieux de se méfier au prochain entraînement, parce que je vais me le faire.

Peut-être plusieurs fois.

Je grogne quand Wolf prend la parole.

— C'est ce que je pensais après le week-end.

Il braque un pouce dans ma direction.

— Tu aurais dû voir comme il était contrarié quand elle s'est cassée le dimanche matin. On aurait dit un pauvre petit chiot. Puis il a boudé pendant tout le vol et m'a fait changer de siège pour que je lui tienne la main.

— C'est toi qui me l'as proposé, assené-je.

— Je parie qu'elle a bien observé sa queue et a décidé qu'il ne valait pas une seconde de son temps, ajoute Bridger avec un sourire, comme le connard qu'il est.

Qu'ils aillent se faire foutre.

Je leur adresse un geste de la main et me dirige vers la lourde porte en métal.

— Très bien. Je me tire. À plus tard, connards.

Quand ils voient que je ne m'attarde pas pour subir leurs abus, ils éclatent tous de rire et me lancent des huées. Alors que je m'échappe dans le couloir, une boule de scotch blanc manque de m'atteindre en pleine tête.

Connards.

Je leur fais un doigt.

Avec de tels amis, qui a besoin d'ennemis ?

Même si je ne l'admettrai jamais après ça, la plupart de ces mecs sont comme des frères pour moi. Certes, on aime s'envoyer des vannes, mais ça découle d'une profonde amitié.

Alors que je déboule dans le lobby où tout le monde s'est réuni, je cherche Britt à travers la foule. Ça a été un soulagement quand je l'ai aperçue dans les gradins pendant l'échauffement. Je l'ai peut-être contrainte à me retrouver plus tard en promettant de discuter de notre mariage, pourtant je n'étais pas certain qu'elle allait venir.

Mes pas ralentissent.

Je vais mettre du temps à concevoir le fait que je suis véritablement marié.

Marié.

À ce moment-là, on sera prêts à divorcer. Cette pensée me provoque une vague de tristesse et de déception.

Je fronce les sourcils, et mon cœur se serre quand je ne la trouve pas. Alors que mes pupilles scannent le groupe pour la seconde fois, j'aperçois mes parents. J'ignorais qu'ils seraient là ce soir. La plupart du temps, ils m'appellent ou m'envoient un texto pour me prévenir. Dès que nos regards se croisent, Maman sourit et Papa me fait un geste. Ils s'apprêtent à me rejoindre.

Dans des circonstances normales, je suis toujours heureux de les avoir dans les gradins.

Mais là ?

Pas vraiment.

J'ai simplement envie de retrouver Britt.

Pour pouvoir poser les mains sur elle.

Ça fait bien trop longtemps.

Le baiser qu'on a échangé à *The Roasted Bean* n'a rien fait pour apaiser le désir qui sévit dans mon système. Au contraire, il n'a fait qu'aiguiser mon appétit et j'en désire plus. Il n'en faut pas davantage pour être bombardé par le souvenir de la sensation d'être plongé à l'intérieur de sa chaleur accueillante.

Ma queue se réveille.

Du calme, ma vieille.

Ce n'est absolument *pas* le moment.

Maman est la première à me prendre dans ses bras.

Puis Papa me serre fort contre lui et me donne une bourrade dans le dos.

— Tu as très bien joué !

— Merci.

Ses compliments ont toujours compté le plus pour moi. Forcément, puisque je ressens le besoin d'être à la hauteur de son talent sur la glace. Ce n'est pas chose facile quand ton père a joué dans la Ligue nationale pendant dix ans et a aidé à remporter deux coupes Stanley. La plupart des enfants adorent des athlètes qu'ils n'ont jamais rencontrés dans la vraie vie ni ne connaissent personnellement.

On ne peut pas dire la même chose pour moi.

Papa a toujours été mon héros. Quand j'étais enfant, je passais des heures à étudier les vidéos de ses matches. Je voulais jouer tout comme lui.

— On s'est dit que si tu n'étais pas déjà pris, on pourrait aller manger ensemble, dit Maman.

Merde.

Encore une fois... Dans des circonstances normales, j'aurais été ravi d'éviter le bar pour aller me détendre avec mes parents, mais pas alors que j'avais prévu de passer du temps seul avec Britt.

C'est là que je la repère, un peu à l'écart. Tout en moi s'apaise. À présent que je sais qu'elle est restée et ne s'est pas cassée, je peux enfin recommencer à respirer.

Cela dit, à en juger par ses efforts de pantomime, elle saisira la moindre occasion de le faire.

Je ne compte pas l'y autoriser.

— Colby ?

La voix de Maman tranche le tourbillon chaotique de mes pensées.

Je me détourne de Britt le temps de dire :

— Euh... Donne-moi une seconde. D'accord ?

Je m'éloigne avant que l'un ou l'autre ne puisse poser la moindre question. Une fois que Britt se rend compte que je me dirige vers elle, elle secoue légèrement la tête et écarquille les yeux.

Comme si ça allait m'arrêter !

Ah !

Quand elle ouvre la bouche, je glisse le bras autour de sa taille et la dirige vers mes parents.

— Qu'est-ce que tu fais ? murmure-t-elle, les dents serrées.

— Je te présente à tes nouveaux beaux-parents. Tu t'attendais à quoi ?

Elle crachote, et son corps se raidit. Je ne serais pas surpris qu'elle enfonce les talons dans le sol pour tenter de freiner notre progression.

Britt n'est pas la seule à écarquiller de grands yeux.

Mes parents ont l'air abasourdis par la tournure soudaine qu'ont prise les événements.

Je ne peux pas le leur reprocher. Ça fait plus de quatre ans que je n'ai pas mentionné le moindre intérêt pour une fille.

— Maman, Papa, voici Britt. Si ça ne vous dérange pas, elle pourrait se joindre à nous pour le dîner.

Je garde le bras enroulé autour d'elle pour l'empêcher de détaler.

— Bien sûr que non, dit Maman qui a toujours l'air surprise. Ça nous ferait plaisir.

— Merci.

Je lui décoche un sourire, appréciant de la voir toujours aussi amicale et accueillante.

Papa tend la main pour serrer celle de Britt.

— Ravi de vous rencontrer.

Je ne connais peut-être pas très bien Britt, mais je reconnais un sourire forcé quand j'en vois un.

— Je suis ravie de vous rencontrer aussi.

Il y a un silence maladroit avant qu'elle ne s'éclaircisse la gorge.

— Je comprendrais si vous préférerez passer du temps seuls avec...

— Pas du tout, dit Maman avec un geste de la main alors qu'elle coule un regard à mon père. Gray et moi aimerions avoir l'occasion de vous rencontrer. Si vous êtes importante pour Colby, vous êtes importante pour nous. Et je vous en prie, appelez-moi Whitney.

Ai-je mentionné à quel point j'aime ma mère ?

Sérieusement, c'est la meilleure.

La tension de Britt décroît juste assez pour qu'elle se détende légèrement.

— Merci.

— Et si on y allait ? demande Papa, qui fourre les mains dans les poches de son pantalon et bascule d'avant en arrière sur ses talons.

— Oui.

Je coule un regard en coin à Britt pour juger de sa réaction.

— On se retrouve au bar et grill en centre-ville ?

Ils hochent la tête et on se dirige tous vers la sortie.

Je garde un bras enroulé autour de Britt, la guidant vers les doubles portes vitrées.

Elle se penche suffisamment pour que son souffle chaud frôle mon oreille.

— Juste pour te le faire savoir : si je n'étais pas déjà en train de divorcer, ça m'aurait convaincue de le faire.

20

BRITT

Eh bien, merde !

Ce n'est *pas* comme ça que j'imaginais ma soirée.

À présent que je suis dans sa voiture, je me rends compte que c'était une mauvaise idée de laisser mon Audi argentée sur le parking de la patinoire et de prendre une voiture. Je suis coincée avec ces gens jusqu'à ce que Colby décide de me redéposer.

Argh !

Quelqu'un a besoin de m'expliquer pourquoi je prends les pires décisions quand je suis avec ce type.

Je l'observe, les yeux à demi-fermés.

Même si je suis peu disposée à l'admettre, la réponse est évidente.

Ce mec est incroyablement torride.

Cela dit...

Ce n'est pas comme si je n'avais pas fréquenté d'hommes attirants avant. J'habite à Los Angeles. Ça grouille de gens super torrides. Tout le monde est acteur, mannequin, chanteur ; tous essayent de percer à Hollywood. Et la majeure partie du temps, ils sont ridiculement conscients de leur santé et cherchent des façons de repousser les effets du temps, que ce soit avec des shots d'agropyre, de la chirurgie esthétique, du pilates avec des chèvres ou les nouveaux médicaments pour perdre du poids qui envahissent le marché.

Après quasiment une décennie à vivre et travailler là-bas, je devrais être immunisée contre ses attributs physiques.

Malheureusement, rien ne saurait être plus éloigné de la vérité.

Il jette un regard dans ma direction et me surprend en train de le regarder.

— Quoi ?

Un grésillement électrique danse sur ma peau.

C'est *exactement* le problème.

Je n'avais encore jamais fait l'expérience de ce genre d'attirance démesurée.

Pas même avec Axel.

Je n'arrête pas de me dire que si je me donne assez de temps, elle finira par se dissiper.

Je veux dire... C'est forcé, non ?

Malheureusement, ça n'a pas été le cas. Au contraire, ces sentiments n'ont fait que s'intensifier depuis notre première rencontre à *Slap Shotz*.

— C'était une idée terrible, laissé-je échapper, ne voulant pas partager mes pensées les plus intimes avec lui. Je n'ai pas la moindre raison de rencontrer tes parents. Toi et moi ne sommes pas vraiment ensemble.

— Tu as oublié qu'on est mariés ?

J'ai été si concentrée sur lui que c'est presque une surprise quand il gare sa voiture sur une place de parking devant le restaurant.

— Comment le pourrais-je alors que tu me le rappelles constamment ?

C'est une question légitime.

Pour un homme qu'on avait décrit comme anti-monogamie, il s'est facilement habitué à l'idée du mariage.

Ça n'a aucun sens.

Il m'adresse un lent sourire, celui qui fait ressortir ses fossettes.

Automatiquement, la chaleur inonde ma culotte.

Je plisse les yeux.

— Arrête ça tout de suite.

Le sourire se fait plus éblouissant alors qu'il réprime un rire et feint l'innocence.

— Quoi ? Qu'est-ce que j'ai fait ?

Je braque un doigt dans sa direction.

— Tu sais exactement ce que tu es en train de faire.

Ce mec est complètement dangereux.

Pour ne pas dire effronté.

Il pose une main sur son cœur et affiche une expression sincère.

— Tu vas vraiment me reprocher de tenter de séduire ma femme ?

— Je t'en prie.

Avec un éclat de rire, je saisis la poignée et sors du véhicule.

J'ai besoin d'air frais pour m'éclaircir les idées.

Je n'ai pas fait trois pas que Colby vient se coller à moi. Il passe le bras autour de mes épaules et me serre contre lui, suffisamment pour que je sente ses muscles sculptés danser et se contracter sous son sweat-shirt alors que l'odeur boisée de son eau de Cologne inonde sournoisement mes sens, m'empêchant d'avoir les idées claires.

Est-ce vraiment défendu de vouloir inspirer son parfum à pleins poumons ?

Puis retenir cette inspiration captive dans ma poitrine ?

Ces pensées s'interrompent brusquement quand je jette un regard à la scène qui se déroule devant moi et vacille. Des photographes sont en train de mitrailler les parents de Colby.

Devant ce spectacle, la panique enroule des doigts glacés autour de mon cœur et le comprime, m'empêchant de respirer. Même quand on a passé le week-end à Vegas, je n'ai pas ressenti ce genre de panique et de peur, peut-être parce que la Cité du Vice regorge de célébrités. On ne peut pas faire un pas sans en rencontrer une.

C'était plus facile de me mêler à la foule tapageuse.

Comme si je me fondais dans la masse.

Mais ici ?

Avec la famille McNichols ?

Se trouver en compagnie de Colby attire forcément l'attention.

On n'aurait pas besoin de creuser très longtemps pour découvrir ma véritable identité.

Son bras se resserre autour de mes épaules alors qu'il me décoche un regard inquiet.

— Il y a un problème ?

Je n'aurais jamais pensé que des paparazzi seraient là pour prendre des photos. J'aurais peut-être dû. Je ne suis pas les actualités sportives, mais d'après tout ce que j'ai entendu, Gray McNichols est quelqu'un d'important.

— Britt ?

Je repousse ces pensées et détourne mon attention de ses parents. Je suis tentée de battre en retraite d'un pas. Puis d'un autre. Et enfin d'un troisième, jusqu'à ce que je me sois distancée d'eux.

— Oui ?

Il me repositionne pour qu'on se retrouve l'un en face de l'autre sur le trottoir, puis pose les mains sur mes épaules. Leur poids accomplit l'impossible et apaise la majeure partie de la panique qui essaye de me dévorer vivante.

Son regard sérieux cherche le mien, comme s'il pouvait lire mes pensées sans que je prononce le moindre mot.

— Que se passe-t-il ?

Je romps le contact visuel le temps de jeter un coup d'œil prudent au petit groupe.

Un autre photographe se joint à l'attroupement.

— Je n'ai pas réalisé qu'il y aurait des paparazzi, dis-je d'une voix étranglée.

Colby adresse un regard au tumulte sur le trottoir avant de hausser les épaules.

— Oui, parfois, ils ont vent de l'endroit où il se trouvera et veulent prendre des photos ou lui demander de faire des commentaires. C'est irritant, mais ce n'est pas important. Papa accepte généralement de leur donner ce qu'ils veulent pour qu'ils nous laissent tranquilles.

C'est une pratique que je connais bien. On fait ça aussi.

Je ravale ma nervosité. Elle est à deux doigts d'exploser.

— D'accord. C'est juste que... Je ne veux pas qu'on me prenne en photo. C'est compris ?

Ses sourcils épais se froncent alors qu'il me scrute comme si j'étais un spécimen étrange sur lequel il vient de tomber.

— Oui, bien sûr. Pourquoi n'entres-tu pas pour nous attendre pendant que je rejoins mes parents pour prendre quelques photos ?

Le soulagement qui s'abat sur moi suffit presque à m'affaiblir les genoux.

— Vraiment ?

Il fait courir ses doigts le long de ma mâchoire tandis que sa voix baisse d'une octave.

— Bien entendu. La dernière chose que je veux, c'est te mettre mal à l'aise.

Quand on se retrouve à environ trois mètres et demi de lui, le père de Colby nous fait signe de les rejoindre. Dès que les photographes réalisent que son fils fait une apparition, ils lèvent leurs caméras et prennent une série de clichés. Quand les flashes crépitent, je baisse la tête, laissant mes cheveux tomber devant mon visage, et je me glisse hors de son étreinte avant de filer à l'intérieur du restaurant.

Ce n'est que lorsque la porte en verre se referme derrière moi que je réalise que je tremble. Je pousse un soupir frissonnant et les regarde se faire photographier ensemble à bonne distance. Cinq minutes plus tard, Gray lève une main, mettant un terme à cette session photo impromptue.

— Vous savez, je n'ai jamais été du genre à me partager entre deux hommes, mais ces deux-là sont super séduisants.

Je fais un effort pour détourner les yeux de Colby et regarder la femme qui s'est glissée à côté de moi sans que j'y prenne garde. Elle a probablement quarante-cinq ans et porte une veste en fausse fourrure vulgaire.

Au moins, j'espère que la fourrure est fausse.

Parce que... Beurk.

Au lieu d'attendre une réponse – comme si j'en avais une –, elle observe à nouveau le trio.

Je suis tentée de lui dire qu'elle a quelque chose sur le menton, mais je crois qu'elle s'en ficherait.

— Vous êtes avec ce magnifique spécimen d'homme ? demande-t-elle.

Avant que je puisse réagir, le trio franchit gaiement la porte principale, attirant l'attention générale. Colby me regarde alors qu'il file dans ma direction et glisse un bras autour de ma taille pour me diriger vers ses parents.

— Je crois que ça répond à ma question, dit la femme avec un rire.

Colby fronce les sourcils et jette un regard par-dessus son épaule.

— Tu la connais ?

— Non.

L'hôtesse guide ses parents vers une table dans la pièce principale.

— Cela dit, elle venait de me dire qu'elle adorerait se retrouver prise en sandwich entre les hommes McNichols.

Il ouvre des yeux effarés, puis tourne brusquement la tête vers elle pour la seconde fois.

— Désolé, elle a dit quoi ?

Son incrédulité est adorable.

Un sourire tremble au coin de mes lèvres.

— Oh, je crois que tu m'as bien entendue.

— J'espérais m'être trompé.

Ne me laissant plus l'occasion de le taquiner, il dit en sourdine :

— Et je t'en prie, n'en souffle pas un mot à ma mère. Elle a atteint sa limite avec les femmes qui convoitent mon père.

J'imagine ce que Whitney McNichols a dû supporter en tant qu'épouse de ce séduisant joueur de la Ligue devenu commentateur national.

Une fois qu'on atteint la table, Colby tire ma chaise. Il affiche un sourire en coin quand je hausse les sourcils.

Une fois que je me pose sur le siège, il l'avance avant de se pencher vers moi.

— Pour ta gouverne, je n'ai pas été élevé par une meute de loups. On m'a appris les bonnes manières. Et juste au cas où tu serais curieuse : je suis aussi très propre. Je ne vais jamais laisser la lunette des toilettes relevée.

Mon regard est attiré par ses parents, qui nous adressent de grands sourires. Devenant écarlate, je prends mon verre d'eau et en avale une gorgée. J'espère que ça éteindra les flammes qui ont pris vie au plus profond de moi.

Colby s'installe à côté de moi. Quelques secondes plus tard, une serveuse vient prendre notre commande et dresse la liste des menus spéciaux. J'y prête à peine attention. Aussi gentils qu'aient l'air ces gens, j'ai simplement envie d'en finir et de sortir d'ici.

— Alors, Britt. Parlez-nous de vous, m'encourage sa mère avant de couler un regard à son fils.

La curiosité danse dans ses yeux, comme si elle était excitée à l'idée qu'il se case.

— Colby n'a pas été très communicatif concernant les détails de votre relation.

Je lui adresse un regard suppliant, espérant qu'il s'interposera pour me sauver.

Je ne sais absolument pas quoi lui dire.

Ça sera tout sauf la vérité.

Alors que je cherche désespérément une réponse, un couple de quadragénaires s'arrête près de la table. Le regard de l'homme passe sur nous quatre avant de se poser sur Gray.

— Bonjour, monsieur McNichols. Désolé d'interrompre votre dîner, mais je me demandais si je pouvais avoir un autographe et une photo rapide. Je suis super fan. Depuis que vous avez joué pour l'université de Hillsdale.

À en juger par l'expression sur le visage de Gray, il préférerait refuser cette demande. Je suis presque surprise quand il se redresse en hochant la tête.

— Bien sûr. Pas de problème.

Il regarde brièvement sa femme, et son expression s'adoucit.

— L'université de Hillsdale... C'était il y a longtemps. N'est-ce pas, Whit ?

Elle réagit par un sourire.

— C'était presque dans une autre vie.

L'interaction se prolonge pendant encore cinq minutes : l'homme se met à raconter que son fils lycéen joue au hockey. Alors que Gray met un terme à la conversation et dit au revoir à l'homme et sa femme, une autre personne s'approche.

Elle est suivie par quelques enfants qui ne tiennent plus en place à l'idée de rencontrer une légende de la Ligue nationale de hockey.

Je dois accorder à Gray McNichols qu'il est patient et gentil quand il parle aux fans. Je sais exactement ce que c'est que de vouloir dire non.

De vouloir profiter d'un rare moment d'intimité.

D'une certaine normalité.

Mais on ne peut pas faire ça.

Sinon, on est une connasse coincée qui se fiche de ses fans ou ne se souvient pas d'où elle vient.

Très vite, quelqu'un qui cherche ses quinze minutes de célébrité refait surface pour raconter une histoire rocambolesque qui prouve qu'on est une grosse connasse. La plupart du temps, ce sont des mensonges ou une version déformée qui ne ressemble plus à la vérité.

Il y a quelques années, les voisins de mon enfance ont écrit un livre confidence qui racontait ce que c'était de m'avoir vue grandir. Ce n'était pas seulement sinistre, mais également une complète violation de ma vie privée. Ça fait encore plus mal parce qu'on était proches d'eux.

— Ça ne vous fait rien si on prend une photo de groupe ?

Mon ventre est tordu par l'appréhension alors qu'une nouvelle vague de nervosité s'abat sur moi. Ma chaise frotte contre le plancher quand je m'écarte de la table et me redresse d'un bond.

— Je reviens immédiatement. Je… vais aux toilettes.

Je m'éloigne avant que le mec ne puisse sortir son téléphone pour prendre des photos. Quand tu es une personnalité, soudain, il n'y a plus de limites. Même si j'avais dit non, il aurait pu en prendre une.

Sur le chemin des toilettes, la porte arrière du bâtiment attire mon attention. Pendant une seconde ou deux, je songe à me faufiler dehors en douce et à me casser. Je suis certaine que Fallyn ou Ava viendraient à ma rescousse si j'avais besoin d'elles.

Je partagerai une voiture avec elle, si c'est nécessaire.

Je franchis la porte, reconnaissante de trouver la petite pièce vide. Mes doigts se referment sur la porcelaine lisse du lavabo tandis que j'observe mon reflet. Sous les lumières brillantes, ma peau a perdu toutes ses couleurs.

J'ai beau me dire que je panique sans raison, ça n'apaise absolument pas mes inquiétudes.

J'inspire profondément, puis expire lentement.

Je recommence.

Encore.

Et encore.

J'étudie mon visage dans le miroir, cherchant des similarités.

Il n'y en a pas.

Rien qui pourrait me trahir.

Je ne ressemble pas le moins du monde à mon alter ego.

Mes cheveux, mon maquillage et mes vêtements sont différents.

Tout a été transformé.

Et pourtant… Je vis toujours dans la peur.

Il suffirait qu'une seule personne fasse un commentaire.

Même en passant.

Quand un nouveau message fait vibrer mon téléphone, je l'extrais de ma poche et regarde l'écran.

Tout va bien ?

J'ai beau avoir envie de me cacher pour une durée indéfinie, ce n'est pas possible.

Je dois y retourner.

Si les fans sont toujours en train de prendre des photos, je sortirai par la porte arrière. Puis j'enverrai un SMS à Colby et je lui dirai que je ne me sentais pas bien.

Ce n'est pas entièrement un mensonge.

Ce n'est simplement pas la vérité.

Ma décision prise, je me glisse hors de la salle de bains et vois que l'homme qui n'arrête pas de me trotter dans la tête est appuyé contre le mur, les bras croisés.

Un cri aigu m'échappe alors que mon cœur bat la chamade contre mes côtes.

— Qu'est-ce que tu fais là ?

— Je m'assure que tu ne me laisses pas en plan.

Je m'esclaffe, incapable de croire qu'il puisse me lire avec tant de facilité. C'est déconcertant.

— Arrête un peu. Comme si je pouvais faire une telle chose !

Il hausse un sourcil.

— Tu es partie à Vegas.

Bon... Je ne peux pas vraiment le nier, n'est-ce pas ?

Sans me laisser le temps de réagir, il tend le bras et me saisit les doigts, m'attirant assez près pour me prendre dans son étreinte. J'aimerais trouver ce geste moins réconfortant.

— Ça te dérange tant que ça qu'on te prenne en photo ?

Je me mordille la lèvre inférieure, ne sachant pas comment réagir.

La vérité n'est pas une option, même si je suis tentée de la lui révéler pour avoir la conscience tranquille. Je déteste tous ces mensonges. Quand j'ai pris la décision de m'éloigner de mon ancienne vie, je n'aurais jamais cru me faire d'aussi bons amis et qu'il deviendrait nécessaire de dissimuler la vérité. Ou bien que j'aurais constamment besoin de rester sur mes gardes pour ne pas faire de faux pas et trop en dévoiler.

Puis-je faire confiance à Colby pour garder mon secret ?

Certes, on est mariés, mais on se connaît à peine.

Finalement, je secoue la tête.

— Je ne suis pas photogénique.

— Je n'y crois pas une seule seconde. Tu es magnifique.

Il plisse les paupières.

— J'ai la sensation qu'il y a autre chose.

— Non. Tu te trompes.

— Bon, tu n'as plus besoin de t'inquiéter. Mon père a dit à tout le monde qu'il a fini et a demandé un peu d'intimité.

Je suis curieuse de voir si ses fans accéderont à sa demande.

Malheureusement, j'ai l'impression que je vais le découvrir.

Colby glisse son bras autour de ma taille et me reconduit vers la table.

Sa mère nous regarde successivement, le regard pétillant.

— Très bien. Je veux tous les détails. Depuis combien de temps sortez-vous ensemble ? Vous êtes si à l'aise l'un avec l'autre. C'est vraiment agréable à voir.

Oh, merde !

Ça aurait probablement été utile si on avait concocté une histoire, puisqu'on n'est pas près de révéler la vérité.

Un rire nerveux m'échappe.

— Oh, non. On vient juste de...

— Se marier, dit-il.

J'en reste bouche bée alors que je regarde Colby avec de grands yeux.

Un regard autour de la table me dit que je ne suis pas la seule à être ébahie par sa réponse.

COLBY

Eh bien, merde.

Ce n'est pas comme si j'avais prévu d'annoncer la nouvelle de mon mariage.

Ayant besoin d'occuper mes mains, je prends mon verre et en vide l'eau. Par-dessus le rebord, je regarde mes parents et me prépare mentalement à leur réaction.

Ils n'ont eu la langue nouée qu'en une seule autre occasion.

C'était il y a plus de quatre ans.

Et Britt ?

Ses yeux ont l'air d'être à deux doigts de lui sortir de la tête et de rouler sur la table.

Si j'avais un peu de jugeote, j'aurais gardé ma grande bouche fermée.

J'ai la sensation que si on faisait une exploration des profondeurs de mon psychisme, on découvrirait que j'essaye de me lier davantage à Britt afin qu'elle ne puisse pas s'échapper.

J'ai l'impression que c'est ce qu'elle essaye constamment de faire.

Et je ne vais pas le tolérer.

C'est la première fille que j'ai rencontrée qui n'est pas impressionnée par ma famille ou par le fait que je me dirige vers la Ligue nationale après ma saison de dernière année. Elle ne se change pas en flaque quand je dégaine mes fossettes.

J'ai le sentiment diffus qu'elle ne m'aurait pas regardé si je ne l'avais pas pourchassée tous les jours.

Sérieusement... Qui est cette fille ?

Et pourquoi se comporte-t-elle comme si j'avais une maladie particulièrement contagieuse qu'elle craignait d'attraper ?

C'est une énigme qui a besoin d'être résolue.

Maman est la première à retrouver l'usage de la parole alors qu'elle nous désigne successivement du doigt.

— Je suis désolée. Tu viens de dire que vous êtes mariés ?

Il y a un silence.

— Mariés... pour de bon ?

— L'un à l'autre ? ajoute Papa comme s'il essayait de suivre la conversation.

Je coule un regard à Britt. Elle pince tant les lèvres qu'elles risquent de disparaître.

— Oui.

Maman s'éclaircit la gorge.

— D'accord. Euh... Quand cela s'est-il produit ?

Je dois bien le lui accorder, elle est tranquille, calme et mesurée.

Comme toujours.

Il n'y a pas grand-chose qui la déstabilise.

Heureusement pour moi, on a toujours été proches. Je n'aurais pas pu demander de meilleure mère. Peu importe ce qui arrive dans ma vie, je peux toujours lui demander de l'aide, notamment pour annoncer quelque chose à mon père.

— Le week-end dernier.

Papa passe une main sur son visage et marmonne :

— À Vegas, je présume.

— Ce qui veut dire que des félicitations s'imposent.

Maman cherche notre serveuse du regard. Celle-ci nous rejoint rapidement dès que leurs yeux se croisent.

— Pourrions-nous avoir une bouteille de votre meilleur champagne, s'il vous plaît ?

— Bien entendu.

La femme disparaît aussi rapidement qu'elle est apparue.

Au bout de cinq minutes, nos flûtes en cristal sont remplies d'un liquide ambré pétillant. Je n'ai jamais apprécié le champagne. Si je bois, c'est de la bière. Mais je suis reconnaissant de voir que Maman tente d'aplanir la situation, puisque Papa n'a pas dit grand-chose.

Je suis certain de me faire enguirlander plus tard.

Quand elle lève le verre, nous l'imitons tous les trois.

— Gray et moi voulons t'accueillir dans notre famille, Britt. On a hâte de passer plus de temps ensemble et d'apprendre à mieux te connaître.

L'amour brille dans ses yeux alors qu'elle braque son attention sur moi.

— Colby est un homme exceptionnel. Si tu l'as épousé, tu le verras aussi et c'est tout ce dont je rêvais. Ça me dit également que tu es spéciale, parce que notre fils n'ouvre pas son cœur à n'importe qui.

Son regard se pose sur mon père.

— Je vous souhaite autant de bonheur qu'on en a trouvé.

L'expression de Papa s'adoucit alors qu'un sourire danse aux coins de ses lèvres.

— À Colby et Britt.

On trinque avant de boire le liquide pétillant.

Je coule un regard à Britt. Sa posture est moins raide et son expression s'est détendue, la rendant encore plus belle.

Ça suffit à me couper le souffle.

Cette relation a peut-être commencé sur une décision impulsive sous le coup de l'ivresse, mais qui peut dire qu'elle ne peut pas devenir autre chose ?

Qui peut dire qu'elle ne l'est pas déjà ?

22

BRITT

J'adresse un dernier au revoir aux parents de Colby tandis qu'ils disparaissent à l'angle de la rue. Alors seulement, je me tourne et le frappe en pleine poitrine.

— Je n'arrive pas à croire que tu leur aies dit qu'on était mariés !

— Aïe.

Il frotte la zone endolorie.

— Pourquoi pas ? C'est la vérité. Nous *sommes* mariés.

— Pas pour longtemps, grogné-je en me mettant en route.

— Ce n'est pas encore décidé, répond-il.

Je pose mes poings serrés sur mes hanches avant de tourner les talons et de le fusiller du regard. J'ai sérieusement envie de l'étrangler.

Le sourire qu'il m'adresse ne fait rien pour apaiser mes sentiments.

Enfin... Presque rien.

Putain !

Il déverrouille sa voiture avant d'ouvrir la portière passager d'un mouvement fluide.

— Votre carrosse vous attend, madame.

Je pince les lèvres, refusant de leur permettre de trembler. J'ai la sensation que si je donne un doigt à Colby, il me prendra le bras.

Après avoir rejoint le trafic, il me coule un regard.

— Et si on allait discuter chez toi ? C'est bien plus tranquille que chez moi.

Je hoche sèchement la tête.

Ce soir, je vais fermer les vannes et mettre un terme à ce mariage.

Dix minutes plus tard, j'enfonce la clé dans la serrure et ouvre la porte de mon appartement avant d'allumer les lumières. Alors qu'il pénètre dans le vestibule puis dans la pièce à vivre, ses prunelles courent sur l'espace comme s'il essayait d'absorber tout à la fois. Je regrette de ne pas avoir pris le temps de dissimuler quelques-uns des objets personnels que j'ai laissés traîner. Je pensais qu'on discuterait au restaurant.

Après un long silence, ses pupilles se posent sur moi.

— Tu vis ici toute seule ?

— Oui. Quand j'ai postulé pour venir à Western l'été dernier, je ne connaissais personne.

Il hoche la tête, puis se dirige vers une crédence avant de s'emparer d'une photo au cadre argenté. Mes paumes deviennent moites alors qu'il l'étudie.

Son regard cherche le mien.

— C'est ta famille ?

— Euh, oui.

— Quel âge avais-tu quand elle a été prise ? À peu près huit ou neuf ans ? demande-t-il en inclinant la tête.

— Probablement dans ces eaux-là.

Je force mes pieds à entrer en mouvement, réduisant la distance entre nous avant de retirer le cadre de ses mains. Je ressens une bouffée de soulagement quand il ne pose pas d'autres questions.

Alors que je le repose sur la table, il se dirige droit vers le canapé et s'empare de la guitare.

Merde !

Pourquoi n'ai-je pas rangé l'instrument au lieu de le laisser dehors ?

Il fait courir les doigts sur quelques cordes.

— Tu joues ?

Je hausse les épaules, essayant de repousser la tension croissante qui remplit tous mes muscles. Ce mec me rend nerveuse.

— Un peu.

— Tu veux jouer quelque chose pour moi ? On peut amorcer la conversation par une chanson.

Ce n'est pas une question à laquelle j'ai besoin de réfléchir.

— Non.

— Tu m'as chanté quelque chose dans l'avion, me rappelle-t-il d'une voix qui devient flatteuse.

— Seulement parce que tu étais en détresse.

Le sourire lent qui danse sur ses lèvres provoque une bouffée d'excitation directement dans mon intimité.

— Tu crois que je suis présentement en détresse ?

Je fais un effort pour ravaler la boule épaisse qui est logée dans ma gorge.

— Absolument pas.

Avoir Colby ici, c'est comme être responsable d'un enfant hyperactif dans une galerie d'art. J'ai besoin de le surveiller de près, sans quoi il détruira tout et fourrera son nez partout.

J'ai invité quelques amis depuis mon emménagement, mais j'essaye de limiter les visites. Je prends également garde à dissimuler tout ce qui pourrait potentiellement me lier à mon ancienne vie.

J'invoque tout mon self-control pour ne pas lui sauter dessus et lui arracher l'instrument des mains.

Je n'ai jamais permis à personne d'y toucher ou de jouer avec.

Pas même mes frères et sœurs.

Au lieu de m'abandonner à la vague d'émotions qui bouillonnent en moi, je me pose sur le canapé dans l'espoir qu'il suive le mouvement.

J'ai juste envie qu'on en finisse.

L'anxiété quitte mes muscles quand il m'imite et se laisse tomber à côté de moi.

Mes doigts pianotent un rythme insistant sur ma cuisse tandis que je me force à rester calme.

— Il faut qu'on mette un terme à tout ça maintenant.

Voilà.

Je l'ai dit.

Même si extérieurement, il a l'air calme et composé, la façon troublante dont il me regarde me dit le contraire. C'est suffisant pour qu'une nouvelle vague de nervosité explose au creux de mon ventre.

— Pourquoi es-tu si pressée ? Pourquoi es-tu si opposée à l'idée qu'on passe un peu de temps ensemble pour voir si ça peut fonctionner ?

J'attends qu'il m'adresse un sourire charmant ou bien un ricanement. Quelque chose qui me montrera qu'il plaisante.

Ça n'arrive pas.

Au lieu de cela, son regard reste braqué sur le mien.

Une seconde de silence passe.

Puis une autre.

Oh, merde.

C'est là que je réalise qu'il est sérieux.

Ma bouche se dessèche tandis que mon cerveau fait des sauts périlleux.

Je secoue la tête, ne comprenant pas pourquoi il prendrait cette peine.

Impossible que Colby McNichols souhaite se caser.

Avec moi. Une fille qu'il connaît à peine.

Incapable de soutenir l'intensité de son regard pendant une seconde de plus, je détourne le mien.

— Pourquoi repousser l'inévitable ? Ça ne fonctionnera pas entre nous.

— Pourquoi pas ?

J'ouvre la bouche, cherchant désespérément une réponse.

Il y a un million de raisons.

La principale est que je ne suis pas celle qu'il croit.

Je ravale mon anxiété et tente de rester calme.

— Parce que nous sommes deux personnes différentes qui se déplacent dans des directions opposées.

Il se rapproche avant de tendre la main pour la placer sur la mienne. Les battements de mon cœur s'accélèrent quand il joue avec mes doigts.

— Comment peux-tu en être aussi certaine ? Nous avons à peine eu l'occasion de nous connaître.

Mon attention se braque sur l'endroit où nous sommes connectés, et mon cœur tressaute douloureusement avant d'accélérer.

— Colby...

— Quoi ?

Sa voix se fait plus rauque alors qu'il me coule un regard.

Le feu qui pétille dans ses iris bleu marine suffit presque à me faire m'enflammer. Mon cerveau revient à Vegas et à la nuit où il m'a plaquée contre la vitre avant de s'enfoncer profondément dans mon corps. Les lumières scintillantes de la ville qui s'étiraient sous nos pieds n'ont fait que sublimer l'intensité de mon orgasme.

— On ne devrait pas, murmuré-je d'une voix que je reconnais à peine.

Il se rapproche lentement avant d'incliner la tête.

— On ne devrait pas quoi ?

— Coucher ensemble.

Je marque un temps d'arrêt avant d'ajouter :

— Une deuxième fois.

Il hausse un sourcil, comme si ça ne lui était jamais venu à l'esprit.

— Ah non ?

— Ça ne fait qu'embrouiller les choses.

Il doit bien le comprendre, n'est-ce pas ?

— En fait, je pense que ça aidera à clarifier les choses pour tous les deux.

Avant que je puisse reprendre mes esprits et trouver une autre bonne raison pour laquelle coucher ensemble serait une idée désastreuse, il glisse une main sur ma nuque avant de me tirer en avant. Sa prise n'est pas assez forte pour m'empêcher de m'écarter ou de mettre un frein à ce qui est en train de se passer, mais il y a une partie de moi qui n'en a pas envie.

Notre session de sexe à Vegas a été géniale, or j'ai hâte de confirmer que je l'ai enjolivée dans mes souvenirs.

Ça me permettrait de m'en aller plus rapidement.

Quand je ne proteste pas, un sourire danse sur son visage avant qu'il ne m'embrasse. Je m'ouvre, lui permettant d'entrer. Il fait courir sa langue sur la commissure de mes lèvres.

Il ne me faut qu'une simple caresse pour passer de zéro à cent.

Une main reste enroulée sur ma nuque alors que l'autre se glisse sous mon sweat-shirt et remonte pour venir me prendre le sein. Il pousse un grognement. Ce son guttural me donne envie d'en exiger davantage.

Il s'éloigne, le temps de marmonner :

— J'ai pensé à eux pendant toute la semaine.

Sur ce, il fait remonter le doux pull en cachemire rose sur mon corps et par-dessus ma tête avant de le jeter à terre. C'est mon pull favori, mais à cet instant, je me fiche de savoir ce qui va arriver. Je ne pense qu'à la façon dont il me touche et m'embrasse. Ses mains sont fortes et possessives et il sait exactement quoi faire avec.

J'ai beau détester l'admettre, je n'ai pas été capable de m'empêcher de penser à lui non plus. Il y a quelques jours, j'ai été tirée d'un rêve sexy et j'ai fini par me masturber parce que je mourais de désir. Hors de question que je me rendorme sans trouver un peu de soulagement. Ça me fait seulement comprendre qu'Axel ne m'a jamais autant excitée.

Il se retire, dévorant ma poitrine du regard.

— Putain, bébé. Tu es si magnifique ! Aussi sexy que soit ce soutien-gorge, il doit disparaître.

Ses mains se glissent dans mon dos pour le dégrafer. Il s'écoule moins de quinze secondes avant que la bande autour de mes côtes ne se desserre et que les bretelles soyeuses glissent le long de mes bras. Les bonnets se décollent, découvrant mes mamelons, qui durcissent quand l'air froid de la pièce caresse ma peau.

Son regard reste braqué sur ma poitrine alors qu'il tend le bras pour toucher mes seins nus.

— Ils sont aussi parfaits que dans mes souvenirs.

Quand il en pince la pointe, un petit cri remonte dans ma gorge avant de se libérer.

Son attention revient vers mon visage.

— Ça te plaît ?

— Oui.

Pas besoin de mentir puisque la vérité est évidente.

Il y a eu plusieurs hommes dans mon passé, mais pas autant que les gens le pensent. Ma mère a toujours été à mes côtés, chassant ceux qui venaient renifler de trop près. Elle s'assurait que j'étais entièrement concentrée sur l'empire qu'on tentait de construire.

Il me pince l'autre et obtient la même réaction.

Avec un grondement, sa bouche entre en collision avec la mienne alors qu'il me plaque contre les coussins et s'installe sur moi. Son érection épaisse se love contre le V entre mes jambes. La façon dont il se frotte contre mon clitoris, le frappant à l'angle parfait, me fait tourner la tête. Je ne peux pas m'empêcher de changer de position, ayant envie de ressentir plus de sensations addictives qui se répercutent à travers mon corps.

Il s'écarte suffisamment longtemps pour gronder :

— Tu me rends fou, tu sais ?

C'est précisément l'effet qu'*il* a sur moi.

Son regard reste braqué sur le mien alors qu'il mordille ma lèvre inférieure, tirant dessus avant de la libérer. Puis il s'enfonce davantage. Enfin, il y a les dents qui s'entrechoquent et la danse des langues. Ce simple contact m'amène au bord de l'orgasme. Sa bouche glisse vers mon menton avant de frôler la courbe de ma mâchoire.

Je ne prends pas la décision consciente d'exposer ma gorge. C'est plutôt par instinct. Le besoin de sentir son contact sur tout mon corps. Une autre bouffée d'excitation explose dans mon intimité alors qu'il suce la chair délicate. L'impatience spirale en moi quand mes mamelons frôlent le coton de son sweat-shirt. J'ai envie de sentir ses muscles ciselés plaqués contre ma douceur. Mes doigts descendent vers l'ourlet, avant de tirer dessus. Ce mouvement suffit à capter son attention.

— Tu veux jouir, ma belle ?

— Je t'en prie.

Il pousse un autre grognement profond et ses yeux s'obscurcissent.

— J'adore entendre ces mots sur tes lèvres.

Il se redresse juste assez pour faire glisser le tissu épais sur sa tête et s'en débarrasser. Je baisse les yeux vers le spectacle captivant de ses abdominaux bronzés.

Il retire ensuite son t-shirt, se retrouvant aussi torse nu que moi.

C'est sans équivoque. Son corps est vraiment parfait.

Aussi spectaculaire qu'une statue qu'on admire dans un musée.

Le tourbillon de poils blond doré sur sa poitrine descend vers ses abdominaux, disparaissant sous la ceinture de son jean. Je suis tentée d'ouvrir le bouton et de l'abaisser sur ses hanches et ses cuisses athlétiques.

J'ai terriblement hâte de revoir sa verge.

Impossible qu'elle soit aussi belle et épaisse que dans mes souvenirs.

— Tu as fini de me reluquer ?

Je lève la tête. La chaleur et l'humour couvent dans ses profondeurs bleues.

— Pour le moment.

Avec un sourire suffisant, il s'abaisse jusqu'à ce qu'il se retrouve complètement étiré sur mon corps. Sa peau nue est agréable contre la mienne. Ce baiser entre nous est étonnamment moins frénétique que celui d'avant. C'est comme s'il avait eu peur que je dise non et que maintenant, il savait qu'on n'a pas besoin de précipiter les choses. On peut prendre notre temps et profiter du moment.

Au fond, je réalise que c'est une mauvaise idée, mais je ne peux pas l'arrêter. Je gérerai les ramifications demain.

Ce soir, j'ai envie de le sentir profondément enfoncé en moi sans d'autre choix que de frémir autour de lui.

Comme à Vegas.

Sa langue farfouille à l'intérieur de ma bouche pour danser avec la mienne. Je ressens la caresse du velours ainsi qu'un léger raclement de dents.

J'enroule les bras autour de son cou afin de l'attirer plus près.

— Tu es si avide, murmure-t-il avant de lécher mes lèvres.

Puis il redescend le long de ma poitrine. Ses mains explorent les côtés de mes seins, qu'il presse l'un contre l'autre. Il lèche une pointe durcie, puis l'aspire dans la chaleur de sa bouche.

Le plaisir fleurit en moi. Je cambre le dos, voulant simplement me rapprocher.

Il a raison, je suis avide.

Quand je suis avec Colby, mon cerveau s'éteint et j'arrête de penser à ce à quoi mon futur ressemblera et aux décisions difficiles que je serai forcée de prendre. Je suis seulement capable de me concentrer sur la sensation délicieuse qui court dans mes veines.

Pour le meilleur ou pour le pire, tout le reste est oublié.

Il lâche mon mamelon avant de se concentrer sur l'autre, lui accordant la même attention ardente. Il descend plus bas, jusqu'à ce que ses yeux se retrouvent au niveau de la ceinture de mon jean. Il me regarde dans les yeux alors que ses doigts survolent le bouton en métal.

Je hoche sèchement la tête avant que la question ne quitte ses lèvres.

— Dieu merci, marmonne-t-il en attaquant le bouton et la fermeture éclair.

Il me retire rapidement le jean épais, le tirant sur mes hanches et mes cuisses. Le jean rencontre le même destin que le pull : il ne me reste que le string. Il se cale contre le dossier et permet à son regard avide de courir sur mon corps quasiment nu. Partout où il me regarde, la chaleur s'enflamme comme s'il s'agissait d'une caresse physique.

— Ai-je déjà dit que tu es magnifique ?

Ce compliment me fait sourire. On m'en a fait des milliers au fil des années, mais pour une raison quelconque, ça signifie plus venant de Colby.

— J'en suis quasiment certaine.

— Eh bien, je le répète, parce que c'est entièrement vrai. Je pourrais te contempler pendant des heures.

Ses paroles me touchent en plein cœur avant d'exploser lors de l'impact. Je fais un effort pour ravaler les émotions séditieuses qui tentent de se libérer en moi.

— Je crois que tu es juste excité.

— Oh, je suis excité, oui, en convient-il. Par ma femme.

Ce souvenir fait grésiller un éclair d'électricité à travers moi, me laissant à bout de souffle.

Ses doigts se glissent sous l'élastique de mon string, qu'il fait descendre le long de mes jambes. Un grognement torturé lui échappe tandis qu'il me retire le petit carré de soie.

Ses mains remontent et redescendent le long de mes mollets presque comme s'il jouait d'un instrument de musique.

— Maintenant, sois gentille et écarte grand les jambes. Voir la jolie petite chatte de ma femme m'a manqué.

Je m'exécute alors que mon cœur trébuche douloureusement.

Son regard tombe vers le V entre mes cuisses et il me contemple jusqu'à ce que je me tortille sous son intensité. Jusqu'à ce que la chaleur inonde mon intimité et que je sache que je déborde de l'excitation provoquée par la possessivité avec laquelle il me regarde.

— Elle est magnifique.

Le premier frôlement du bout de ses doigts contre ma chair délicate me tire un gémissement. Même si je me suis fait jouir il y a quelques jours, ce n'était pas aussi délicieux. Il me caresse encore plusieurs fois avant d'écarter mes cuisses avec ses épaules ; la chaleur de son souffle me frôle. L'impatience se précipite à travers mes veines alors que l'air stagne dans mes poumons.

Je n'ai pas longtemps à attendre.

Le premier contact suffit presque à me faire bondir du canapé. Mes doigts s'enfoncent dans ses cheveux épais afin de le maintenir en place. Ou peut-être que c'est pour me maintenir connectée à la Terre et ne pas m'envoler dans la stratosphère.

Comme notre baiser précédent, il n'y a rien de frénétique dans ses mouvements. Au contraire, chacun semble calculé pour provoquer le plus de plaisir. Sa langue caresse mon intimité avant d'effectuer des cercles autour de mon clitoris. Quand il écarte mes lèvres, mes yeux roulent dans leurs orbites.

Je ne peux m'empêcher de me contorsionner afin de me rapprocher.

Quand un gémissement m'échappe, son regard accroche le mien.

— Tu es si avide, répète-t-il.

Je ne pourrai pas tolérer beaucoup plus de cette torture sans sombrer dans l'incohérence.

Si je ne le suis pas déjà.

Sa langue danse autour de la petite boule de nerfs jusqu'à ce qu'elle palpite d'une vie qui n'appartient qu'à elle. Alors seulement, elle s'enfonce profondément en moi.

— Tu es prête à jouir pour moi ?

Tellement prête...

Quand je change de position, voulant seulement le sentir au plus profond de mon corps, il tapote mon clitoris du bout des doigts. Je halète quand la zone est envahie d'une décoction puissante de plaisir et de douleur.

— Réponds à la question.

— Oui, grogné-je. J'ai envie que tu me fasses jouir.

Il affiche un sourire suffisant.

— Je le sais bien. Tu es pratiquement en train de le demander... de *m*'implorer.

Oh, mon Dieu.

C'est vrai.

La seule autre fois où j'ai été aussi excitée, c'est quand...

Un autre son déformé m'échappe alors qu'il enfonce son visage contre ma douceur. Sa langue caresse ma peau, puis il mordille mon clitoris.

— Tellement, tellement douce.

Cette fois, il m'attaque. Ses dents effleurent ma chair sensible et je perds le contrôle. Un gémissement s'échappe de mes lèvres, mon dos se cambre sur les coussins. Tous mes muscles se contractent à fond.

Ce n'est que lorsque le dernier tremblement secoue mon corps que je me force à ouvrir les yeux et le découvre en train de m'observer. Je ne pense pas avoir déjà vu quelque chose de plus sexy de toute ma vie que la tête blonde de Colby entre mes cuisses écartées, ses yeux d'un bleu profond incendiant les miens.

Un frisson dévale mon dos.

Ignorant quoi dire ou que faire pour briser l'intensité du moment dans lequel on se retrouve, je murmure :

— Merci.

Son sourire goguenard fait un grand retour.

— Oh, ne me remercie pas encore, ma douce. Je suis loin d'en avoir fini avec toi.

Sur ce, il me soulève dans ses bras.

23

COLBY

Je serre Britt contre moi alors que je me dirige vers sa chambre à grands pas. C'est si bon de sentir son poids chaud dans mes bras ! Chaque fois que je me dis que je ne peux pas aimer cette fille davantage, je mets la barre plus haut.

Une fois que je la dépose au milieu du lit deux places, je fais un pas en arrière pour permettre à mon regard de parcourir sa silhouette nue.

Merde. Elle est super belle, offerte à moi comme un festin ! Ses cheveux couleur caramel sont répandus sur les draps lavande. Je suis certain que je n'ai jamais désiré personne autant que cette fille.

Un week-end passé ensemble n'était vraiment pas suffisant. Quand elle s'est enfuie de Vegas, j'ai cru que la chasser de mon esprit ne serait pas un problème.

Rien ne saurait être plus éloigné de la vérité.

Même si elle vient de jouir, ses yeux dorés se remplissent de chaleur.

Quand elle écarte les jambes, m'offrant une vue captivante du paradis, chaque pensée qui tourbillonne dans mon cerveau me sort par les oreilles.

Merde.

Merde.

Merde.

Ma langue sort pour humecter ma lèvre inférieure avant d'aspirer cette chair ferme dans ma bouche. Son goût de miel explose sur ma langue. Ça me donne envie d'y replonger et de recommencer à la dévorer.

Et je le ferai...

Plus tard.

— Qu'est-ce que tu attends, Colby ? Tu ne veux pas jouir ?

Oh, cette fille...

Vient-elle vraiment de me renvoyer mes paroles au visage ?

Elle ne peut pas comprendre dans quoi elle s'implique.

Et c'est peut-être pour le mieux.

Si elle le savait, ça l'effrayerait.

La puissance de ces sentiments me terrifie.

— Je t'admirais, c'est tout.

J'ouvre le bouton de mon jean avant de baisser ma fermeture éclair et de sortir ma queue.

— Mais maintenant que tu en parles, je suis super excité et prêt à jouir.

Une simple pression sur mon gland et je vais exploser.

Ce serait vraiment embarrassant, non ?

Si je jouissais avant d'être à l'intérieur de cette fille ?

Je refuse que ça arrive.

Quand elle lève les mains pour jouer avec ses mamelons, ma queue enfle davantage. Je serre les dents pour garder le contrôle sur tout, comme il se doit.

Elle pince les pointes durcies avant de comprimer les doux renflements.

— J'attends.

Je souffle fort.

Je suis tenté de m'arracher mon jean, mais je ne tiendrai pas suffisamment longtemps. Pas alors qu'elle se touche devant moi.

Je glisse les doigts à l'intérieur de ma poche arrière et en sors le préservatif, déchirant l'emballage avec mes dents et l'enfilant. Ce n'est que lorsque je déroule le latex sur ma verge que je me rends compte que mes mains tremblent.

Merde.

Le désir que je ressens pour cette fille – *ma femme* – dépasse presque mon entendement.

Après quelques pas saccadés, je peux m'installer entre ses cuisses écartées. Nos regards ne se quittent pas tandis que je m'enfonce dans sa douceur chaude. Même si j'ai envie de fermer les yeux et de me délecter de cette sensation, c'est impossible.

Je suis incapable de me détourner de cette femme étendue.

J'ai désespérément envie de voir chaque lueur d'émotion qui passe sur son visage.

Mes bourses sont déjà en train de se contracter, rentrant à l'intérieur de mon corps.

Dix coups de reins.

Il ne m'en faut pas plus pour que je perde le contrôle.

Dieu merci, elle se contracte autour de moi alors qu'elle me suit par-dessus le précipice et dans l'oubli.

Putain !

Je n'ai peut-être pas tenu longtemps, mais mon orgasme a l'air de durer éternellement.

C'est la meilleure sensation du monde.

Le temps que mes muscles se détendent et que je m'écroule contre elle, mon cœur tambourine comme s'il allait exploser dans ma poitrine. J'ai envie d'enfoncer mon visage dans ses cheveux qui sentent bon les fleurs, et je prends une grande inspiration, que je garde captive pour toujours.

Ces pensées devraient suffire à me déboussoler suffisamment pour me faire prendre mes jambes à mon cou.

Je ne sais pas ce qu'il y a chez Britt, mais je suis complètement pris dans ses filets.

Il y a une pensée encore plus terrifiante : je n'ai pas envie de me libérer.

Jamais.

Refusant de renoncer à l'intimité qu'on est parvenus à trouver, je roule sur le côté et l'emporte dans le mouvement : son corps souple se retrouve étendu contre ma poitrine. Alors seulement, le contentement s'empare de moi tandis que ses doigts dessinent de légers motifs sur ma peau.

Même si un soupir satisfait lui échappe, je perçois les mots perchés sur le bord de sa langue avant qu'ils ne soient capables de se libérer. L'atmosphère change. Je n'ai jamais connu une telle harmonie avec un autre être humain. Et ça inclut les mecs avec qui j'ai joué au hockey pendant des années, ceux que je considère plutôt comme des frères.

— Ne le dis pas.

Elle se tourne jusqu'à ce que son menton repose sur ses mains jointes.

— C'était une erreur. On sait tous les deux que le sexe ne résoudra rien entre nous.

— Euh, excuse-moi... Le sexe était super bon, corrigé-je. Ne le sous-estime pas.

Le coin de ses lèvres tremble.

— C'est drôle... De toutes les choses que j'ai entendues sur toi, l'éjaculation précoce n'en faisait pas partie.

Je plisse les yeux et fais semblant de la foudroyer du regard.

— C'était dix bons coups de reins. Peut-être même onze.

— Peut-être même huit. J'avais peur que tu jouisses avant même d'être à l'intérieur de moi.

Moi aussi.

Le manque de contrôle que j'ai en présence de cette fille est affligeant.

Je m'esclaffe.

— Je t'en prie.

Elle hausse les sourcils.

— De quoi ? Tu veux que je te fasse jouir ?

— Je crois que quelqu'un a envie d'un second round.

Je saisis ma queue et la caresse, tentant de me reprendre.

— Donne-moi dix minutes, peut-être une microsieste et une boisson énergisante, et je serai prêt au décollage.

Ses épaules nues tressautent.

— Merci pour la proposition, mais c'est totalement inutile. Ce que j'essayais de dire, c'est que c'est une situation compliquée, et ce qui vient d'arriver n'arrangera pas les choses.

— Je suis du point de vue que ça ne fera pas de mal.

Avant qu'elle ne puisse répliquer autre chose, j'ajoute :

— En plus, tu es ma femme. S'il y a quelqu'un que je devrais baiser, c'est toi.

Elle grogne.

— Colby... On n'est pas *vraiment* mariés.

— En réalité...

— Tu sais ce que je veux dire.

Incapable de m'en empêcher, je resserre mon étreinte, ne voulant pas la laisser s'échapper. Parce que c'est exactement ce que j'ai l'impression qu'elle est en train de faire. Je n'aurai pas à disparaître à nouveau.

— Je pense qu'on a besoin de passer du véritable temps ensemble pour voir si on a quelque chose de plus que physique.

Elle réfléchit à cette suggestion.

— Tu veux qu'on passe du temps ensemble ?

— Oui. Du bon temps.

La panique envahit son regard, puis elle disparaît rapidement.

— Je ne suis pas sûre que ce soit une bonne idée.

C'est la même expression qui est passée sur son visage quand elle a remarqué les photographes à l'extérieur du restaurant plus tôt dans la soirée. Ce qui n'a pas le moindre sens.

— Sinon, comment saura-t-on si on est compatibles ?

Avant qu'elle ne puisse refuser l'idée, je dis :

— Je devrais emménager avec toi. Si ça ne fonctionne pas, on divorcera et on se séparera de façon amicale. On a déjà annoncé l'heureuse nouvelle à mes parents.

— C'est toi qui leur en as parlé.

Je hausse les épaules.

— C'est vraiment important ?

— Oui.

Ignorant ses réponses, je demande :

— Qu'est-ce que tu en dis, Britt ? Tu veux essayer la vie conjugale ?

— Je crois que tu es fou, murmure-t-elle.

— Alors... c'est un oui ?

L'air se fige dans mes poumons alors que j'attends une réponse.

Je pense seulement que je dois conquérir cette fille et me l'approprier.

Mon regard tombe sur sa lèvre inférieure, qu'elle mordille.

— Je vois que tu as besoin qu'on te persuade davantage.

J'enroule mes mains autour de sa cage thoracique et la fais remonter le long de mon corps, jusqu'à ce que ma queue se retrouve lovée contre le V entre ses jambes. Il ne m'en faut pas plus pour me changer en pierre.

Et c'était plutôt cinq minutes, pas dix.

Pas besoin de Gatorade.

24

BRITT

J e fronce les sourcils en gardant la porte ouverte pour Colby. Ses muscles se gonflent alors qu'il entre, les bras chargés de cartons.

Comment me suis-je retrouvée dans cette situation ?

Une minute, ce type se glisse à l'intérieur de mon corps, et la suivante, j'accepte sa suggestion d'emménager chez moi.

Temporairement.

Je contemple l'appartement, incapable de reconnaître l'espace.

Tout était-il vraiment propre et rangé il y a moins d'une heure ? Avec tout à sa place ?

J'ai l'impression qu'une bombe a explosé.

Des affaires de mec sont éparpillées dans tout l'espace. On parle d'équipement de hockey, des vêtements, une Xbox, des livres et des produits capillaires...

Sérieusement ?

C'est comme s'il emménageait pour toujours.

Pas juste quelques semaines.

Je me creuse les méninges.

A-t-on fixé un délai officiel pour cette période d'essai ?

Si on l'a fait, j'ai oublié.

La panique envahit mon système.

J'ai besoin de me reprendre.

Je suis certaine qu'il ne faudra qu'une semaine ou deux pour qu'on se rende compte qu'on n'a absolument rien en commun.

À part le sexe torride.

En ce qui me concerne, ça ne compte pas.

Il déplace les cartons avant de marquer un temps d'arrêt.

— Je dépose ça dans la chambre pour le déballer plus tard ?

Seigneur Dieu... Il est vraiment en train de m'envahir. C'est comme si les vannes s'étaient ouvertes et qu'on ne pouvait plus jamais les refermer.

— Oui, je crois.

Il disparaît à l'intérieur de la pièce avant de revenir quelques minutes plus tard. Mon regard suit ses mouvements alors qu'il se dirige vers le comptoir qui sépare la cuisine du salon pour prendre une bouteille d'eau. Il la porte à ses lèvres, incline la tête en arrière jusqu'à ce que les muscles épais de sa gorge ressortent puissamment, et l'avale. Ma bouche se fait cotonneuse.

Oh...

Sa masculinité réveille mes parties féminines, et j'étouffe cette sensation.

Je fais un effort pour détourner mon attention du spectacle qu'il offre. Je suis embarrassée d'admettre à quel point il est difficile de garder les idées claires quand il est dans les parages.

Tout ce que je peux dire, c'est que cet homme aiguise mes sens.

Ce qui ne me rend pas meilleure que les groupies qui le harcèlent sur le campus.

Un grognement essaye d'émerger de ma gorge.

Il incline la tête.

— Je suis désolé ? Je n'ai pas entendu. Qu'est-ce que tu as dit ?

Merde.

— Était-ce vraiment nécessaire pour toi t'emménager ?

Il s'appuie contre le comptoir et hausse un sourcil.

— Sinon, quand va-t-on passer du temps ensemble ? Entre le hockey et les cours, je n'en ai pas beaucoup.

C'est vrai.

Cela dit...

— Ça me semble quelque peu drastique... marmonné-je sans savoir quoi dire.

— Peut-être, mais nous sommes mariés, et d'après ce que j'en sais, les gens mariés cohabitent.

— C'est ce que tu ne cesses de me dire.

Ses lèvres tressautent, et la peau délicate autour de ses yeux se plisse.

Comment est-il possible que cette expression le rende encore plus sexy ?

Je chasse ces pensées intrusives d'un clignement de paupières.

Elles sont complètement inutiles.

Il regarde son téléphone.

— J'ai entraînement dans quelques heures. Tu veux que je prépare quelque chose à dîner avant de partir ?

Pardon ? J'ai bien entendu ?

— Tu es en train de me dire que tu sais... *cuisiner* ?

Quand il sourit, quelque chose se réveille au creux de mon ventre.

— Tu n'es pas forcée d'avoir l'air aussi choquée. Tu n'as pas encore compris que je possède de nombreux talents ?

Il ne plaisante pas.

— Tu es un véritable homme-orchestre, Colby McNichols.

À mon grand embarras, ma voix débordante de sarcasme est rauque.

— Maman m'a appris quand j'étais petit. C'est super pour apaiser le stress.

Il m'adresse un clin d'œil.

— Cela dit, pas aussi relaxant que d'autres activités de détente.

Je ne parviens pas à retenir un sourire amusé. C'est impossible de ne pas sourire et rire en sa présence. Il est doué pour alléger l'atmosphère.

Je crois que ce doit être un autre de ses multiples talents.

Mais je garde cette observation pour moi.

Sans quoi, il va choper la grosse tête.

Bon, d'accord... Une tête plus grosse. Si elle enfle davantage, il ne passera plus la porte.

Une étrange chaleur se répand dans mes veines à l'idée que Colby prépare à manger avec moi.

— Quelle est ta spécialité ?

Il pince les lèvres, et son regard se fait pensif.

Malgré moi, je le trouve super adorable.

Argh !

C'est mauvais pour moi.

— Si j'étais forcé de choisir juste une chose, je dirais que mes lasagnes sont géniales.

Je hausse les sourcils.

— Vraiment ? J'ai vu des chefs en préparer dans des programmes télé de cuisine. Ce plat en particulier a l'air de demander à la fois du temps et du travail.

— Si c'est plus facile, tu pourrais juste préparer quelque chose comme de la soupe à la tomate avec des croques au fromage ou bien des spaghettis. Tout le monde est capable de faire bouillir des nouilles et de vider un pot de sauce dans une casserole.

Il fronce les sourcils.

— Tu n'es pas fan de lasagnes ?

— Non, ça me plaît. Je dis simplement que c'est...

Ma voix meurt alors que je hausse les épaules.

Il écarquille les yeux en se redressant de toute sa hauteur.

— Attends un peu... Tu penses que je n'ai pas les capacités ? C'est ce que tu insinues ?

Le choc que j'entends dans sa voix suffit à me faire rire.

— Je n'ai pas dit ça !

Il croise les bras et me fusille du regard.

— Pas besoin. C'était implicite. Ce qui se résume à un défi. Alors, prends ton sac et allons au magasin acheter les ingrédients dont j'ai besoin.

Il jette un coup d'œil à mon frigidaire.

— Et pendant qu'on y est, on va remédier à cette triste situation.

— Pardon ?

— Tu m'as bien entendu. Tu as quelques yaourts, du soda light et un morceau de fromage. Ça ne va pas aller. On a besoin d'options saines.

Je grommelle et, sur le chemin de la porte, je m'empare de mon sac posé sur le comptoir.

Quarante minutes plus tard, on revient avec des sacs qui débordent de courses. L'un d'eux est pour le dîner que Colby veut absolument préparer. Le reste est un mélange de barres protéinées, de chips allégées, de noix non salées, de muesli à faible teneur en glucides, de cartons d'œufs, de saucisses à la dinde, de quinoa, de tonnes de dinde hachée ainsi que des fruits et des légumes.

Je ne m'étais pas rendu compte qu'il mangeait aussi sainement.

Les choses qu'on apprend quand on vit avec quelqu'un...

Cette pensée me fait presque grimacer.

Il déballe tous les ingrédients, les étalant sur le comptoir.

— Tu as besoin d'aide ? Je ne saurais pas par où commencer.

Il secoue la tête.

— Non. Pourquoi ne restes-tu pas pour me tenir compagnie pendant que je prépare tout ?

Je m'installe sur la chaise alors qu'il se déplace gracieusement dans la cuisine. Il n'est peut-être pas habitué à la configuration de la mienne et ne sait pas où tout est rangé, mais ça ne le dérange manifestement pas. Il place une grande poêle sur la cuisinière et allume le feu. Quand elle est chaude, il ajoute le poulet haché et le coupe en petits morceaux avec une cuillère en bois. Puis il remplit une immense casserole d'eau et y ajoute un peu de sel avant de la porter à ébullition.

Il y a quelque chose d'apaisant à regarder Colby cuisiner. Maintenant qu'il est occupé, je peux de le contempler à l'envi. Je baisse les yeux vers ses mains alors qu'il tranche quelques gousses d'ail avant de les ajouter à la viande et de touiller. Une fois que le poulet haché a bruni, il ajoute dans la casserole une grosse boîte de sauce à la tomate organique et la fait mijoter, avant de casser deux œufs dans un bol, auxquels il ajoute un mélange à la ricotta.

Ce mec est vraiment habile de ses mains.

Quand j'y pense, je déglutis et me force à détourner mon attention. Il ne m'en faudrait guère pour que je m'habitue à sa présence dans mon espace.

Et c'est la dernière chose que je veux.

Nous ne sommes pas faits pour rester ensemble.

Je ressens une bouffée de tristesse, que j'étouffe rapidement.

Je suis tirée du tourbillon de mes pensées quand il dit :

— Tu as mentionné que ta famille est maintenant en Californie. Où habitais-tu avant ?

Je cligne des paupières et me reconcentre. Même si je n'aime pas parler de mon passé, c'est mieux que de m'appesantir sur la durée de ce mariage.

— En réalité, pas très loin d'ici.

Il me coule un regard surpris.

— Vraiment ?

— Oui.

— Tu as de la famille dans la région ? C'est pour ça que tu as décidé d'étudier à Western ?

Je m'éclaircis la gorge et j'admets quelque chose que j'aurais probablement dû avouer plus tôt.

— Oui.

Je marque un temps d'arrêt avant de confesser :

— Sully.

Cette fois, il s'immobilise et se tourne vers moi avec surprise.

— Sully ? Le propriétaire de Shotz ?

Un sourire tremble au coin de mes lèvres.

— Le seul et l'unique.

— Je ne savais pas. C'est ton oncle ?

Quand il continue de me regarder, je me redresse et me rends droit au placard pour prendre un verre, que je remplis d'eau froide sortie du frigo.

— Oui. Je crois que j'avais négligé de t'en parler.

Mon esprit revient inconsciemment à toutes les fois où j'ai eu désespérément besoin de faire un break et que je suis inopinément venue sonner à sa porte.

— Vous êtes proches ?

Je hoche la tête.

— Oui. Tante Mary et lui sont super. Ils n'ont jamais eu d'enfant, alors ils me traitent un peu comme telle. Peu importe le temps qui passe, quand on est ensemble, c'est confortable et facile. Je leur fais confiance.

J'ai mis des années à me rendre compte à quel point ce genre de relations est précieux. Quand tu es célèbre, les gens se comportent différemment avec toi. Ils arrêtent de te traiter comme une personne.

Et tu deviens plutôt un objet.

Quelque chose qui suscite la concupiscence.

À ce que j'en sais, Tonton Sully n'a jamais révélé à qui que ce soit que Bebe est sa nièce ou même qu'il la connaît.

— Pourquoi n'es-tu pas restée avec eux, au moins pendant le premier semestre ? Tu aurais peut-être pu rencontrer quelqu'un avec qui partager un appart.

Je hausse les épaules.

— Ils me l'ont proposé, mais je voulais mon propre espace et j'ai refusé de m'imposer. Ils ont l'habitude d'être seuls. Et moi aussi.

Un silence confortable s'abat sur nous alors qu'il touille la sauce et ajoute les lasagnes dans la casserole en ébullition. Pour la première fois depuis que j'ai emménagé dans l'appartement, l'endroit est rempli d'odeurs délicieuses. Ça fait gronder mon ventre.

— Tous les membres de l'équipe aiment Sully, ajoute Colby. C'est le meilleur.

Je lui adresse un sourire sincère : tout en moi se détend. Je l'avais remarqué les rares fois où je suis passée au bar avec les filles. Il a beaucoup d'amour pour l'équipe, qui le lui rend au décuple.

— Il est facile à vivre.

Il marque un temps d'arrêt, puis change de sujet.

— Alors, dis-moi quel genre de plats tes parents préparaient quand tu étais petite.

Je suis tentée d'exploser de rire.

Quand j'étais enfant, on n'avait pas beaucoup de dîners faits maison. Maman est beaucoup de choses, mais certainement pas une chef étoilée. Dès qu'on a pu se le permettre, on a engagé un chef privé. Généralement, j'étais au boulot ou en voyage, alors je n'en ai pas profité. Oncle Sully et Tante Mary sont géniaux et, parfois, ils me font parvenir des restes, mais ça n'arrive pas assez souvent.

— Euh, je dirais des trucs normaux comme des spaghettis…

Il me coule un regard en touillant la sauce.

— Sortis d'un pot ?

Le dégoût que je décèle dans sa voix me donne envie de sourire.

— Bien entendu.

— C'est pratiquement de la maltraitance infantile, dit-il en secouant la tête.

— Euh, je ne pense pas. Et des tacos.

— Je devine que tu as connu beaucoup de Mardis Tacos dans ton passé ?

— Et parfois des jeudis et des dimanches.

— Alors, tu aimes la nourriture mexicaine ?

— Même si on en mangeait beaucoup quand on était enfants, oui. Ce sont des plats qui te réchauffent le cœur.

Son expression se fait pensive.

— C'est noté. Les tacos sont la clé pour conquérir ton cœur.

Je m'esclaffe, ne voulant pas le détromper.

Sauf que… c'est probablement vrai.

— Tu as été à Taco Loco ? demande-t-il.

Je me creuse les méninges.

— Non, je ne pense pas.

— Il faudra qu'on y aille un jour. Tu sais, quand on se fera des soirées romantiques. Ils servent les meilleurs tacos de la ville. Peut-être même de l'État.

— Une affirmation audacieuse.

— J'y crois à cent pour cent.

Il égoutte les lasagnes dans une passoire positionnée au-dessus de l'évier.

— Quoi d'autre ?

— Des macaronis et des hot dogs. Des nuggets de poulet. Parfois des croques au fromage et de la soupe de tomate.

— J'ai mal au ventre rien que de penser à manger tout ça.

— Je compatis. Ce n'est pas vraiment le dîner des champions, n'est-ce pas ?

— Non.

— Et quand tu étais un peu plus vieille ?

Je bois une autre gorgée d'eau, puis repose le verre sur la table.

— Une fois qu'on a pu se le permettre, Maman a engagé un chef privé pour nous faire la cuisine, ou bien on mangeait dehors.

— Tu as parlé de ta mère plusieurs fois. Et ton père ?

Son regard revient vers moi alors qu'il empile les lasagnes, le mélange à la ricotta et la sauce à la viande.

— Tu es proche de lui ?

La nervosité danse sur peau, faisant monter la chair de poule dans son sillage.

Je dois faire attention quand je parle de mes parents.

— Oui, je le suis.

Je prends le temps de rassembler mes pensées.

— Mon père est un homme bon. Il est plutôt du genre puissant, mais silencieux. Discret. Il permet volontiers à ma mère de prendre toutes les décisions, puis fait ce qu'elle dit. Elle a une forte personnalité et il ne la défie pas vraiment.

Les rares fois où il a essayé, elle l'a écrasé au rouleau compresseur.

— C'est intéressant.

Il fronce les sourcils alors qu'il se concentre pour créer les couches de lasagnes, qu'il saupoudre de mozzarella puis glisse au four. Ensuite, il règle la minuterie sur son téléphone.

— Maintenant, on attend une heure et quart.

Je regarde l'horloge sur mon téléphone.

— Tu auras le temps de manger avant l'entraînement ?

— Probablement pas. J'en prendrai à mon retour. Après deux heures sur la glace, je serai mort de faim.

Il se glisse sur une chaise avant de m'assaillir de questions sur mon enfance. Quand elles se tournent vers un passé pas si distant, je décide de lui en poser aussi.

— Parle-moi plus de ta famille. Tes parents ont l'air super. Ils acceptent les décisions que tu prends même si tu les choques profondément. C'est ce qui m'a le plus impressionnée.

Son expression se radoucit.

— Ils sont super. Quand j'étais plus jeune, mon père voyageait beaucoup et ma mère faisait tourner la baraque, s'assurant qu'on avait un foyer stable. Ses enfants sont toujours passés en premier.

Mon cœur se serre de jalousie.

— Quand Papa n'était pas là, c'était elle qui m'accompagnait à la patinoire cinq fois par semaine, embarquant mes frères et ma sœur.

Il affiche un sourire narquois.

— C'était un peu leur seconde maison.

— Vous êtes toujours aussi proches ?

Il hoche la tête.

— Oui. Je suis certain que mes frères suivront mon exemple et joueront ici à Western.

— Et ta sœur ?

— Elle est cavalière en compétition hippique.

— Ton enfance a l'air d'avoir été idyllique.

Je suis encore plus envieuse qu'avant.

Il hausse les épaules, puis une certaine noirceur entre dans son regard.

— C'est vrai, mais avoir un père qui jouait dans la Ligue nationale avant de devenir commentateur n'est pas aussi rose qu'on le croit.

— Ah non ?

Pour la première fois, c'est lui qui détourne les yeux. Un lourd silence s'abat sur nous tandis qu'il s'enfonce dans ses pensées.

Je tends le bras pour poser une main sur la sienne.

— Tu n'as pas à me dire quoi que ce soit si tu n'en as pas envie. Ton passé ne me regarde absolument pas.

Il inspire profondément, avant d'expirer.

— C'est là où tu te trompes. Tu es ma femme et j'ai envie que tu me comprennes mieux.

Il hausse sèchement les épaules.

— Ça nous aidera peut-être.

Au lieu de poser des questions, je lui serre la main, voulant simplement qu'il sache qu'il n'est pas seul.

— Quand tu es célèbre ou parent d'un athlète professionnel, les gens essayent de se rapprocher de toi ou bien veulent des choses de ta part. Je l'ai particulièrement bien intégré au lycée même si, en y repensant, je crois que j'en ai toujours eu conscience.

Je m'éclaircis la gorge. Il ne sait pas à quel point ça me parle.

— J'imagine.

— Tu dois toujours faire attention et remettre en question les motivations des gens. Même lorsque c'est quelqu'un que tu connais depuis des années.

Il fronce les sourcils.

— Je crois que je l'avais oublié. Quand j'étais en terminale, je suis sorti avec cette fille.

Il sourit légèrement, et je suis vraiment tentée de le taquiner, parce que je suis choquée qu'il soit sorti avec qui que ce soit. Mais il y a quelque chose dans son ton qui me fait garder le silence.

— On allait au même lycée et on avait le même cercle d'amis. On a passé un peu de temps seuls et elle est venue à tous mes matches. Au bout d'un mois environ, je lui ai demandé d'être ma copine et, pendant un moment, tout a été cool. Même si je l'appréciais, je savais qu'on n'irait pas à la même université. On a tous les deux convenu que ça ne servait à rien de rester ensemble après la terminale.

Sa langue vient humecter ses lèvres.

— C'était important qu'on soit sur la même longueur d'onde. Je n'avais pas envie de partir en première année de fac en ayant une relation à distance. Pas avec la pression du hockey qui pesait sur moi.

Il s'interrompt.

Je pose la question avant de pouvoir m'en empêcher.

— Que s'est-il passé ?

Un mélange d'émotions défile sur son visage. De la colère. De la tristesse. De l'embarras.

— Quelques mois avant le bac, elle m'a appris qu'elle était enceinte.

J'écarquille les yeux et me mords la lèvre inférieure afin de ravaler les questions en attendant qu'il développe.

— Cette situation m'a contrarié, mais principalement, je me suis senti mal d'avoir été négligent et d'avoir permis une telle chose. Je savais que mes parents seraient déçus. Cette conversation a probablement été la plus difficile que j'aie jamais été contraint d'avoir avec eux.

Je lui presse la main, voulant le ramener au présent. Je vois qu'il se perd dans les souvenirs.

— Je parie.

— Mes parents ont immédiatement appelé ceux d'Anna, voulant les informer qu'ils payeraient pour tout ce dont elle aurait besoin pour le bébé et elle. C'était important pour eux d'être impliqués. Maman a été géniale, dit-il avec un petit sourire. Elle m'a soutenu qu'on trouverait une solution ensemble et que je n'étais pas seul dans cette situation.

— Ta mère a l'air super. Tous les parents ne réagiraient pas de la sorte. Je doute que les miens le fassent.

Ses lèvres tressautent légèrement.

— Elle l'est.

Si Colby avait mentionné qu'il avait un enfant, je suis certaine que je m'en serais souvenue.

Et il ne l'a pas fait.

Cela ne veut dire qu'une seule chose...

— Au cours des deux ou trois mois suivants, mes parents ont déboursé environ cent mille dollars parce que sa famille n'avait pas d'assurance. Son père n'arrêtait pas d'insister pour que je pose une date et épouse Anna, même si on était en terminale. Il a dit qu'ils se fichaient d'avoir un grand mariage.

Il se passe une main dans les cheveux.

— Un bébé était une chose. Nous marier juste après nos dix-huit ans en était une autre.

— C'est une situation difficile quand tu es juste un enfant toi-même.

— Oui. Ils ont vraiment insisté. Ils ont menacé d'aller trouver la presse si on ne leur donnait pas plus d'argent et qu'on ne posait pas une date. Anna a raté pas mal de cours et je ne l'ai pas beaucoup vue. Je me suis dit que c'était parce qu'elle ne se sentait pas bien. Avec les nausées du matin et tout ça. Alors, un soir, j'ai décidé de passer chez elle. Ses parents n'étaient pas à la maison et elle n'avait pas vraiment envie de me laisser entrer. Mais je lui ai dit qu'on avait besoin de parler. J'avais besoin de la voir pour tout mettre à plat. J'en avais assez que ses parents décident de tout et émettent des exigences aussi irréalistes. Elle avait peur, mais elle a accepté. Elle avait une tête horrible, plus pâle et maigre que dans mes souvenirs. Quand je lui ai dit que je l'épouserais si c'était ce qu'elle voulait vraiment, elle s'est mise à pleurer et a dit qu'elle n'était pas enceinte. Qu'elle n'avait *jamais* été enceinte.

Mes yeux s'écarquillent alors que ma main vole jusqu'à ma bouche.

— Non !

Tout l'air s'enfuit de mes poumons.

— Si. Ses parents lui ont demandé de mentir. Ils ont vu une occasion facile de se faire de l'argent et d'enrichir leur famille pour la vie.

— Oh, mon Dieu, Colby. C'est vraiment horrible. Je n'arrive pas à croire que quelque chose comme ça te soit arrivé.

— C'était vraiment une situation pourrie. Après ça, je me suis détaché et j'ai évalué tout le monde dans ma vie, me demandant si on pouvait leur faire confiance. Ça a été une leçon difficile.

Je suis tentée de dire la vérité et d'admettre que je comprends parfaitement de quoi il parle. Des gens ont essayé de m'utiliser, et ça me fait toujours mal parce qu'en fin de compte, ça ne fait que renforcer le fait que ta valeur est liée à ce que tu es capable de faire pour quelqu'un, à ce que tu es disposée à leur donner. C'est démoralisant.

Au lieu de ça, je fais le tour de la table et je le prends dans mes bras.

— Je suis désolée de ce qui t'est arrivé.

— Merci. Après coup, j'ai passé du temps à bosser avec un thérapeute, parce que j'ai été vraiment contrarié et déprimé. J'avais l'impression que ma confiance avait été brisée et je n'étais pas certain qu'il existe un moyen de réparer les dégâts.

La culpabilité explose en moi.

— C'est compréhensible que tu ressentes ça. C'est important de penser à ce qui se passe au plus profond de soi au lieu de prétendre que ça n'existe pas.

— Oui, c'est ce que j'ai appris.

Il y a un moment de silence alors qu'il se recule suffisamment pour scruter mon regard.

— Ce n'est pas un sujet dont j'ai parlé avec quelqu'un d'autre à part ma famille et mon thérapeute, mais je voulais que tu le saches. Ça me semblait simplement... important.

Son honnêteté brutale est comme un uppercut au ventre.

Je dois lui dire la vérité.

Ma langue sort humecter mes lèvres. Avant que je puisse invoquer mon courage, la minuterie sonne, mettant un terme à la conversation.

Je fais un pas en arrière alors qu'il se redresse avant de prendre deux maniques sur le comptoir pour tirer le plat du four. Le fromage est parfaitement bruni lorsqu'il le met à refroidir sur la cuisinière.

Aussi délicieux que cet arôme soit, mon appétit s'est évaporé. Je ne pense pas être capable d'avaler une seule bouchée.

— Ça sent super bon.

— Je promets que ça aura encore meilleur goût, dit-il alors que le sérieux de la conversation qu'on vient d'avoir s'estompe.

Je me glisse à nouveau dans mon siège avant de fermer fort les paupières. Ce n'est que lorsque je perçois sa présence que je me force à les rouvrir et le découvre accroupi devant moi. Il tend le bras et me prend la joue dans sa grande paume. Ses yeux bleus se font solennels.

— Je vais prendre si bien soin de toi que tu ne voudras jamais me lâcher.

Après ce qu'il vient de divulguer, je suis choquée que ce ne soit pas lui qui cherche à s'échapper.

Il a beau ne pas l'avoir admis, je devine qu'il est toujours affecté par ce qui s'est passé au lycée.

Ça me fait me sentir encore plus mal.

Quand je garde le silence, il me scrute.

— Tu n'as rien à dire ?

Je secoue la tête. Une boule épaisse se loge dans ma gorge, m'empêchant de respirer.

Il s'approche juste assez pour que nos lèvres se frôlent. On ne ferme pas les yeux, l'un comme l'autre. Au lieu de cela, nos regards restent accrochés.

— Tu ne sais pas à quel point j'ai hâte de revenir à la maison ce soir.

Sa voix se fait plus basse.

— Auprès de ma femme.

La chaleur s'épanouit dans ma poitrine, avant de se diffuser en moi. C'est impossible de l'empêcher de s'infiltrer dans toutes les cellules de mon corps.

— Je ferais mieux d'y aller. Si je suis en retard, l'entraîneur nous fera faire des sprints.

Il grimace avant de plaquer sa bouche contre la mienne.

— Quand je rentrerai, je vais profiter de ces lasagnes. Ça va aussi me faire plaisir de t'entendre dire à quel point ça t'a plu.

Ses lèvres effleurent à nouveau les miennes.

— Puis je vais aimer te manger la chatte avant de me glisser profondément en toi jusqu'à ce que tu frissonnes autour de ma queue, l'aspirant jusqu'à ce qu'elle n'ait plus rien à donner.

Je prends une inspiration tremblante.

Il s'écarte juste assez pour scruter mon expression, avant d'afficher un sourire suffisant.

— Tu vas jouir pour moi, ma douce ?

Oh, mon Dieu...

Je fonds chaque fois qu'il m'appelle ainsi.

Je m'éclaircis la gorge et tente de lutter pour sortir de ce flou que Colby a créé et qui s'est abattu sur moi.

Ce n'est pas facile. Particulièrement après ce qu'il vient de me confier. Impossible à présent de ne pas mieux comprendre la personnalité de l'homme que j'ai épousé.

— Peut-être. Je crois que tu devrais juste attendre.

Un petit rire s'échappe de ses lèvres.

— Tu es adorable quand tu essayes d'avoir l'air imperturbable.

Les doigts de son autre main se posent sur le V entre mes jambes avant d'appliquer assez de pression pour attirer mon attention.

Je déglutis.

— Tu veux parier que cette petite chatte est déjà trempée ?

Ce n'est pas un pari que je suis disposée à prendre.

À en juger par le sourire suffisant sur son beau visage, il le sait parfaitement.

Il s'en délecte.

La chaleur s'éveille dans ses yeux alors qu'il caresse ma fente à travers mon jean. Ce n'est que lorsque j'écarte les jambes qu'il saisit ma chaleur. Je devrais être embarrassée de la facilité avec laquelle il est capable de me chauffer, mais je suis bien trop excitée pour y penser.

— Colby.

Son nom sort plutôt comme un gémissement.

— Quoi, ma douce ? De quoi as-tu besoin ?

De tout.

De tout ce qu'il est disposé à donner.

— Je parie que tu aimerais jouir, n'est-ce pas ?

Mes dents raclent ma lèvre inférieure.

— Oui, avoué-je.

Ses doigts continuent d'effectuer des cercles, caressant mon clitoris à chaque passage. Mes muscles se contractent d'impatience.

Il se penche en avant, mordillant ma lèvre inférieure avec des dents acérées, avant d'aspirer la chair rebondie dans sa bouche, puis de la lâcher avec un petit bruit.

— Malheureusement, je dois y aller.

Quand ses mains s'écartent et qu'il se redresse de toute sa hauteur, je halète.

— Tu vas me laisser comme ça ?

Un mélange de chaleur et d'humour couve dans ses prunelles alors qu'il désigne la porte avec le pouce.

— Oui, je dois partir m'entraîner. Mais ne t'inquiète pas, je reviendrai dans deux heures pour terminer ce que j'ai commencé.

— Tu es sérieux ?

— Oui. Je t'ai déjà dit que je ne peux pas être en retard.

Sur ce, il tourne le dos et s'en va, sortant de la cuisine et prenant son sac de sport. En franchissant à nouveau la porte, il m'adresse un sourire arrogant comme s'il était fier de son travail.

J'en reste bouche bée.

Je n'arrive pas à croire qu'il m'ait chauffée et puis...

Et puis...

Il s'est cassé !

Je suis tentée de lui jeter quelque chose au visage.

— Oh, mon épouse ?

Il y a un instant de silence.

— Ne touche pas cette douce petite chatte avant mon retour. Tu ne t'en es peut-être pas rendu compte, mais à partir de maintenant, tous tes orgasmes m'appartiennent, me dit-il avant de fermer la porte derrière lui, me laissant seule.

Alors que le silence s'installe autour de moi, je réalise que je suis super excitée et que l'appartement est très tranquille quand il n'est pas là pour insuffler de la vie dans l'endroit.

Argh !

Je passe une main à travers mes cheveux et pousse un soupir incertain. C'est l'odeur délicieuse du fromage, des pâtes et de la sauce qui pénètre le flou épais qui s'est abattu sur moi. Au lieu de rester mariner ici, je me force à m'emparer d'une assiette pour prendre une petite portion directement dans le moule.

De la fumée monte du carré que je glisse sur mon assiette. Je me réinstalle à table. Avec le côté de ma fourchette, j'en coupe une bouchée avant de lever l'ustensile pour souffler dessus. Quand elle a refroidi, je la fourre dans ma bouche.

Le goût suffit à me faire fermer les paupières alors que je savoure ce mélange de saveurs.

Oh, mon Dieu !

Il a raison.

C'est délicieux.

Putain !

C'est vraiment un homme doté de multiples talents.

25

COLBY

J'e tape du pied alors que l'ascenseur monte au deuxième étage. Si j'avais eu un peu de jugeote, j'aurais pris les marches : je serais déjà dans l'appartement, les mains sur Britt.

Sans parler de ma bouche.

Alors que cette pensée naît dans mon esprit, je réalise à quel point je suis impatient de la revoir. Les trois heures que j'ai passées à la patinoire m'ont donné l'impression de durer une éternité.

Pendant l'entraînement, mon attention n'a cessé de revenir à l'horloge sur le tableau d'affichage.

C'est la première fois que j'ai été distrait pendant l'entraînement.

Par une fille.

Lui faire part de ce qui m'est arrivé m'a semblé judicieux. Et je ne suis pas désolé de l'avoir fait. J'ai envie que Britt comprenne mieux qui je suis. Pourquoi j'ai passé les quatre dernières années à fricoter sans permettre à qui que ce soit de s'approcher de trop près.

Elle est la première personne avec qui j'ai envie de tenter ma chance.

J'espère qu'à présent que je me suis confié, elle réalisera à quel point je suis sérieux et fera la même chose.

Plus on passe de temps ensemble, plus je me découvre fasciné. J'ai envie de peler toutes ses couches protectrices les unes après les autres pour découvrir qui elle est en dessous.

Une fois que les portes métalliques s'ouvrent, je sors dans le couloir. Aussi las et fatigué que je sois, je me précipite vers l'appartement. L'impatience me fait tant vibrer que je ne parviens pas à penser à autre chose.

C'est la première fois que quelqu'un m'attend chez moi après l'entraînement.

Ça me plaît.

Plus que ça, *elle* me plaît.

Mon cœur trébuche alors que cette pensée ricoche à travers mon cerveau.

Je m'arrête devant la porte avant de repêcher de ma poche la clé qu'elle m'a donnée. Je la fourre dans la serrure. Je m'apprête à tourner la poignée, or j'entends des riffs de guitare en provenance de l'appartement.

Je m'immobilise et plaque l'oreille sur la porte pour tenter d'entendre les notes.

Quelques secondes plus tard, sa voix accompagne l'instrument. Un frisson court le long de mon épine dorsale et je me plaque davantage contre le bois. Je suis catapulté en arrière, revenant au vol vers Vegas.

Mes paupières se referment alors que la guitare et sa voix rauque s'abattent sur moi.

Quand je pense qu'elle a essayé de me faire croire qu'elle savait à peine jouer !

Petite menteuse.

Je l'écoute depuis environ une minute ; c'est évident qu'elle a un talent naturel.

Pourquoi tant d'humilité ?

Pourquoi n'en est-elle pas fière ?

Britt ne m'a jamais donné l'impression d'être peu sûre d'elle ou timide.

Je m'esclaffe.

Plutôt le contraire.

Elle déborde d'assurance et c'est super sexy.

Je mets quelques instants à me rendre compte qu'elle chante la même chanson qu'avant. À présent que je ne panique pas, je suis capable de me concentrer sur les paroles et la mélodie. Ce n'est pas un morceau que je reconnais.

Britt l'a-t-elle écrit toute seule ?

Cette question fait des cercles dans mon esprit. Elle s'ajoute à la liste croissante de mes interrogations sur elle.

Je serre fort les paupières et me reconcentre sur la chanson. Je ne la reconnais pas, mais il y a quelque chose de familier dans sa voix. Presque comme si je l'avais entendue chanter quelque chose d'autre à un tempo plus rapide.

Les sourcils froncés, je me colle à la porte. Je serais peut-être en mesure de…

— Hé, Colby !

Brutalement tiré de mes pensées, je me cogne la tête contre le bois.

Merde.

Mes dents s'enfoncent dans ma lèvre inférieure pour contenir une litanie de jurons, puis je me redresse de toute ma hauteur et prétends que je n'étais pas en train d'essayer de l'espionner.

Cela dit, c'est bien trop tard pour ça.

— Hé, Lance. Ça va ? Tout roule pour toi ?

Il rayonne et sourit.

— Tu te rappelles mon prénom. Je n'étais pas certain que tu t'en souviennes.

— Bien entendu, dis-je en haussant les épaules. On a passé un moment ensemble et on s'est bien amusés.

Il coule un regard à l'appartement devant lequel je traînasse.

— Alors… Britt et toi sortez ensemble, maintenant ?

Si je sors avec ma femme ?

Je crois, oui.

— Euh, oui. Quelque chose comme ça.

Je croise les doigts pour qu'il ne lui pose pas la même question, parce que je doute que nos réponses correspondent.

— C'est super.

Il fronce les sourcils alors que son nez se plisse.

— Tu sais... Britt est une bonne amie à moi.

J'incline la tête, me demandant où va cette conversation.

— Ah...

Sa langue vient humecter ses lèvres.

— Et je ne veux pas qu'elle souffre.

— Je n'ai aucune intention de lui faire du mal, dis-je en me forçant à lui sourire.

Il réfléchit à ma réponse pendant une seconde ou deux.

— Mais ça pourrait arriver quand même.

— Tu as raison. Ça pourrait, mais je ferai de mon mieux pour ne pas lui faire de mal. C'est promis.

— Tu es le premier mec avec qui je l'ai vue passer du temps depuis qu'elle a emménagé.

— Ah oui ? Je ne peux pas m'empêcher d'apprécier ça.

Même si je la force à le faire.

Avec un hochement de tête, il se rapproche et baisse la voix.

— J'espérais qu'il se passerait quelque chose entre nous, mais ça n'est jamais arrivé.

Il y a un silence.

— Je crois qu'on est probablement mieux en tant qu'amis. Tu comprends ?

— Désolé que ça n'ait pas fonctionné. Elle a de la chance de t'avoir dans sa vie pour veiller sur elle.

Ce compliment lui fait bomber le torse.

— Non, c'est moi qui ai de la chance. Il y a beaucoup de filles dans les parages qui ne m'accordent jamais une seconde d'attention, mais Britt n'est pas comme ça. Elle est cool et elle a les pieds sur terre.

— Oui, avoué-je. C'est vrai.

Il me regarde d'un air sérieux.

— C'est pour ça que si tu lui fais du mal, tu vas avoir affaire à moi.

Il fait craquer les jointures de ses doigts.

— J'espère que c'est clair.

Mes sourcils remontent. C'est tentant de lui demander s'il joue à un jeu, mais je vois à son expression grave qu'il est aussi sérieux qu'une crise cardiaque.

— Tu as ma parole, dis-je d'un ton solennel.

Il hoche la tête, puis me donne une bourrade dans le bras, souriant.

— Bien. Je suis content qu'on ait pu discuter un peu.

Ah...

— Oui, moi aussi.

Alors que je m'apprête à tourner la clé, il pointe le menton vers l'appartement.

— Elle est super talentueuse, n'est-ce pas ?

— Elle l'est vraiment. Tu l'avais déjà entendue jouer ? ne puis-je m'empêcher de lui demander.

— Deux ou trois fois après avoir fini d'étudier. Elle a bossé sur une nouvelle chanson. Je lui ai dit que quand elle l'aurait finie, on l'enregistrerait pour que les gens puissent l'écouter. Qui sait, elle deviendra peut-être célèbre ?

Il hausse les épaules.

— Ou, au moins, elle trouvera quelques fans.

Ma curiosité prend le dessus.

— Qu'est-ce qu'elle a répondu ?

— Qu'elle n'avait pas envie de trouver des fans. Elle voulait juste créer de la musique.

Hum.

C'est intéressant.

La plupart des gens feraient quasiment n'importe quoi pour accéder à une certaine célébrité. Particulièrement s'ils ont un talent exploitable sur les réseaux sociaux. C'est un exemple de plus de sa différence. Parfois, j'ai l'impression que plus j'en apprends sur elle, moins je la comprends.

Aussi tenté que je sois de soutirer plus d'informations à Lance, j'ai hâte de voir Britt.

Je pointe le menton vers la porte.

— Je devrais probablement y aller, mais je te revois plus tard, d'accord ?

— Oui.

Il fait quelques pas vers son propre appartement avant de se retourner avec un sourire joyeux.

— Souviens-toi de ce que j'ai dit.

Il plaisante, n'est-ce pas ?

Ce n'est pas tous les jours que quelqu'un menace de me frapper.

— Ce serait difficile de l'oublier, marmonné-je en tournant la clé et en pénétrant dans l'entrée.

L'arôme puissant des lasagnes imprègne toujours l'atmosphère.

Si je ferme les yeux, je me sentirai chez moi.

Maman serait fière.

Ce n'est que lorsque je m'avance dans l'espace joliment décoré que je réalise que Britt est lovée sur le canapé, un manuel ouvert sur ses genoux. Sa guitare est calée contre un mur dans le coin.

— Salut, dit-elle.

— Hé.

Je désigne du menton l'instrument usé qui a l'air d'avoir bien vécu.

— Tu jouais ?

Elle détourne le regard pendant une seconde ou deux et secoue la tête.

— Non.

Déboussolé par ce mensonge, je ressens une bouffée de déception, que je ravale aussitôt.

— Ah. C'est bizarre. J'étais certain d'avoir entendu de la musique venant de l'intérieur.

Au lieu de répondre, elle pose le livre sur la table basse et se redresse d'un bond.

— Tu veux quelque chose à manger ?

Avant que je puisse répondre, elle passe devant moi et pénètre dans la kitchenette. Incapable de m'en empêcher, je laisse tomber mon sac dans le salon et gravite vers elle. C'est comme un lien invisible qui nous connecte.

Je commence à me demander s'il existe un endroit où elle peut aller sans que je la suive.

Elle ouvre un placard et en sort une assiette, puis se dirige vers la cuisinière où repose le plat. Je regarde par-dessus son épaule et remarque qu'il manque une portion.

Quand elle tourne les talons, manquant de s'écraser contre mon torse, nos regards s'accrochent et se soutiennent. Tous mes muscles se contractent, entrant en état d'alerte absolue. J'attends le signe qu'elle a envie de finir ce qu'on a entamé avant que je parte. Je n'ai pas été capable de songer à autre chose.

Je n'aurais peut-être pas dû la laisser en plan...

Ou peut-être ai-je simplement envie qu'elle ressente ne serait-ce qu'un dixième du désir qui court en moi en ce qui la concerne.

Un instant douloureux s'écoule, puis un autre. Elle s'éclaircit enfin la gorge. La tension croissante entre nous se dissout alors qu'elle tend l'assiette en direction de mon torse.

Le sourire qu'elle m'adresse semble tendu.

— Tiens.

— Merci.

Je baisse les yeux et vois qu'elle m'a donné deux portions épaisses.

— Je parie que tu as faim, s'explique-t-elle.

— Je meurs de faim.

Mon regard reste braqué sur le sien.

— Mais pas pour ça.

Elle écarquille les yeux, et les lignes délicates de sa gorge se resserrent tandis qu'elle déglutit.

Mon cerveau revient vers le week-end à Vegas et le spectacle qu'elle offrait à genoux, me regardant alors qu'elle prenait ma queue.

Le membre en question se réveille et se durcit dans mon jogging avec un intérêt croissant.

Elle replace derrière son oreille une mèche folle couleur caramel.

— De quoi as-tu faim ?

— De toi.

Je pose l'assiette sur le comptoir avant de franchir la distance entre nous. Puis mes mains s'emparent de ses joues, et ma bouche s'abat sur la sienne. Il n'en faut pas plus pour que sa douceur envahisse mes sens jusqu'à ce que ça me donne le vertige.

Je ne sais pas comment j'ai réussi à m'en aller tout à l'heure.

Tout dans cette fille m'incendie.

Nos langues se mêlent, nos dents s'entrechoquent. L'excitation fait palpiter toutes les cellules de mon être.

Quand on reprend enfin notre respiration, elle hoquette :

— Colby...

— Dis-moi, gentille fille... Je t'ai manqué autant que tu m'as manqué ?

Je mordille sa lèvre inférieure avec mes dents avant de faire pleuvoir des baisers sur son visage.

— J'aimerais pouvoir dire non.

La satisfaction gonfle en moi comme un ballon. Je m'attendais à moitié à ce qu'elle me dise la même chose et que je doive lutter pour lui faire admettre la vérité.

Je suis soulagé qu'on ait tourné la page là-dessus.

— Mais tu ne peux pas.

Elle secoue la tête.

— Non.

— Et tu détestes ça.

— Vraiment, admet-elle avec un soupir.

Je ne peux m'empêcher de sourire.

— Bien. Je crois que mon plan démoniaque fonctionne.

— Malheureusement, je pense que tu as raison, dit-elle avec un léger sourire.

26

BRITT

Je serre fort les paupières alors que les muscles de mon bas-ventre se contractent. J'ai l'impression qu'ils sont comprimés dans un étau.

Il ne m'en faut pas plus pour pousser un gémissement.

La plupart des mois sont comme ça.

Certains sont pires que d'autres.

Celui-là est mauvais.

Super mauvais.

Assez pour que je n'envisage même pas d'assister à mon cours de neuf heures ce matin. Au lieu de ça, j'envoie un e-mail à ma prof pour lui faire savoir que je ne me sens pas bien. Colby s'est levé alors que des stries orange et rouges peignaient l'horizon de couleurs profondes. Il m'a embrassée et m'a dit qu'il partait à un entraînement très tôt et qu'il reviendrait plus tard.

C'était il y a plusieurs heures.

Je me suis rendormie un moment.

Maintenant, j'ai la migraine et mal aux reins en plus des maux de ventre.

Argh !

Parfois, c'est nul d'être une femme.

Comme présentement...

Il va quand même bien falloir que je trouve la volonté de me tirer du lit et d'aller au magasin pour me ravitailler. Il ne me reste plus que deux tampons normaux. J'ai la sensation que cette fois-ci va en exiger des *super plus absorbants*.

Alors que j'allais me rendormir, la porte de l'appartement s'ouvre, et des pas pesants brisent le silence avant de s'arrêter sur le seuil de la pièce.

— Hé, qu'est-ce que tu fais toujours au lit ? Je croyais que tu avais cours ce matin.

J'ouvre les yeux et croise son regard inquiet.

— Je ne me sens pas bien.

Je me retiens d'entrer dans les détails. S'il est comme Axel, il ne voudra pas entendre parler de « problèmes de filles ».

Colby fronce les sourcils en se dirigeant vers le lit et se laisse tomber sur le rebord. Il pose la paume sur mon front.

— Tu as la grippe ? demande-t-il en me scrutant. Tu n'as pas l'air d'avoir de la fièvre. Dis-moi ce qui se passe.

Malgré la douleur, je ne parviens pas à retenir un sourire.

— Tu es médecin, maintenant ?

Il me rend mon sourire.

— On sait tous les deux que si tu as besoin d'un examen approfondi, je serai ravi de t'en offrir un gratuitement. Cela dit, j'aurai besoin de te voir nue.

Je grimace alors qu'une crampe me serre le ventre.

Argh !

C'est comme si on me tordait les intestins.

— Je ne pense pas que ça va arriver dans un futur proche.

— Tu as tes règles ?

Je deviens écarlate. Il n'y a rien d'embarrassant, mais quand même...

— Oui. Je vois que vous êtes parvenu au bon diagnostic, docteur McNichols. Alors, si tu veux bien partir...

— Tu aurais dû me dire ce qui se passait. De quoi as-tu besoin ?

— Besoin ? dis-je en plissant le front. Je ne comprends pas.

Il tend les bras et passe les doigts dans mes cheveux. Je ne peux m'empêcher de m'abandonner à ce contact réconfortant. J'aime la générosité avec laquelle il montre son affection.

— Très bien. Prenons les choses différemment. Décris-moi tes symptômes.

— Je... ah...

Il plaisante ?

Quand il arque un sourcil, je me rends compte qu'il est absolument sérieux.

Je m'éclaircis la gorge, puis me détourne.

— J'apprécie ta sollicitude, mais ce n'est pas une chose dont on a besoin de discuter.

— Pourquoi pas ?

Son visage séduisant se fait confus.

— Comment suis-je censé savoir comment t'aider si je ne connais pas tes symptômes ?

Je lui adresse un regard surpris.

— M'aider ? répété-je, pas certaine de l'avoir bien entendu.

— Oui. Selon ce que c'est, je te donnerai de l'ibuprofène, de l'acétaminophène ou un de ces médicaments combinés qui ont de la caféine.

Quand je continue de le regarder en silence, il lève les yeux au ciel comme si j'étais trop bête.

— Je t'en prie, ne me dis pas que tu es embarrassée. J'ai une sœur et une mère. Ça arrive tous les mois. Impossible de l'éviter.

Mon front se plisse : je suis incapable de croire qu'on s'engage directement sur ce terrain.

— Alors... Tu vas leur faire des courses ?

Il fait craquer une épaule et continue de me caresser les cheveux.

— Pourquoi pas ? Ma sœur avait régulièrement des crampes vraiment douloureuses. Parfois, on devait aller la chercher à l'école parce qu'elle avait trop mal. Si elle avait besoin de quelque chose et que mes parents n'étaient pas là, je courais au magasin pour l'acheter.

Il scrute mon regard alors que sa voix s'adoucit.

— Ce n'est pas très grave.

Je secoue la tête.

— C'est dans ces moments-là que je me rends compte que je ne sais pas qui tu es.

Il s'esclaffe.

— Ou peut-être es-tu vraiment différent du mec que je m'étais représenté.

— La leçon à retenir devrait être qu'on doit apprendre à se connaître avant d'émettre des jugements hâtifs, murmure-t-il.

— Tu as peut-être raison.

Il me prend la joue.

— Tu as déjà pris des antidouleurs ?

Je hoche la tête.

— Il y a deux heures.

— Tu as toujours des crampes douloureuses ?

— C'est comme des couteaux qui me fendent le ventre.

— Aïe. Très bien, je cours au magasin t'acheter des trucs.

Son pouce caresse ma lèvre inférieure, puis il se redresse.

— Tu as besoin d'autre chose, tant que j'y suis ?

Je détourne le regard, l'observant du coin de l'œil.

Ça me dérange vraiment de lui demander ça...

Il incline la tête et continue de m'observer.

C'est si embarrassant !

— Serviettes ou tampons ?

L'air s'échappe de mes poumons tel un ballon qui se dégonfle.

— Des tampons.

— Quelle taille ?

— Les plus gros que tu peux trouver.

— Pas de problème.

Il avance la main et passe à nouveau les doigts à travers mes cheveux avant de déposer un baiser sur mes lèvres.

— Je reviens immédiatement. Si tu penses à quoi que ce soit pendant que je suis sorti, envoie-moi un texto. C'est compris ?

J'acquiesce, reconnaissante qu'il soit là.

Et qu'il n'en fasse pas tout une histoire.

Trente minutes plus tard, Colby revient chargé de plusieurs sacs de courses. Il pose le premier sur le lit alors que je me force à m'asseoir, curieuse de voir ce qu'il a acheté, ce qu'il pense nécessaire pour une fille qui a ses règles.

Ça devrait être intéressant.

Tant qu'il a acheté des tampons, c'est bon.

Rien d'autre ne compte.

Il s'installe sur le rebord du matelas, puis fourre une main dans le sac en plastique et en sort le premier article.

C'est un petit paquet de cachets.

— Les médicaments combinés dont je te parlais. Non seulement ils soulagent les maux de tête et les crampes, mais aussi les ballonnements, la fatigue et les douleurs musculaires.

Je hausse les sourcils.

— J'ai toujours juste pris de l'acétaminophène.

Il retourne le paquet.

— Celui-ci en contient, mais également d'autres composants.

Il me passe le paquet pour que je puisse lire moi-même la liste des ingrédients.

— Je ne savais pas si tes crampes étaient vraiment dérangeantes, alors je t'ai acheté des patches chauds et froids.

Quand je plisse le front, il dit :

— Tu te les colles sur le bas-ventre. Ils sont mentholés et ils apaisent les crampes. Ma sœur s'en sert.

Hum. Je n'ai jamais utilisé un truc comme ça.

Il fourre à nouveau la main dans le sac et en ressort un immense paquet de serviettes.

— C'est un multipack, dit-il en tapotant l'emballage coloré. Tu as tout ce que tu veux, de flux léger à important.

Puis il ajoute plusieurs paquets bleus ornés d'une image de femme sportive.

— Je sais que tu as dit *flux important*, mais il y avait des soldes. C'était trois pour le prix d'un. Il y en a plusieurs sortes. Je me disais que tu finirais par en avoir besoin.

Les tampons vont de taille mini et flux léger à taille maxi et super absorbants.

— Je ne savais pas si tu avais un masque en gel pour les migraines, alors j'en ai pris un aussi.

Je secoue la tête et ravale les larmes qui menacent de me remplir les yeux. Ces satanées hormones !

— Je n'arrive pas à croire que tu aies acheté tout ça. J'apprécie vraiment.

— Je suis ton mari. C'est ce qu'on fait.

Il m'adresse un sourire en coin.

— Et il y a autre chose.

— Encore ? Comment est-ce possible ?

Qu'est-ce qu'il a pu acheter d'autre ?

Il fourre à nouveau la main dans le sac et en ressort une tablette de chocolat géante.

— Savais-tu que le chocolat noir est riche en magnésium ? Apparemment, ça contribue à apaiser les contractions utérines.

Le rire bouillonne dans ma gorge.

— Tu es sérieux ?

— Absolument. En plus, c'est bon. Je défie quiconque de ne pas se sentir mieux après avoir mangé du chocolat.

Il a raison.

— Et enfin, j'ai remarqué que tu avais une Kindle. Alors, j'ai pris une carte cadeau. Comme ça, tu pourras t'acheter plusieurs livres et tout oublier. Je n'ai jamais été un grand lecteur, mais n'est-ce pas ce que font les livres ? Te transporter dans un autre endroit ?

— Colby...

L'émotion m'empêche de finir ma phrase.

— Merci.

Je ne m'étais pas attendue à tout ça de sa part.

Plus que ça, je ne me souviens pas de la dernière fois où quelqu'un s'est occupé de moi de cette façon. Comme si j'étais importante.

— Tu as des sœurs, dit-il, interrompant le tourbillon de mes pensées. Je suis surpris que ta famille ne fasse pas pareil.

Cette fois, j'explose de rire.

— Non. Ma mère était infirmière et elle nous donnait des antidouleurs, mais elle s'est toujours comportée comme si les règles n'étaient pas importantes et qu'on ne devait pas s'en plaindre. Au lieu de cela, tu dois résister et continuer à bosser.

Colby fronce les sourcils.

— C'est nul. Si tu as mal ou que tu as des symptômes, ils doivent être traités.

Il existe vraiment ?

— Tu es trop gentil pour moi, me forcé-je à murmurer quand je reprends le contrôle de mes émotions.

— Tu es mon épouse, dit-il simplement. J'ai juste envie d'être bon pour toi.

Il se redresse et se dirige vers ma salle de bains.

— Je vais te faire couler un bain chaud. Après ça, tu pourras coller un patch sur ton ventre, et je t'ai amené de la soupe pour le déjeuner. Puis tu pourras télécharger un nouveau livre ou faire une sieste. À toi de voir.

Je ne peux que le regarder alors qu'il sort de la pièce d'un pas vif. Après quelques battements de cœur, mon regard tombe sur tout ce qu'il a acheté et qui est toujours étalé sur le lit.

Je n'ai jamais été du genre à pleurer, mais j'éclate en sanglots.

27

BRITT

Une semaine s'est écoulée depuis mes règles, et aussi étrange que ça puisse paraître, c'est là que tout a changé entre nous. C'était comme dégringoler d'une colline.

Je ne pourrais pas détourner le regard même si j'en avais envie.

Une partie de moi se demande si j'ai toujours envie d'échapper à cet homme.

Le plus choquant, c'est que j'apprécie vraiment Colby McNichols.

Personne n'est plus surpris que moi par la tournure qu'ont prise les événements.

Le semestre dernier, quand je l'apercevais de temps en temps en train de parader sur le campus en compagnie de sa troupe de groupies, je levais les yeux au ciel. Il donnait l'impression d'être un coureur de jupons ravi de tirer profit de la situation avec ses fans féminines.

Et c'était peut-être vrai, mais j'ai appris au cours des dernières semaines qu'il possède des profondeurs secrètes.

L'ironie ne m'échappe pas : je déteste être jugée et rejetée à cause de ce que les gens croient savoir sur moi, or c'est exactement ce que j'ai fait avec lui. J'ai collé plusieurs étiquettes sur ce type et l'ai jugé indigne de mon attention.

Croyez-moi, cette épiphanie a été douloureuse.

L'autre nuit, quand je n'arrivais pas à me mettre à l'aise, il a tendu le bras et a commencé à me caresser. Quand je lui ai dit que je n'avais pas envie de coucher parce que le lit finirait par ressembler à une scène de crime, il a souri et a dit qu'il s'en fichait.

C'était tentant, mais j'ai dû décliner sa proposition.

Axel a toujours refusé de le faire pendant mes règles.

Au lieu de s'éloigner, Colby a continué à me caresser, me disant qu'un orgasme soulagerait mes crampes menstruelles. Alors, pendant que je portais un tampon, il a caressé mon clitoris jusqu'à ce que je jouisse dans une explosion.

Et bien sûr, il avait raison.

Ça a apaisé les crampes.

Il faut que quelqu'un me dise qui j'ai épousé, parce que je ne le sais pas vraiment.

Ça me fait sérieusement réfléchir.

J'ai commencé à me demander si cette relation valait le coup d'être vécue.

Si c'est le cas... je devrais retirer le masque et dire la vérité à Colby. On ne peut rien construire sur des mensonges.

Si c'est bien ce qu'on est en train de faire...

Le fait que je songe à rendre cette situation permanente me semble fou.

— Tu es prête à aller te coucher ?

Mon cœur bondit dans ma gorge alors que je reviens brusquement au présent et trouve Colby debout dans la pièce. Il est seulement vêtu d'un caleçon moulant qui laisse peu de place à l'imagination.

Il est comme le soleil. Le regarder en face pendant trop longtemps finira par me brûler les rétines.

Il est juste trop beau.

Une perfection ciselée.

— Euh, oui.

Un sourire lent danse au coin de ses lèvres, et l'intensité de son regard s'accentue.

— Tu te sens mieux ?

Je hoche la tête alors que tout en moi se radoucit.

C'est en grande partie grâce à lui. Il a pris ses responsabilités et m'a offert son soutien lorsque j'en avais besoin. Même si c'était juste pour mes règles, sa sollicitude signifie tout pour moi. Impossible de passer outre et prétendre que ça n'est jamais arrivé.

— Super. Je suis content.

Ne sachant pas quoi dire, je laisse échapper :

— Tu ferais un excellent petit ami.

Il m'adresse un drôle de regard.

— Ou mari.

La chaleur me brûle les joues.

— Oui... Désolée. J'avais oublié.

— Alors, c'est que je m'y prends mal.

Il regagne le lit avant de se glisser sous les couvertures et de tapoter la place à côté de lui.

— Viens ici. Voyons si je peux remédier à cette situation.

Dès que je me pose sur le matelas, il enroule les mains autour de ma taille et me fait m'asseoir sur ses genoux, me positionnant à califourchon sur ses cuisses. Face à lui, j'ai les jambes de chaque côté de son torse.

Ma langue sort humecter mes lèvres.

— Qu'est-ce que tu fais ?

— Je n'ai pas posé mes mains sur toi pendant quelques jours et ça me manque.

— Tu m'as donné un orgasme l'autre matin, lui rappelé-je.

Il sourit d'un air suffisant.

— C'est vrai, mais ma queue meurt d'envie d'être à l'intérieur de la chatte parfaite de ma femme.

Ses paroles cochonnes enflamment mon sexe.

À la vérité, ça m'a manqué aussi. Tous les orgasmes qu'il m'a donnés cette semaine ont été géniaux, mais son érection épaisse qui me remplit me manque.

Un frisson me parcourt alors que cette image ricoche à travers mon cerveau. Mes hanches pivotent inconsciemment jusqu'à ce que je me trémousse contre ses cuisses musclées et son pelvis. Il n'en faut pas plus pour qu'il se raidisse.

Il baisse les yeux.

— Hum. C'est exactement ce qui m'a manqué, ma douce.

Mes paumes s'installent sur la peau chaude de son torse. Je ne peux m'empêcher de les faire courir sur tous ces muscles puissants.

Il replie les doigts, les enfonçant dans ma chair. Il m'étudie, son regard scrutant le mien comme s'il était capable d'entrevoir mes pensées les plus intimes. J'ai toujours été douée pour les garder enfermées.

Que ce soit une décision consciente de sa part ou non, Colby me donne l'impression d'être vue.

Ce qui ne fait aucun sens. On ne se connaît pas depuis très long-temps et pourtant...

Ses yeux gardent les miens captifs.

— Dis-moi à quoi tu penses.

Je laisse échapper la vérité sans me donner le temps de trop y réfléchir.

— Il n'y a pas beaucoup de gens qui me voient. *Celle que je suis vraiment.* Et je pense que tu en serais peut-être capable.

Il affiche un petit sourire : cet aveu semble le ravir.

— Tu as raison. C'est vrai. Et quand on est ensemble, je ne vois rien d'autre que toi. Lorsqu'on est loin l'un de l'autre, tu domines toutes mes pensées. Pour la première fois de ma vie, je veux quelque chose de plus que le hockey.

Il y a un instant de silence.

— J'ai envie de toi.

Ces paroles douces sont si inattendues qu'elles chassent l'air de mes poumons, me laissant stupéfaite.

Quand je garde le silence, un peu perdue, il enroule une main autour de ma nuque avant de m'entraîner en avant jusqu'à ce que ses lèvres s'écrasent sur les miennes. Dès qu'on entre en collision, je les ouvre. L'impatience bouillonne dans mes veines. Sa langue se glisse dans ma bouche pour se mêler à la mienne. C'est comme s'il avait l'intention de me dévorer. Il y a tant de possessivité dans son contact, et j'aime ça.

J'aime à quel point il m'aime.

J'en ai envie.

Sa prise sur moi se resserre alors que sa bouche affamée vagabonde sur la mienne. Tout en moi fond quand son autre main descend vers son caleçon et qu'il fait descendre le tissu en coton pour libérer son érection épaisse. Il enfonce un doigt dans l'élastique de ma culotte et la tire sur le côté.

Il dit d'une voix rocailleuse :

— J'ai besoin de sentir ta chatte resserrée autour de ma queue, l'étouffant.

À ces mots, mes muscles internes se contractent sur du vide. Comme lui, j'ai besoin de l'avoir à l'intérieur de mon corps, qu'il me remplisse jusqu'à la garde. Je change de position, m'agitant quand des éclairs de désir me traversent.

En cet instant, tout autour de nous se dissipe.

Il n'y a que lui.

Et moi.

Il n'y a pas si longtemps, j'avais l'impression que rien n'était meilleur que les paroles se mêlant parfaitement avec les notes de ma guitare afin de créer une chanson.

J'avais tort.

Ceci est mille fois mieux.

Ses mains s'enroulent autour de mes hanches, les soulevant et les plaçant en position jusqu'à ce qu'il soit capable de se glisser en moi. Jusqu'à ce qu'il soit enfoncé à fond et que des petits soupirs de contentement nous échappent à tous les deux.

— Putain, bébé. Tu es tellement bonne.

Il me tient en place, comme s'il ne voulait pas que je bouge un seul muscle.

Pas même un tressaillement.

On ne se quitte pas du regard.

Il n'y a rien de plus intime que de soutenir le regard de quelqu'un pendant qu'il est profondément enfoncé dans la chaleur de ton corps.

Il va sans dire que Colby McNichols est magnifique.

Mais l'expression sur son visage ?

L'émotion tacite qui s'en empare durant ce genre d'intimité ?

Encore plus.

— Je ne m'en lasserai jamais, dit-il avec un grognement.

Je ne pense pas m'en lasser non plus.

— Je vais te prendre doucement et lentement, ma douce. Je vais te montrer exactement comment j'en ai envie. J'ai envie de *toi*.

Il change enfin de position, se retirant juste un peu avant de se reglisser en moi :

— Et quand j'aurai fini, tu ne te poseras plus de questions. Tu le sauras, comme moi. Comme moi.

Les larmes me brûlent les yeux.

Je fais un effort conscient pour les ravaler et ne pas leur permettre de couler.

Qu'est-ce que cet homme est en train de me faire ?

Il ondule encore des hanches. Sur un coup de reins, il gronde :

— Tu es ma femme. Tu m'appartiens. Tu comprends ?

Je me mords la lèvre quand il recommence puis accélère le tempo.

Chaque fois qu'il s'enfonce en moi, il répète les mots comme un mantra.

Ses mains se décollent de mes hanches et ses doigts remontent pour jouer avec mes mamelons. Il ne faut pas longtemps pour qu'ils deviennent de petites pointes durcies qui exigent son attention.

— Tu es ma femme, dit-il avec plus d'insistance alors qu'il pince les deux mamelons sensibles en tandem, me tirant un cri de douleur mêlé de plaisir.

Quand je me mordille la lèvre inférieure, ses paumes s'installent sur mes joues. Il continue de donner des coups de reins, frappant un endroit profondément enfoui. Je suis si proche de l'implosion ! Encore un peu et j'oscillerai au bord du précipice. Puis, comme Humpty Dumpty, je me briserai et personne ne pourra plus me recoller.

Dans cette position, je sens tout. Ça ricoche à travers mon être avant de résonner dans le bout de mes doigts et de mes orteils.

Quand ça devient trop, mes paupières se referment. J'ai besoin de savourer toutes les sensations délicieuses.

— Ouvre les yeux, ma belle. Je veux que tu voies exactement qui est en train de te prendre.

Je lui obéis et soutiens la lueur d'acier qui brille dans ses iris bleus. Alors seulement, il se retire avant de donner un coup de reins jusqu'à ce qu'il soit profondément enfoncé en moi.

— Dis-moi à qui tu appartiens.

Quand il répète le mouvement, sa longueur épaisse me remplissant, un gémissement m'échappe.

Ses mains se resserrent sur les côtés de ma tête, m'attirant contre lui.

— Dis-moi, gronde-t-il. Dis-moi que tu es ma femme. Que ma queue est la seule dont cette chatte aura jamais besoin.

Ses paroles coquines me poussent plus près du précipice.

Il se frotte à moi.

À chaque nouveau coup de reins, il réitère cet ordre.

Tout excité qu'il soit, il se retire presque entièrement et se tient parfaitement immobile. Il serre les dents. Ses yeux pétillent.

— Dis-moi tout de suite de qui tu es la femme, ou je ne te prendrai pas.

Je hoquette.

Mes muscles internes se contractent, se resserrant à cause du besoin de se refermer autour de son érection. C'est la seule pensée qui palpite dans ma tête. Il a commis l'impensable et m'a transformée en une masse tremblante d'hormones. Rien d'autre ne compte en ce moment que le besoin insatiable qu'il me prenne, me baise jusqu'à me faire perdre la tête.

— Je t'en prie, Colby, sangloté-je en m'agitant sur ses genoux, essayant de l'attirer plus profondément dans ma chatte.

Mais il se retient, rendant la chose impossible.

J'ai l'impression que toutes les cellules de mon corps ont été chargées en électricité. C'est comme si elle parcourait mon corps, cherchant une échappatoire.

Cette sensation est angoissante.

— Dis-le. Dis-moi à qui tu appartiens.

Son gland reste positionné contre mon sexe.

J'essaye en vain de me resserrer autour de lui.

Comment parvient-il à supporter cette torture ?

Comment arrive-t-il à se contenir ?

Alors que cette semaine, il m'a fait jouir tous les jours, parfois à plusieurs reprises, lui-même s'en est abstenu.

Le muscle dans sa mâchoire se contracte à un rythme fou.

C'est le seul signe visible qu'il lutte contre lui-même autant qu'il lutte contre moi.

C'est devenu un rapport de force.

Un face-à-face.

Je ne le remporterai pas.

Je réalise que je n'ai pas envie de le remporter.

Il rapproche encore mon visage du sien, jusqu'à ce que sa bouche entre en collision avec la mienne. Sa langue vient lécher la commissure de mes lèvres avant de s'enfoncer à l'intérieur. Puis il y a le raclement de ses dents quand le baiser se fait frénétique. Mes hanches se cambrent contre les siennes, cherchant le soulagement.

Il se retire juste assez pour regarder dans mes yeux.

— Tu n'as pas envie de moi, ma douce ?

— Tu sais bien que si.

Son expression exprime un certain doute.

Ça suffit à me tuer.

— Alors dis-le. Donne-toi à moi.

— J'ai envie de toi, Colby.

Ses paumes se resserrent autour de mes joues afin de me maintenir en place.

— Dis-moi que tu es à moi.

Même si je devrais conserver une certaine distance entre nous jusqu'à ce qu'il apprenne la vérité, je ne peux m'empêcher de laisser échapper :

— Je suis ta femme. Je t'appartiens.

Avec ces sept petits mots, il me pénètre profondément, et nous fusionnions.

C'est comme une détonation à l'intérieur de mon sexe ; un orgasme explose à travers tout mon être. Sa puissance suffit presque à évacuer tout l'air de mes poumons. Dès que je pousse un cri, il bascule dans le précipice. Ses mains restent verrouillées autour de ma tête alors que nos regards ne se quittent pas durant tout ce temps.

— Ma femme, entonne-t-il encore et encore jusqu'à ce que je n'aie pas d'autre choix que de croire que ça finira par être notre réalité.

Que ça ne pourra pas finir autrement.

Peu importe les obstacles qui semblent insurmontables.

Peu importe les secrets que je n'ai pas encore partagés.

28

COLBY

Le centre sportif vibre d'impatience alors que je m'élance sur la glace pour les échauffements. Le match commence dans trente minutes et les gradins sont déjà bondés. C'est une mer orange et noir. Les haut-parleurs crachent du hard rock pour tenter d'exciter la foule. Quand les fans sont survoltés, l'énergie autour de la patinoire se fait électrique, nous rendant invincibles sur la glace.

L'adrénaline dans mes veines n'a rien d'inhabituel.

Pourtant, ce soir, c'est plus que la trouille d'avant-match.

Alors que je fais le tour de ma moitié de terrain avec ma crosse sur mes épaules, faisant de grandes enjambées pour étirer mes muscles, mon regard court sur les spectateurs, à la recherche d'une personne en particulier.

Ça fait longtemps que je n'ai pas invité quelqu'un à me regarder jouer.

Durant les quatre dernières années, je me suis refermé émotionnellement, ne voulant pas être blessé à nouveau.

Mais Britt vaut la peine de tenter le coup.

Pas parce que je me suis retrouvé lié à elle après une décision spontanée.

Parce que j'ai vraiment envie d'elle et que je veux que la relation fonctionne.

Plus je la cherche dans les gradins sans la voir, plus ça me retourne le cerveau jusqu'à ce que je ne puisse plus penser à autre chose.

Me concentrer sur autre chose.

Je n'avais jamais connu ça.

Même avec Anna.

Je n'ai jamais eu l'impression qu'elle était mon monde tout entier.

Britt est différente.

Je m'en suis rendu compte la première fois que j'ai posé les yeux sur elle.

Il n'a fallu qu'une seule conversation pour le confirmer.

L'autre soir, au lit, j'ai peut-être été capable de la forcer à admettre qu'elle m'appartient et qu'elle est mon épouse, or ce n'est pas suffisant. J'ai envie qu'elle le dise parce que c'est ce qu'elle ressent vraiment.

Pas parce que je retiens son orgasme en otage.

Parfois, j'ai l'impression de marcher sur une corde raide. J'essaye de lui montrer à quel point ça pourrait être génial pour nous si elle voulait bien nous donner sa chance. J'essaye aussi de lui donner le temps et l'espace de comprendre ce que j'ai déjà accepté.

Qu'on est faits pour être ensemble.

Ce n'est pas comme si j'avais cherché une relation ma dernière année d'université, plusieurs mois avant que ma vie change du tout au tout, mais c'est exactement ce qui s'est passé. Et je ferais tout ce qui est en mon pouvoir pour que ça fonctionne.

Alors que j'effectue un autre tour de patinoire, je suis frappé par l'idée que Britt ne va peut-être pas venir. Oui, j'ai lancé l'invitation et elle a accepté, mais ça ne veut pas nécessairement dire qu'elle le fera.

Elle a peut-être oublié.

Ou bien elle est occupée à faire autre chose.

Comme parcourir Internet à la recherche d'avocats spécialisés dans le divorce.

Cette pensée me terrifie.

Je n'arrête pas de la forcer à me dire qu'elle est ma femme et que je suis son mari pendant qu'on couche ensemble.

Petite info : ça m'excite chaque fois.

Qui l'aurait cru ?

Ce n'est que lorsque Hayes s'arrête à côté de moi que je me force à le regarder.

Son regard cherche le mien derrière son masque.

— Ça va ?

Je hoche sèchement la tête.

— Bien entendu. Pourquoi ça n'irait pas ?

— Je ne sais pas.

Il hausse les épaules sous son rembourrage.

— Tu as l'air distrait.

Merde.

Il a raison.

Je ne pensais pas que c'était visible.

— Non. Pas du tout.

Je retiens ma respiration, espérant qu'il me rendra service et changera de sujet.

J'aurais dû le savoir.

— Cela a-t-il quelque chose à voir avec la fille avec qui tu es marié ?

— Son nom est Britt, lâché-je.

Je sens la tension se rassembler dans mes muscles et couver sous ma peau. Elle peut se libérer à tout moment.

Elle n'est pas une simple fille.

Cela dit... Hayes ne le sait pas.

Principalement, parce que je n'ai rien dit sur cette situation.

Ou sur elle.

Tout dans cette relation est resté discret parce que c'est ce que Britt voulait. Alors seulement, je me rends compte à quel point ça me dérange. Je ne veux pas cacher cela comme si j'étais un petit secret honteux.

Comme si j'étais *son* petit secret honteux.

Il n'y a aucune raison pour qu'on ne puisse pas dire à nos amis qu'on sort ensemble.

On n'est pas nécessairement forcés de partager le fait qu'on s'est mariés à Vegas.

Du moins, pas tout de suite.

Oui, c'est une conversation qu'on aura plus tard.

— D'accord. Britt. Alors, c'est sérieux ?

Je regarde droit devant moi, refusant de répondre.

Je ne dirai rien avant que tout soit mis à plat avec elle.

Cela dit, j'en ai envie.

Quand je garde le silence, il scrute les tribunes.

— C'est pour ça qu'elle porte ton maillot ?

Je me tourne si rapidement que je manque de me casser la figure. Le rire moqueur de Hayes résonne à mes oreilles.

Connard.

— Dis-moi que tu es tombé amoureux d'une fille sans me dire que tu es tombé amoureux d'une fille.

Je le percute avec mon épaule.

Fort.

— Connard.

Elle n'est pas là.

Ce mec me fait tourner en bourrique.

— Tu as besoin de te sortir la tête du cul et de te concentrer sur ce qui est important.

Il me contemple comme s'il avait pitié de moi. Et à cet instant, c'est exactement ce que je ressens. Ce n'est pas bon.

— Je ne me serais jamais attendu à une chose pareille de ta part.

Il coule un regard à nos coéquipiers.

— J'ai l'impression que dans notre entourage, tout le monde se passe la corde au cou. C'est une épidémie.

Se passer la corde au cou.

Hayes chierait une pendule si j'admettais la vérité.

En réalité, tous les mecs de l'équipe le feraient.

Aussi tenté que je sois de lui casser la figure, je lui donne une bourrade dans le dos.

— Merci pour ta sollicitude, mais il n'y a pas de raison de s'inquiéter. Tout va bien.

— J'espère, oui. On doit gagner le championnat, cette année. Notre dernière saison avant de quitter la fac.

Je ressens un pincement de tristesse. Je joue au hockey depuis la crèche. Dès que j'ai pu marcher, Papa a lacé ma première paire de patins. Et je ne compte même plus le nombre d'équipes auxquelles j'ai appartenu, locales ou extérieures. Mais ces mecs ?

Ils sont comme des frères pour moi.

Il n'y a rien que je ne ferais pas pour eux.

Quelqu'un a besoin d'enterrer un corps ?

J'apporte ma pelle.

On est comme ça.

Je repousse ces pensées avant de me reconcentrer sur Hayes.

— Ça arrivera. Tout le monde s'entend bien sur la glace et ça ne fait que s'améliorer. Je n'envisage pas qu'on ne gagne pas un championnat des Frozen Four.

— Très bien, mon pote.

Sa bonne humeur revient alors que l'humour pétille dans ses yeux.

— Juste pour que tu le saches, je ne plaisantais pas, tout à l'heure. Ta copine est vraiment là.

Je m'esclaffe, ne voulant pas me faire avoir une seconde fois et passer encore plus pour un con.

— Ouais. Comme tu veux.

Avec un sourire, il lève une main gantée vers les gradins et l'agite.

— Et elle porte vraiment ton maillot.

Ce mec est un idiot complet s'il pense que je vais le croire à nouveau. Je suis peut-être en train de me transformer en *simp*, mais Hayes ne le sait même pas. Ça me prend tout mon self-control pour ne pas me tourner et scruter les gradins pour la millième fois.

Ce n'est que lorsque je tourne à l'angle que je permets à mon regard d'examiner la foule avec plus d'attention. Même si je viens de passer les deux dernières semaines à faire tout ce qui était en mon pouvoir afin de prouver que je peux être le mari dont elle a besoin, je dois accepter que Britt n'y est pas encore.

Pour une raison quelconque, elle se retient.

Quelque chose s'interpose entre nous.

Et j'ai bien l'intention de découvrir ce que c'est pour que ça ne se dresse plus en travers de ma route. Je détruirai ses parois brique après brique à mains nues si j'y suis obligé.

Alors que ces pensées s'établissent en moi, je l'aperçois assise en compagnie de Juliette, Carina, Viola, Stella et Fallyn. Ou les « petites amies », comme on les appelle dans les vestiaires.

Apparemment, Hayes disait vrai.

Mieux encore… Elle porte vraiment mon maillot.

Celui que je n'ai pas osé lui donner parce que j'avais peur qu'elle le refuse catégoriquement.

Ou pire, me rie au visage.

Mais elle est là, avec l'emblème du chat sauvage sur le devant et mon numéro imprimé sur les manches. Je ressens une vague de fierté. Un frisson descend le long de mon dos, bien qu'une bouffée de chaleur se répande à travers mon corps, envahissant chaque cellule comme un virus.

Je souris.

Elle est magnifique. Presque autant que lorsqu'elle est nue, à ma merci.

Ça me fait regretter de ne pas avoir ravalé ma fierté et le lui avoir donné moi-même.

On ne se quitte pas du regard alors que je patine devant elle.

Le moment est brisé quand Hayes me claque l'épaule.

— Ça me fait mal de te le dire, mais tu es foutu.

Je ne vais même pas le nier, parce qu'au fond, je sais qu'il a raison.

Je suis complètement foutu.

La voir dans les gradins, vêtue de mon maillot, ne fait que me le confirmer avec plus de force, m'ôtant le moindre doute.

Les joueurs des deux équipes quittent la glace alors qu'on baisse les lumières et que la musique est montée au maximum, jusqu'à ce qu'elle résonne dans le centre sportif et vibre dans mes oreilles.

L'équipe visiteuse est annoncée, puis c'est le tour des Wildcats. La lumière aveuglante des projecteurs s'abat sur les joueurs, qui patinent vers le centre de la glace pour attendre leurs coéquipiers.

Même si je ne peux pas voir les gradins, je sais que les fans sont debout et applaudissent. L'endroit vibre d'une énergie contenue, prête à se libérer. Je ne suis peut-être pas capable de voir Britt, mais je sais qu'elle est là.

La chaleur de son regard brûle ma chair comme si c'était une caresse physique.

Une fois que la patinoire s'illumine, les avants prennent place. Wolf s'étire une dernière fois avant d'abaisser son centre de gravité en attendant qu'on lance le palet. C'est facile de voir qu'il est concentré.

La nervosité explosant au creux de mon ventre, je patiente près de la ligne rouge centrale. C'est la première fois depuis que je joue au hockey que j'ai l'impression qu'elle va me dévorer vivant.

C'est entièrement dû à la fille qui m'observe.

Celle qui est à présent ma femme.

Ma femme.

Cette pensée me donne le vertige.

Dès qu'on lance le palet, Hayes le récupère avant de me faire la passe. À la seconde où le petit disque noir touche le bout de ma crosse, je me mets en mouvement. Mes lames s'enfoncent dans la surface lisse alors que je me précipite vers l'autre côté de la glace. Quand un défenseur m'assaille, je fais la passe à Ford.

On a regardé plein de vidéos de matches cette semaine et on sait à quoi s'attendre : les Eagles ont une bonne équipe cette saison. Ça me fait réaliser qu'on devra puiser profondément en nous et lutter de toutes nos forces si on veut dominer.

Cette victoire ne va pas nous être livrée sur un plateau d'argent.

Il faudra la leur arracher des mains.

De la sueur dégouline le long de mon dos pendant la seconde période alors que je quitte la glace pour un changement et que j'avale de l'eau à grandes goulées. Mon attention a beau être braquée sur le match, j'ai toujours conscience de Britt. J'ai envie qu'elle voie que je fais une différence sur la glace.

J'ai envie qu'elle porte mon maillot avec fierté.

Vers la fin de la troisième mi-temps, nous sommes à égalité. Je regarde l'horloge. Il ne reste que quelques minutes avant la fin du match.

Je vois aux expressions sur les visages de mes coéquipiers qu'ils sont épuisés. Les deux dernières heures ont été difficiles.

Mais on est toujours là, à nous démener.

On n'a pas abandonné.

Et on ne va pas le faire.

On ne va pas s'arrêter avant le buzz de fin.

Certes, je me plains des entraînements difficiles, mais c'est durant ces moments-là que je suis content que l'entraîneur nous fasse patiner jusqu'à ce que les jeunes garçons deviennent écarlates et vomissent, à peine capables de tenir debout. Il y en a toujours quelques-uns qui ne reviennent pas après leur première saison parce qu'ils n'étaient pas préparés à ce niveau d'entraînement et de jeu.

Ça exige du dévouement et du travail.

Il y a des mecs qui pensent que le nouvel entraîneur est un connard qui veut nous rendre la vie horrible ; ce n'est pas le cas.

Enfin, ça l'est peut-être.

Mais il suit une méthode.

Plus on bosse pendant l'entraînement, plus on est conditionnés pour les matches, plus c'est facile de piocher au plus profond de nous et de trouver juste un peu plus à donner. Au lieu de nous concentrer sur l'épuisement qui essaye de nous engloutir, on puise dans notre force mentale et la ténacité dont on a besoin pour survivre aux entraî-nements à cinq heures du matin et deux fois par jours hors de la saison.

Notre ancien entraîneur était bon.

Vraiment bon.

Coach Philips est meilleur.

Il nous a détruits pour mieux nous reconstruire.

Je regarde autour de moi.

Et ça a fonctionné.

Aussi fatigués que soient ces types, ils ont encore un peu d'énergie à donner.

Si ça sera suffisant ?

Aucune idée.

Mais je ne parierais pas contre nous.

Ryder pousse un attaquant des Eagles contre les barrières et reprend le palet. Le son de la collision résonne dans tout le centre sportif. Bridger le récupère avant de le passer à Ford, qui se dirige vers la cage des adversaires. Les défenseurs s'avancent et le palet vole. Les fans bondissent sur leurs pieds, voulant mieux voir l'action qui se déroule sur la glace. La tension et l'excitation dans le centre sportif croissent jusqu'à devenir suffocantes.

Depuis le banc, l'entraîneur hurle alors que Maverick emboutit un joueur et me passe le disque noir. Dès qu'il atterrit contre la lame de ma crosse, mes patins s'enfoncent dans la glace. Mon rythme cardiaque s'accélère, mon cœur bat dans mes oreilles, et je me concentre sur les buts. Ford bloque un joueur pour me donner le temps de tirer. L'air reste coincé dans ma gorge et le temps ralentit : j'attends de voir s'il va entrer ou non.

Sur l'horloge, les secondes s'égrènent.

Le goal glisse, levant une main gantée. Le palet frôle la pointe de ses doigts avant de les dépasser et de frapper le filet.

Ford me donne une bourrade dans le dos.

— Hé, mon pote ! Je pourrais t'embrasser !

Le soulagement s'abat sur moi alors que j'éclate de rire. Mon regard glisse sur les spectateurs en délire avant de se poser sur Britt. Avec un sourire, je pointe le doigt vers elle et la foule rugit d'approbation.

En secouant la tête, Hayes entonne ce qu'il a dit plus tôt.

— Dis-moi que tu es tombé amoureux d'une fille sans me dire que tu es tombé amoureux d'une fille.

Je fais la seule chose que je peux et lui adresse un sourire, parce que je suis las de le nier.

Je suis tombé sous le charme d'une fille.

Je suis tombé amoureux de ma femme.

29

BRITT

Des vivats sonores explosent quand l'équipe des hockeyeurs des Wildcats franchit la porte de *Slap Shotz*. Des mains se tendent, leur touchant les bras alors que les gens tentent d'attirer leur attention.

Leur adoration ne me dérange pas.

Je m'y suis habituée au fil des années.

Ce qui est étrange, c'est que ce n'est pas moi qu'ils acclament.

C'est Colby.

Et ses coéquipiers.

Mes doigts sont en sécurité dans la grande main de Colby alors qu'on traverse le bar. C'est comme ça depuis qu'on est sortis du vestiaire après le match et qu'il a effectué une ligne droite vers l'endroit où j'attendais avec Juliette, Carina, Viola, Stella et Fallyn. Même Ava est venue nous aider à encourager les Wildcats.

Cette relation progresse plus vite que la lumière.

C'est à la fois effrayant et exaltant.

Une partie de moi se demande si je suis prête.

Cela dit, je ne sais pas si j'ai vraiment le choix.

Je continue de me dire qu'on peut prendre notre temps pour tout mettre à plat.

Mais Colby a besoin d'apprendre la vérité. Je ne peux pas continuer à la lui cacher. Cette conviction pèse dans mon ventre comme une grosse pierre. Elle ne cesse de grandir au fil des jours.

On s'installe à des tables qui ont été poussées ensemble au fond du bar. Quand je m'accroupis à côté de Colby, il rapproche la chaise jusqu'à ce que je me retrouve pratiquement assise sur ses genoux.

Puisque Fallyn ne travaille pas ce soir, Erin, l'autre serveuse, prend notre commande.

Colby se tourne vers moi et murmure :

— Je crois que ce n'est plus un secret, maintenant, n'est-ce pas ?

Je le regarde et découvre que nos bouches ne sont qu'à quelques centimètres l'une de l'autre. Le besoin de réduire la distance entre nous ainsi que son odeur me coupent le souffle.

— Apparemment.

Quand je me suis présentée au match plus tôt dans la soirée, je n'avais pas envisagé que tout le monde penserait qu'il y a quelque chose entre nous. Des gens portent son nom et son numéro tout le temps et ça ne veut rien dire. Dès que j'ai retiré ma veste et que les filles m'ont vue, j'ai été bombardée de questions jusqu'à ce que j'avoue tout.

Très bien... Peut-être pas *tout*.

Colby scrute mon regard.

— Et ça te convient ?

Je permets à cette question de tourbillonner dans mon esprit pendant quelques secondes avant de hocher la tête.

— Oui.

Il sourit lentement.

— Super. Moi aussi.

Il réduit la distance entre nous, jusqu'à ce que ses lèvres parviennent à caresser les miennes.

— J'ai hâte de te ramener à la maison ce soir. Tu vas me laisser te prendre dans ce maillot et rien d'autre ?

L'idée me provoque un frisson d'excitation.

— Peut-être.

Mes joues s'enflamment. Ce serait impossible de ne pas penser à toutes les façons dont il pose les mains sur moi, chose que j'adore.

Je me mordille la lèvre inférieure avant de gronder :

— Je crois qu'on peut mieux faire, non ?

Ce n'est que lorsque mon oncle grimpe sur la scène de fortune de l'autre côté du bar qu'on braque notre attention vers lui.

— Nos garçons ont ramené une autre victoire, ce soir ! crie-t-il dans le micro.

Des vivats assourdissants s'élèvent, manquant de faire trembler les murs.

Sully lève les mains pour qu'on l'entende par-dessus le rugissement de la foule.

— Et vous savez ce que ça signifie !

— Karaoké ! crient toutes les personnes présentes.

Le visage souriant, il hoche la tête.

— Vous avez bien compris !

Son regard passe sur le bar avant d'entrer en collision avec le mien. S'il est surpris de me voir avec Colby, il ne le montre pas. J'aurais probablement dû le leur dire, à Tante Mary et lui. Ils ont été si gentils avec moi depuis que j'ai déménagé ici. Un peu comme des parents de substitution. C'est évident qu'il aime autant l'équipe des Western Wildcats que les joueurs. Cela dit, je ne sais pas ce qu'il ressentirait si sa nièce n'était pas seulement la copine d'un joueur, mais également sa femme.

Ça ne fait que souligner le fait que j'ai menti à mon entourage.

Je coule un regard à l'homme qui me flanque.

Particulièrement à lui.

Plusieurs coéquipiers de Colby montent maladroitement sur scène et chantent « You Got It » par les New Kids on the Block. C'est un vieux succès qui marche toujours. Ford se lance dans « I'm Bringing Sexy Back » de Justin Timberlake. Carina se contente de secouer la tête, mais c'est évident qu'elle adore chaque seconde, vu qu'il est en train de lui chanter la sérénade. Ryder entraîne Juliette sur scène et, ensemble, ils interprètent « Bring Me to Life » d'Evanescence. Ils sont étonnamment bons. Vu la façon dont ils se dévorent du regard, c'est évident qu'ils sont amoureux.

C'est à se pâmer.

Colby pointe le menton vers la scène.

— Tu devrais peut-être aller chanter. Tu as une voix magnifique. Plus de gens devraient l'entendre.

Il n'en faut pas plus pour que ma bouche se dessèche, m'empêchant de déglutir.

— Non, merci. C'est juste un hobby. Une chose avec laquelle j'aime bien jouer.

Il hausse un sourcil.

— Je ne connais pas beaucoup de gens qui savent écrire de la musique et jouer de la guitare. Tu as dû faire partie de la chorale ou prendre des leçons de chant quand tu étais plus jeune.

Je ne veux pas mentir.

Mais j'hésite à lui dire la vérité.

— J'étais dans la chorale au collège et oui, j'ai pris des cours de chant.

— J'aimerais entendre la chanson sur laquelle tu as travaillé pendant que tu jouais de la guitare. Quand on rentrera... Tu veux bien, ma jolie ?

Je me mordille la lèvre inférieure alors que cette idée me trotte dans la tête.

Si je le faisais, reconnaîtrait-il ma voix ?

C'est une proposition effrayante.

— J'y réfléchirai.

Il s'approche jusqu'à ce que ses lèvres frôlent les miennes.

— Tu veux y aller ?

Pour être honnête, oui.

Peu m'importe qu'on ne soit pas restés plus d'une heure.

Alors que j'acquiesce, trois filles investissent la scène. Elles pouffent et sont visiblement saoules. Elles se regroupent au-dessus de l'ordinateur pour choisir une chanson.

Colby fait courir ses doigts sur ma paume. Je ne m'étais pas rendu compte qu'il me tenait la main. Encore plus surprenant : j'adore ça.

J'en veux davantage.

J'en veux plus de lui.

Quelque part, alors que je ne faisais pas attention, il s'est imposé dans ma vie et maintenant, je ne m'imagine pas vivre sans lui.

C'est ironique que notre relation me semble plus réelle que tout le reste bien que je n'aie fait que dissimuler la vérité et mentir.

Mon attention revient au moment où les filles prennent leur place au centre de la scène et attendent que la musique commence. Dès que j'entends les tout premiers accords, mon ventre redescend dans mes orteils et de la bile remonte dans ma gorge.

« Shake Me Like That ».

Mon meilleur tube.

Celui qui m'a apporté des millions de vues en moins de vingt-quatre heures. C'est celui qui, en moins d'un mois, m'a catapultée au sommet : j'ai cessé d'être une adolescente vivant dans l'obscurité pour devenir une star.

Si je devais choisir le moment où le cours de ma vie a changé de façon dramatique, ce serait la naissance de cette chanson.

Elle restera synonyme de mon ascension fulgurante.

Avant que je puisse comprendre ce qui se produit, le bar tout entier crie avec les filles qui se dandinent et se donnent en spectacle.

Colby sourit en les regardant.

C'est un choc de réaliser que lui aussi murmure les paroles.

Le martèlement contre ma cage thoracique se fait douloureux. Mon cœur est à deux doigts d'exploser.

Une fois que les dernières notes s'estompent, les filles s'inclinent et la foule siffle et applaudit pour les féliciter.

— Maintenant que j'ai un peu plus de temps libre, j'ai binge-watché le show pour rattraper ce que j'avais manqué, dit Carina. Bebe manque toujours à l'appel ? Je n'ai pas eu de nouvelles, ces derniers temps.

— Oui, je crois. C'est vraiment bizarre, ajoute Stella en avalant une gorgée de bière.

— J'ai hâte de voir si elle va accepter la proposition d'Axel, dit Viola.

Cela me surprend. Je ne la savais pas intéressée.

Je dois avoir l'air confuse, parce qu'elle hausse les épaules en rougissant.

— Quand vous en avez parlé l'autre jour, j'y ai jeté un œil et je me suis laissée entraîner. Et toi, Britt ? Tu es fan de Bebe ?

Que suis-je censée répondre à ça ?

J'écarte le col du maillot de Colby de mon cou. J'ai l'impression que le tissu m'étrangle.

— Je... Euh... J'ai vu l'émission une fois ou deux.

Ce n'est pas un mensonge.

Si le reste de ma famille aime se voir sur les écrans, pas moi. Je suis obsédée par tous les petits détails qui me dérangent dans mon apparence.

— Je me demande si elle est dans une clinique. Sa mère n'a pas dit dans une interview récente qu'elle participe à une retraite pour se reposer et se relaxer ? Je suis certaine que c'est le langage hollywoodien pour une cure de désintox, ajoute Fallyn.

La bière que je viens de consommer menace de réapparaître.

J'essuie mes paumes moites contre mon jean. J'ai dû mal à réprimer les éclats glacés de panique qui se multiplient au creux de mon ventre alors que je tente de conserver une voix égale.

Au lieu de m'impliquer dans la conversation, je me tourne vers Colby.

— Tu es prêt à y aller ?

Il acquiesce, se redresse et m'aide à me lever.

— Je suis prêt à t'avoir entièrement pour moi, murmure-t-il avant de plaquer ses lèvres contre ma joue.

S'il remarque que je tremble de la tête aux pieds, il n'en dit rien.

30

COLBY

Un étrange silence s'abat sur nous alors qu'on quitte le bar sous les huées de nos amis. C'est comme si l'atmosphère avait changé et je ne sais pas pourquoi. Pendant toute la durée du trajet de retour à l'appartement, elle regarde droit devant elle et se mordille la lèvre inférieure, perdue dans ses pensées.

Je pose quelques questions, mais ça devient vite évident qu'elle n'y prête pas attention. La nervosité me ronge le ventre alors que je continue à lui décocher des regards pleins d'appréhension.

Elle a beau avoir dit qu'elle était heureuse que notre relation soit affichée, ma plus grande peur est qu'elle change d'avis et me dise que ça ne fonctionne pas. Ça ne fait que quelques semaines et elle est déjà prête à m'oublier et à tourner la page.

Une fois qu'on est dans l'ascenseur, je tends les mains et la prends dans mes bras. Elle y est parfaitement à sa place. Presque comme si elle était faite pour moi.

Ou c'est peut-être moi qui suis fait pour elle.

Je ne sais plus.

Ce que je sais, c'est que je n'aime pas les sentiments d'incertitude qui bouillonnent à l'intérieur de moi.

Ceux qui me font me demander si je vais perdre ce que je viens de découvrir.

J'ignore à quoi elle pense, et ça ne m'aide pas

Britt est difficile à lire. Elle est passée maîtresse dans l'art de tout garder profondément enfoui en elle, là où rien ne verra jamais la lumière du jour.

En silence, elle glisse la clé dans la serrure avant d'ouvrir en grand la porte de l'appartement. Alors que je la suis, je me rends compte que j'ai besoin de faire tout ce qui est en mon pouvoir pour la convaincre qu'on va parvenir à faire fonctionner les choses.

L'alternative, c'est de la laisser partir et je ne suis vraiment pas prêt à le faire.

C'est un risque à courir.

Au lieu de se diriger vers la chambre, elle se dirige en ligne droite vers le canapé et s'installe au bout du coussin. Des vagues suffocantes de tension se dégagent de ses sourcils froncés.

Brièvement, son regard doré touche le mien avant de se détourner.

— On a besoin d'avoir une conversation avant que ça puisse aller plus loin.

Merde.

Je savais que ça allait arriver.

Je passe une main dans mes cheveux avant de ravaler ma panique et de désigner la guitare du menton.

— Tu veux jouer cette chanson pour moi ?

Son visage se fait confus.

— Tu ne veux pas discuter d'abord ?

Certainement pas.

Si elle doit me virer, j'ai envie de l'entendre jouer à la guitare la chanson qu'elle a chantée pour moi dans l'avion. J'ai envie de fermer les yeux et prétendre pendant juste un instant que ce n'est pas la fin.

— On le fera plus tard.

Son regard pénètre le mien.

— C'est promis ?

Aïe.

Elle a vraiment hâte d'en finir.

Je ressens une vague de douleur alors que je hoche brièvement la tête.

— D'accord.

Elle prend la guitare posée près du canapé. Le bois est abîmé et cabossé, usé, mais vu le soin avec lequel elle la manie, elle est visiblement précieuse.

Britt conduit une Audi toute neuve et vit dans son propre appartement. Je devine que si elle voulait s'acheter quelque chose de plus cher et tout le tralala, elle pourrait se le permettre.

Elle doit s'y accrocher pour des raisons sentimentales.

Je peux le comprendre.

Il y a des crosses de hockey que je n'utilise plus, mais que j'aimais avoir entre les mains. Elles me faisaient me sentir chanceux. Invincible. Alors, je m'y suis accroché. Elles font partie de moi et ravivent des souvenirs qui sont importants.

Avec son attention centrée sur l'instrument, je peux la dévorer des yeux. J'ai envie de graver ce moment dans ma mémoire pour l'éternité.

Je n'arrive pas à essayer de trouver où tout est parti en sucette. C'est presque hilarant que j'aie pu croire qu'on était bien partis : rien n'aurait pu être plus éloigné de la vérité.

Alors qu'elle joue quelques accords, les notes résonnent dans le silence de l'appartement et je reconnais la mélodie. Ça joue à répétition dans mon cerveau depuis Vegas.

— « Durant les nuits les plus sombres, j'ai titubé, sans voir la lumière. Perdue dans un labyrinthe, sans trouver ce qui est juste. Mais au fond, le feu brûlait, refusant de s'éteindre. Une voix en moi a murmuré : *tu trouveras ta voie.* »

La tension qui nouait mes muscles se détend. Il y a quelque chose d'apaisant dans sa voix et la façon dont elle passe sur moi.

— « Je m'élève, plus forte que je l'aie jamais été. Chaque cicatrice est une histoire ; je ne les laisse pas l'emporter. Parmi les hauts et les bas, je trouverai ma vérité. À travers le chaos, je trouverai ma jeunesse. »

Sa voix s'élève, gagnant en puissance pour le chorus. Ses paupières se referment comme si elle était perdue dans la musique.

Sa beauté et son talent me frappent au ventre et me coupent le souffle.

— « Dans chaque chute et tous mes doutes, je reste fière. Je dois oublier le passé, me donner en entier. Tous les jours, je dis adieu à mes vieilles peurs, acceptant chaque défi, je vais libérer mon esprit. »

Un frisson me parcourt tandis qu'elle chante le pont avant de terminer par le refrain. Alors seulement, sa voix et les accords s'interrompent.

Je quitte ma chaise sans m'en rendre compte. Prudemment, je referme les doigts autour de la guitare et la lui retire avant de la poser sur le canapé. Je la fais se redresser.

Elle parcourt mon regard pendant un battement de cil. Je lis dans le sien un mélange de peur et de tristesse. Ça me conforte simplement dans l'idée que je ne vais pas aimer ce qu'elle a à dire.

— Colby...

Je secoue la tête, lui coupant la parole.

— Quoi que tu aies besoin de me confier peut attendre demain.

— Mais c'est important, réessaye-t-elle.

— Ce n'est pas aussi important que ça.

Ravalant toute autre protestation, ma bouche s'abat sur la sienne, puis je la soulève dans mes bras. Ses jambes enveloppent ma taille alors que ses bras s'enroulent autour de mon cou. Dès que ma langue glisse le long de la commissure de ses lèvres, elle s'ouvre pour me laisser entrer.

Sa douceur envahit mes sens et se précipite dans mes veines.

Je sais déjà que je ne trouverai jamais quoi que ce soit comme elle – comme ça – dans ce monde.

En douze foulées seulement, je regagne la chambre qu'on a partagée. Je cours vers le lit deux places et la dépose sur le matelas. Même si je n'ai pas envie de rompre le contact, je m'écarte suffisamment pour baisser les yeux vers elle.

Comme tout à l'heure, j'ai envie de graver cet instant dans mon esprit pour l'éternité.

Elle est si belle.

Plus belle que toutes celles que j'aie jamais vues.

À l'intérieur et à l'extérieur.

Particulièrement lorsqu'elle porte mon maillot.

Même si je suis tenté de lui arracher ses vêtements, le besoin de prendre mon temps et de faire durer cette expérience est ce qui modère mon envie. Je suis peut-être incapable de dire les mots, mais je peux lui démontrer à travers mes actions que je ressens les choses fortement.

Pour la première fois de ma vie, j'ai envie de faire l'amour avec quelqu'un.

Cette révélation fait s'emballer mon cœur.

Parce que c'est exactement ce que ce sera.

De l'amour.

Avec mon front plaqué contre le sien, je serre fort les paupières.

— Je ne sais pas ce que tu m'as fait, Britt. Je ne pensais pas qu'il était possible de ressentir des choses pareilles. Particulièrement après ce qui s'est passé. C'est pourtant vrai. Et c'est entièrement dû à toi.

Je n'ai jamais été du genre à parler de mes sentiments ou à dévoiler mon âme, mais je ne parviens pas à retenir le flot de paroles qui se déversent de mes lèvres. Quoi qu'il nous arrive à l'avenir, j'ai envie qu'elle sache que ce que je ressens est réel.

Spécial.

C'est alors que je me rends compte que je vais avoir le cœur brisé pour la toute première fois.

Même après Anna, mon cœur est resté intact. Ma fierté a été meurtrie et j'ai été contrarié à l'idée d'avoir été manipulé et utilisé. J'ai été embarrassé quand ses parents ont menacé mon père et sa carrière.

Mais ce n'était pas de l'amour.

Cette situation ne saurait être plus différente.

Et je doute d'être capable de tourner la page facilement après coup.

En fait, je pense que mon monde ne sera plus jamais pareil maintenant que Britt s'y est écrasée comme un météore.

Je ne sais pas si je devrais la remercier ou la maudire de m'avoir ouvert les yeux et de m'avoir montré ce qui est possible.

— Colby...

Elle enroule les bras autour de mon cou pour me rapprocher. Elle a une telle emprise sur moi ! C'est presque comme si elle essayait de m'étouffer à mort.

C'est peut-être mieux ainsi.

On dirait que, en un clin d'œil, tout s'est transformé pour toujours.

— Peut-être qu'on devrait...

— Non.

Ayant besoin de confirmer mes soupçons, je m'écarte suffisamment pour croiser son regard.

— Ce que tu as besoin de dire changera tout entre nous, n'est-ce pas ?

Elle se mordille la lèvre inférieure alors qu'un voile de larmes lui remplit les yeux. Elle hoche sèchement la tête.

— Je crois.

— Alors, on se posera et on en parlera demain matin. D'accord ?

Quand elle garde le silence, je l'implore :

— Accorde-moi ça. Accorde-le-moi. Tu peux le faire.

— C'est vraiment ce que tu veux ?

— Oui.

— D'accord, mais c'est important et on ne peut pas le repousser davantage.

Je ressens une vague de soulagement quand ma bouche se pose sur la sienne. Instantanément, elle s'ouvre, et nos langues se mêlent avec des caresses profondes qui me donnent envie d'en avoir plus.

De tout avoir.

Je mordille sa lèvre inférieure pulpeuse avant de me retirer. J'ai envie que tous les vêtements qui nous séparent disparaissent.

Mes doigts saisissent l'ourlet de mon maillot, que je relève sur son torse et par-dessus sa tête. J'ai beau avoir envie de la baiser dedans, j'ai plus besoin de sentir la chaleur de sa chair plaquée contre la mienne. Son soutien-gorge disparaît, puis j'ouvre le bouton de son jean et la fermeture. Le jean épais descend sur ses hanches et ses cuisses jusqu'à ce qu'il ne lui reste qu'une culotte bleu clair décorée de minuscules cœurs rouges. J'enfonce mon visage dans le coton fin et inspire profondément, aspirant son odeur qui me fait tourner la tête.

Un gémissement lui échappe quand je passe mes dents sur son clitoris.

Mes doigts se glissent sous l'élastique, faisant descendre le minuscule bout de tissu, que je jette sur le tapis.

Je me redresse, ayant besoin de m'abreuver de la vision qui s'offre à moi. Avec ses cheveux couleur caramel étalés sur le couvre-lit lavande et la pointe de ses seins déjà durcie, elle est comme un fantasme devenu réalité.

— Tu es vraiment magnifique, dis-je d'une voix rauque. J'ai aimé tous les moments qu'on a passés ensemble.

Elle cligne des paupières alors que ses yeux se remplissent de larmes, et elle me tend les bras.

Je m'arrache mon sweat-shirt, emportant le t-shirt dans le mouvement. Ensuite, je fais descendre mon jean et mon caleçon sur mes cuisses. Je les retire d'un coup de pied, me retrouvant aussi nu qu'elle.

Son spectacle suffit à me faire bander.

Lentement.

Lentement.

Lentement.

J'entonne ce mot dans ma tête tel un mantra, ayant envie de faire durer l'expérience autant que je le peux, pour qu'elle ne l'oublie jamais.

Une qui la hantera pour le reste de sa vie.

Pareil pour moi.

J'ai envie qu'elle se rende compte que personne ne sera jamais capable de lui faire ressentir la même chose que moi.

Tout ceci tourbillonne dans mon cerveau alors que je remonte le long de son corps et plaque ma bouche contre la sienne. Quand elle s'ouvre, je descends, couvrant les contours de sa joue de baisers avant de faire la même chose avec la colonne délicate de sa gorge. Elle laisse échapper un grognement en l'exposant. Elle lève les bras jusqu'à ce que ses doigts puissent s'enfoncer dans mes cheveux comme pour me maintenir en place.

Ce n'est pas nécessaire.

Je ne voudrais être nulle part ailleurs qu'ici, avec elle.

Je fais pleuvoir des baisers sur sa clavicule avant d'adorer ses deux seins. Le temps que ma bouche se pose sur une pointe durcie, son dos se cambre déjà sur le matelas et elle me supplie de lui en donner davantage.

— C'est si bon !

— J'ai envie de te combler, murmuré-je contre sa chair.

— Tu le fais. Chaque fois.

Et pourtant… Ce n'était pas suffisant, n'est-ce pas ?

Je libère un mamelon avec un léger claquement avant d'aspirer l'autre entre mes lèvres et de le sucer. Elle change de position.

Son désir est comme une entité vivante et j'ai simplement envie de l'attiser jusqu'à ce qu'il consume son âme.

Une fois que j'ai adulé ses seins, je descends le long de sa cage thoracique vers les os de ses hanches. Elle écarte les cuisses sans que j'aie besoin de lui dire un mot. Je me glisse entre elles d'un coup d'épaule, et son sexe se présente à moi tel un festin.

Ce soir, j'ai l'intention d'en faire mon dîner.

— Si jolie !

Mes yeux remontent avant de capturer les siens.

Nos regards ne se quittant pas, je lèche son intimité frissonnante. Il n'en faut pas plus pour que sa douceur explose dans ma bouche.

Je fais courir le plat de ma langue sur sa fente, avant de plonger à l'intérieur de son sexe et de tracer des cercles sur son clitoris avec la pointe. Je continue ce tendre assaut jusqu'à ce qu'elle change de position, levant les hanches pour tenter de se rapprocher.

— Tu aimes ça, ma douce ? Tu aimes la façon dont je joue avec ton corps ?

— Dieu, merci.

Quand ses muscles se contractent, je ne peux m'empêcher d'ajouter :

— J'espère que tu réalises que personne d'autre ne te fera ressentir cela.

Ma langue effectue des cercles sur la petite boule de nerfs.

— Personne d'autre que toi.

C'est vrai.

Sur ce, je la fais basculer dans le précipice, ne cessant de la lécher pendant qu'elle crie son orgasme. Ce n'est que lorsqu'elle se ramollit que je dépose un dernier baiser sur sa douceur frissonnante et remonte le long de son corps. Mes lèvres se posent sur les siennes alors que nos regards continuent de s'accrocher. Ma langue se glisse à l'intérieur de sa bouche pour danser avec la sienne.

— Tu sens ton goût sur moi ?

Elle acquiesce.

— Je n'en aurai jamais assez de toi. Jamais.

J'aligne ma verge contre son intimité trempée.

Elle est si humide.

Et chaude.

J'ai juste envie de m'enfoncer au plus profond de son corps.

Et d'y rester pour toujours.

Ma place est auprès de cette fille.

Moi, je le comprends, même si ce n'est pas son cas.

C'est ce qui fait le plus mal.

J'ai passé toutes ces années à donner de ma personne tout en gardant les filles à bonne distance.

Jusqu'à elle.

Et à présent que je me suis enfin ouvert et ai permis à quelqu'un d'entrer, elle ne veut pas de moi.

Celui qui a dit *karma is a bitch* savait de quoi il parlait.

Quand elle écarte les jambes, je me glisse à l'intérieur de sa chaleur étroite. Je suis tenté de la baiser jusqu'à plus soif, mais je me retiens, ayant besoin de me contenir.

Ce n'est pas facile. Je serre les dents jusqu'à ce que mes muscles me fassent mal. Jusqu'à ce que mes dents risquent de se briser.

— Ta chatte est si chaude et étroite.

La sensation est géniale. Je dois me forcer à me retirer pour taquiner son intimité, lui offrant juste mon gland.

Ses doigts s'écartent sur mon dos avant que ses ongles acérés s'enfoncent dans ma peau quand elle tente de m'attirer plus près d'elle.

— Colby, je t'en prie.

— Tu en veux plus, ma douce ? Tu as besoin qu'une queue emplisse cette jolie petite chatte ?

— Je t'en prie… Je n'ai jamais rien désiré de plus. Donne-la-moi.

Je pousse un grognement. Ses suppliques me font céder et je la pénètre. Le plaisir est si intense que je manque de tourner de l'œil.

Lentement.

J'ai besoin d'y aller lentement pour faire durer la chose.

Avec des mouvements mesurés, je me retire avant de donner un coup de reins et de glisser à nouveau à l'intérieur de l'étroitesse de son corps. Chaque fois que nos pelvis s'entrechoquent, le plaisir s'accroît, presque trop intense pour les confins de ma peau.

Ce n'est que lorsque ses parois internes se contractent et m'étranglent que je jouis violemment et rugis mon orgasme.

Il est possible que mon gland ait explosé.

Quelques minutes plus tard, on redescend sur terre.

Mon cœur bat un staccato irrégulier contre ma cage thoracique et ça prend du temps pour que ma respiration s'égalise, jusqu'à ce que je n'aie plus l'impression que je viens de courir un marathon.

Ou de faire des allers-retours sur la glace pendant un entraînement de deux heures.

La brume qui s'empare de mon cerveau n'empêche pas le mécontentement de pointer le bout de son nez. Je ne me suis pas retiré et je ne peux m'empêcher de m'attarder sur la possibilité bien réelle que ce soit la dernière fois que je suis enfoncé dans sa douce chaleur.

Ce n'est que lorsque je me ramollis que je roule sur le dos et la prends avec moi.

Un silence lourd, empli de non-dits, pèse dans l'air. C'est comme si on avait tous les deux conscience de la tempête imminente qui se dessine à l'horizon. C'est impossible de la distancer ou de s'en protéger.

On ne peut que se préparer à y faire face quand elle arrivera.

Mais ça ne veut pas dire qu'on ne peut pas repousser la chose jusqu'aux premières lueurs de l'aube à l'horizon.

J'enfonce mon visage dans ses cheveux et inspire profondément son parfum floral dans mes poumons. Si seulement il y avait un moyen de la retenir captive pour le reste de ma vie.

La retenir captive.

— J'espère que tu te rends compte que je n'en ai absolument pas fini avec toi, murmuré-je.

Elle change de position contre moi. Son regard se braque sur le mien.

— C'est peut-être moi qui n'en ai pas fini avec toi.

Mon cœur se serre, souhaitant que ce soit vrai.

On fait l'amour à plusieurs reprises avant de nous endormir dans les bras l'un de l'autre.

Même si j'essaye de me préparer à ce que demain m'apportera et de me prémunir contre la douleur inévitable, je me rends compte que c'est impossible.

Quoi qu'il arrive, ça va faire mal.

31

BRITT

Le soleil resplendissant qui filtre à travers les rideaux diaphanes de ma chambre me tire d'un profond sommeil. Je tourne la tête et regarde l'homme qui ronfle doucement à côté de moi.

Je ne sais pas combien de fois on a couché ensemble la nuit dernière. Assez pour qu'après, je m'endorme rapidement.

Je l'observe avec plus d'attention.

Ses cheveux blonds sont ébouriffés et ses paupières sont fermées. Ses cils qui reposent sur sa peau sont ridiculement épais. Son nez est long, légèrement courbé, comme s'il avait déjà été cassé. C'est ce qui l'empêche d'être extraordinairement beau. Ses pommettes sont acérées et son visage angulaire.

Cet homme est vraiment magnifique ; un véritable plaisir pour les yeux.

Et les femmes de Western aiment le contempler.

Tout ce que je peux dire, c'est que Colby McNichols n'est finalement pas l'homme que je croyais. Il possède une profondeur et des subtilités surprenantes. Encore plus choquant, j'ai apprécié le temps qu'on a passé ensemble.

Je lâche un long soupir, consciente qu'il est impossible de

repousser davantage l'inévitable. Je dois lui révéler mon identité. Hier soir, après que j'en avais enfin invoqué le courage, il m'a fait taire.

Durant toute notre relation, il s'est ouvert à propos de son passé et s'est montré honnête avec moi, me divulguant des détails dont il n'aurait d'ordinaire fait part à personne.

Et j'ai hésité à faire de même.

Je me mordille la lèvre inférieure.

Je ne sais pas comment il réagira à ce que j'ai à dire.

Au lieu de me lover contre lui comme l'ordonnent tous mes instincts, je me glisse hors du lit et parcours la pièce sur la pointe des pieds, ramassant mes vêtements au passage. Une fois habillée, je me glisse dans le couloir.

Le plan est de courir au *coffee shop* à l'angle de la rue et acheter un petit-déjeuner.

Puis on pourra s'asseoir pour avoir enfin une discussion.

Toutes les nuits où Colby est venu chez moi, il a préparé à dîner. Ce n'est peut-être pas luxueux ou élaboré, mais c'est agréable d'avoir un repas prêt quand je rentre. Même lorsque ce sont juste des croques au fromage et de la soupe à la tomate. Il n'y a rien de mieux que de pouvoir se poser pour parler de notre journée. Je peux toujours compter sur lui pour partager des histoires hilarantes sur ses amis et coéquipiers.

Je me rends compte que la routine qu'on a adoptée me manquera si ce mariage temporaire ne fonctionne pas.

Plus que tout, Colby me manquera.

Au lieu de prendre ma veste, j'enfile son sweat-shirt de hockey noir à l'effigie des Western Wildcats. Je ne peux m'empêcher de porter le tissu pelucheux à mes narines et d'inspirer profondément. Mes paupières se referment et mon ventre palpite quand son parfum boisé m'enveloppe dans son confort et sa familiarité.

J'aime son odeur.

Au passage, je prends mon sac et mes clés avant de quitter l'appartement. Au lieu d'attendre l'ascenseur, je pousse la lourde porte métallique qui mène aux escaliers. Ma seule intention est d'aller acheter un petit-déjeuner et de revenir aussi rapidement que possible. Il est impératif pour moi de me confier et de mettre tout à plat. Alors seulement, on pourra discuter de nos projets d'avenir et de la possibilité de continuer. L'idée qu'on puisse avoir un futur en commun est tout aussi excitante que terrifiante.

Mais l'idée de vivre sans lui est encore plus effrayante.

Particulièrement après la nuit dernière et la façon dont il m'a fait l'amour.

Ce n'était pas juste du sexe.

D'une certaine façon, j'ai eu l'impression qu'il essayait d'exprimer avec son corps beaucoup de choses qu'il n'était pas capable d'exprimer par des mots.

Et j'ai ressenti la même chose.

J'avais tant à dire.

Et je n'ai pas pu.

S'il souhaite essayer, alors tout devra changer. Je filmerai la saison suivante, puis je tirerai un trait dessus. J'ai envie d'arrêter le show. Je finirai mes études et je travaillerai sur ma musique.

Ma vie ne m'a jamais paru aussi éloignée de L.A. et de ma famille qu'en cet instant.

Et c'est libérateur.

J'ai la sensation qu'on m'a retiré un poids d'une tonne et que je peux enfin remplir mes poumons d'air frais.

Alors que je pénètre dans le vestibule, mon téléphone sonne, brisant le silence qui s'est abattu sur moi. Le nom de mon père s'affiche sur l'écran. Il n'en faut pas plus pour qu'un frisson d'appréhension me longe l'épine dorsale. C'est presque comme si, en dépit des kilomètres, il pouvait sentir que tout allait changer.

C'est légèrement troublant.

Au lieu de prendre l'appel, je le laisse basculer sur répondeur. Aussi tentée que je sois de lui dire que j'ai fini, j'ai d'abord besoin de discuter du problème avec Colby.

On peut prendre des décisions ensemble.

Comme un couple marié devrait le faire.

Des palpitations d'excitation se réveillent dans mon ventre.

Je replace l'appareil dans la poche du sweat à capuche de Colby avant de franchir la porte pour émerger sous le soleil lumineux. La chaleur est agréable sur mon visage tandis que l'air frais frappe mes joues. Perdue dans mes pensées, je finis par emboutir un corps robuste. Des mains s'enroulent autour de mes biceps afin de me maintenir en place.

— Je suis vraiment...

L'excuse périt sur mes lèvres alors que je lève les yeux et me retrouve confrontée à un visage familier.

— Salut, Bebe.

32

COLBY

Je m'étire et roule sur le côté. Ma main trouve seulement le lit vide et les draps froids.

C'est décevant.

Après la nuit qu'on vient de passer, j'avais seulement envie de m'enfoncer dans la chaleur de Britt.

Je sais qu'on a besoin de parler.

Cela dit...

J'espérais lui faire l'amour une fois de plus avant de nous poser pour discuter et qu'elle me dise que notre relation est finie. Je crois que j'essaye de me rassasier, mais quoi que je fasse, ça ne sera jamais assez.

Finalement, j'en désirerai toujours plus.

Même si je n'ai pas envie d'affronter la journée, je roule hors du lit et force mes pieds à se mettre en mouvement. Elle prépare peut-être quelque chose dans la cuisine.

Une sorte de petit-déjeuner d'adieu.

Aussi troublante que soit cette image, elle me fait sourire. Ce que j'ai appris sur Britt durant la brève période de temps qu'on a passée ensemble, c'est qu'elle ne connaît absolument rien à la cuisine et qu'elle n'a vraiment pas envie d'apprendre.

Et vous savez quoi ?

Ça ne me fait rien.

Je crois que je pourrais l'utiliser comme argument pour qu'elle me garde.

Je freine brusquement.

Merde ! Est-ce à ça que j'en suis réduit ?

Je dois convaincre quelqu'un de me garder ?

Je secoue la tête avant de passer une main à travers mes cheveux ébouriffés.

C'est comme si j'étais entré par surprise dans un univers parallèle. Un univers où absolument rien n'a de sens.

À part lorsque Britt et moi sommes ensemble.

Alors, tout s'emboîte parfaitement.

J'ouvre brusquement un tiroir et sors un caleçon, que je remonte sur mes hanches, me couvrant les cuisses.

Quand elle m'a fait de la place dans sa commode, j'y ai vu un signe positif pour l'avenir.

Maintenant ?

Plus vraiment.

Je regarde autour de moi, à la recherche du sweat-shirt de la veille, mais je ne le trouve pas.

Hum.

C'est étrange.

Pour être honnête, on a jeté nos vêtements partout. Il pourrait être n'importe où.

Je gravite vers le placard et en prends un autre, puis un pantalon de jogging gris. Enfin, j'entre dans le petit couloir et je jette un œil dans la pièce à vivre, la découvrant vide.

Merde !

Elle n'est pas là non plus.

Je fronce les sourcils.

Mais enfin, où peut-elle être ?

Je file vers la fenêtre du salon qui donne sur le parking pour vérifier si je vois sa petite Audi. Elle se gare généralement au même endroit, et elle est toujours là.

Alors... Elle ne m'a pas abandonné.

Ça devrait être réconfortant, or ça ne l'est pas.

Alors que je m'apprête à me retourner pour trouver mon téléphone, mon attention est attirée par un couple qui s'attarde sur le trottoir.

Je plisse les yeux.

Je reconnaîtrais les cheveux caramel de Britt n'importe où.

Et un type bien habillé passe les bras autour d'elle.

Sont-ils en train de s'étreindre ?

Je plaque mon visage contre la vitre pour mieux y voir.

Qui est ce mec ?

Et pourquoi pose-t-il les mains sur ce qui m'appartient ?

Je scanne son visage. Je suis quasiment certain que je n'ai jamais vu ce type sur le campus, mais il a quelque chose d'étrangement familier.

Il n'en faut pas plus pour qu'un poids d'une tonne pèse au creux de mon ventre jusqu'à me donner la nausée.

Particulièrement lorsqu'il la rapproche de lui comme s'ils ne s'étaient pas vus depuis longtemps...

Je me détourne de la fenêtre, enfile des sandales et quitte l'appartement en courant, comme si j'avais le feu aux fesses. Moins de trente secondes s'écoulent entre le moment où je franchis la porte et celui où je sors dans l'air glacial du matin.

— Hé !

Ce mot explose hors de ma bouche avant que je ne puisse l'arrêter. Si notre relation était meilleure, je parviendrais peut-être à me contrôler, mais ce n'est pas possible pour le moment. J'ai juste envie de déchirer ce mec un membre après l'autre.

Ce n'est qu'une fois que ma voix résonne que Britt se débat pour se libérer de son étreinte, avant de se retourner pour me contempler avec de grands yeux. Ses joues deviennent très pâles.

— Colby.

La panique dans sa voix me désarçonne. C'est ce qu'elle m'a caché durant tout ce temps ?

Une autre relation ?

Je fais un effort pour me détourner de Britt et observer le type. Dès que nos regards s'entrechoquent, il se rapproche rapidement d'elle et glisse un bras autour de sa taille comme s'il se l'appropriait.

Mes poings se serrent, mes bras pendant mollement contre moi. Je n'ai jamais été du genre violent, mais ce connard me donne envie de jouer des poings.

Un sourire danse au coin de ses lèvres alors que son regard désintéressé glisse sur moi avant de remonter pour la seconde fois.

— Vraiment, B ? Un Musclor bourré de stéroïdes ? C'est quoi, son sport ? Attends... Laisse-moi deviner... Le foot, ajoute-t-il après un instant de silence.

Je me redresse de toute ma hauteur.

— Le hockey.

J'ai du mal à répondre à travers mes dents serrées.

Je recentre mon attention sur Britt. Elle n'a prononcé que mon nom depuis que je suis arrivé sur les lieux. Garder mon calme me demande tout mon self-control. J'ai peut-être besoin de désamorcer la situation.

Il est encore possible que ce mec soit un membre de sa famille.

Peut-être son frère ?

Un cousin ?

Je libère l'air contenu dans mes poumons et j'essaye de rester calme alors que j'ai simplement envie de l'attirer vers moi.

Et casser la gueule de ce type.

Je fais craquer les muscles de mon cou. De rapides présentations seront peut-être suffisantes pour dissiper ce malentendu.

— Nous ne nous sommes pas rencontrés. Je suis Colby McNichols. Qui...

— *Oh, mon Dieu !* s'écrie une fille à tue-tête. *C'est Axel et Bebe ! Je rêve ? Ils sont vraiment là ? Oh, mon Dieu, oh, mon Dieu, oh, mon Dieu !*

C'est comme si un interrupteur s'allumait. Le mec qui se tient bien trop près de Britt adresse un sourire étincelant aux filles qui ont pilé des quatre fers et le dévorent du regard, la bouche ouverte.

Enfin... Elles ne dévisagent pas que lui. Elles regardent Britt aussi.

Axel et Bebe ?

Qui sont Axel et Bebe ?

Un souvenir taquine les confins reculés de mon cerveau.

Pourquoi ces noms semblent-ils si familiers ?

Je suis quasiment certain de ne connaître personne appelé Axel ou Bebe.

Je passe une main dans mes cheveux alors que d'autres personnes gravitent vers le trottoir. L'attroupement s'agrandit, avant de doubler, puis de quadrupler.

— Je n'arrive pas à croire que ce soit vraiment eux ! s'écrie une autre fille.

Plus étrange encore, elle sanglote.

Des larmes coulent sur son visage.

Que se passe-t-il, putain ?

Ces gens ont-ils perdu la tête ?

— Oh, mon Dieu, j'adore tes cheveux, Bebe !

Bebe ?

Pourquoi appellent-elles Britt ainsi ?

Pourquoi tous ces gens se comportent-ils comme s'ils la connaissaient ?

Et lui ?

Comme s'ils étaient des célébrités ?

Je regarde à nouveau Britt en plissant les paupières. Elle s'est statufiée. Elle est presque collée au trottoir. La panique s'empare de son visage alors qu'elle observe la foule environnante, n'en croyant pas ses yeux.

On est deux…

La fille à côté de moi sort son portable pour filmer le spectacle.

— Vous y croyez ? Bebe était ici depuis tout ce temps !

Bebe ?

Non. Ce n'est pas elle.

Il y a erreur sur la personne.

Ce n'est pas Bebe.

Je cligne des paupières et plisse les yeux.

Pas possible.

Impossible que ce soit la fille sur laquelle tout le monde s'est posé des questions.

Ce n'est pas possible.

Putain, on est mariés !

Je devrais être bien placé pour le savoir.

— Vous êtes fiancés, maintenant ? crie une voix dans la foule.

Axel affiche un sourire travaillé. Ce mec est super faux, tel un morceau de plastique brillant.

— Tu devras regarder l'émission pour le savoir.

C'est alors que je suis frappé par la révélation qui vide mes poumons d'air, m'empêchant de respirer.

Bebe est... Britt.

Ou c'est peut-être le contraire.

Je n'en ai aucune idée.

Je suis complètement perdu.

Un rire bouillonne dans ma gorge.

Puis un cri perçant me ramène sur Terre avec un bruit sourd douloureux. La fille à côté de moi est en train de faire une crise.

— Elle est là ! Non, je suis sérieuse ! Regarde la photo que je viens de t'envoyer.

Le brouhaha des conversations continue de s'accroître alors que plein de voitures pénètrent dans le parking et freinent avec des crissements de pneus.

Tous ces petits indices qui n'avaient aucun sens jusqu'ici s'emboîtent à présent, me faisant me demander pourquoi je n'ai pas tout compris avant.

La guitare.

Sa réticence à parler de sa famille.

Le peu de détails qu'elle a livrés sur son passé.

Sa voix familière.

Son refus de prendre des photos au resto avec mes parents.

Sans parler de son absence de profils en ligne.

Je suis un idiot.

J'ai passé les quatre dernières années à me protéger, moi et mon cœur, pour qu'on ne me manipule plus, et c'est exactement ce qui s'est passé. Des vagues de colère s'abattent sur moi jusqu'à ce que ma vision soit obscurcie par un épais voile rouge. Gardant le silence, je fulmine. Nos regards se croisent.

Alors seulement, je lève la voix, m'assurant que tous ceux qui se trouvent à une trentaine de mètres de nous puissent entendre ce que je m'apprête à dire.

— C'est peut-être le bon moment pour dire à ton copain que tu as déjà un mari.

Les yeux écarquillés, elle en reste bouche bée.

D'autres personnes sortent leurs mobiles pour prendre des photos.

— Colby.

Mon nom me donne l'impression de sortir de sa bouche dans un étranglement.

Pour la première fois depuis que je les ai découverts ensemble, le connard qui la flanque n'a plus l'air aussi suffisant.

Mission accomplie.

Sa langue sort humecter ses lèvres. Au lieu d'attendre une réponse, je tourne les talons et retourne rapidement dans l'immeuble, loin de ce cirque qui ne cesse de croître.

J'ai beau avoir envie de frapper ce type qui ose poser les mains sur ce qui m'appartient, je me retiens.

Je me rends compte que Britt ne m'appartient pas.

Elle ne m'a jamais appartenu.

33

BRITT

— **B**ebe ! Tu es vraiment mariée à Colby McNichols ? crie une fille.

La foule grandissante hurle d'autres questions.

— Et Axel ? Tu l'as trompé ?

— De qui es-tu amoureuse ? D'Axel ou de Colby ?

— Et pour l'émission ?

— Comment s'est passée la cure ?

— Quand vas-tu repartir pour L.A. ?

Le bourdonnement des voix vibre dans mes oreilles jusqu'à ce que je sois tentée de coller les mains dessus et de serrer fort les paupières pour oublier tout le reste. Au lieu de cela, j'étire le cou et cherche Colby parmi la foule des spectateurs. Mon cœur se serre dans ma poitrine quand je ne le trouve pas.

La douleur et la confusion écrites sur son visage étaient palpables.

Je m'en veux de lui avoir causé ne serait-ce qu'une seconde de chagrin.

Je n'ai jamais eu l'intention de lui faire du mal, mais c'est exactement ce qui s'est passé.

Un nœud me serre le ventre. Je dois le retrouver et expliquer pourquoi j'ai tenu mon identité secrète. Hier soir, j'aurais dû insister davantage pour avoir une conversation. Peut-être qu'alors, tout ceci ne serait pas arrivé.

J'ai peur qu'il n'écoute pas ce que j'ai à dire.

Ignorant les questions qu'on me lance, je me tourne vers Axel.

— Je ne peux pas faire ça avec toi pour le moment. On parlera plus tard.

Avant que je ne puisse m'échapper, il me serre plus fort la taille pour me maintenir en place.

— Si tu ne t'étais pas enfuie et que tu n'avais pas ignoré mes appels, rien de tout ceci ne serait arrivé, marmonne-t-il entre ses dents serrées juste assez fort pour que je l'entende. Maintenant, souris pour les caméras. Il est temps qu'on reprenne le devant de la scène.

— Lâche-moi, grondé-je en le repoussant de quelques pas.

Je me fiche de la centaine de téléphones portables qui sont brandis pour enregistrer le moindre de nos mouvements. Quand sa prise se desserre, je m'enfuis, me frayant un passage à travers la foule épaisse. Les gens tendent les bras pour essayer de m'attraper et ils continuent de me crier des questions tandis que je bats en retraite. Ça suffit pour me faire hyperventiler.

Ce n'est qu'après avoir été libérée des foules frénétiques pendant plus de six mois que je comprends brutalement à quel point je les déteste et à quel point elles me rendent claustrophobe.

Avec une main tremblante, je pianote le code et me glisse à l'intérieur du vestibule. La porte se referme en claquant derrière moi. Les gens se collent à la vitre, essayant de trouver comment entrer. Un autre résident leur accordera vite l'accès, mais ça devrait me donner assez d'avance pour atteindre l'appartement. Au lieu de prendre l'ascenseur, je cours vers la porte de métal et m'engouffre dans les escaliers en béton qui mènent au deuxième étage. Une fois parvenue sur le palier, je bondis dans le couloir et découvre plusieurs personnes qui traînent et discutent ensemble.

Alors seulement, je me rends compte que je ne porte pas de

casquette de baseball. Après Vegas, je suis devenue plus négligente et je me sentais en sécurité sans elle sur le campus.

— Il se passe quelque chose sur le parking.

— Mon amie vient de me dire que Bebe et Axel sont dehors, s'écrie une fille. Allons-y !

Je baisse la tête et garde les yeux braqués sur la fine moquette alors que les gens me croisent rapidement tout en échangeant des paroles excitées.

C'est un cauchemar.

J'accélère le pas, ayant seulement envie d'atteindre la sécurité de mon appartement avant que tout se déchaîne.

C'est un soulagement quand j'atteins la porte et glisse la clé dans la serrure avant de me précipiter à l'intérieur. Après l'avoir claquée, je m'écroule contre le bois épais. Mes genoux se ramollissent. Je peine à rester debout. Depuis que j'ai commencé les cours à l'automne, ça a été ma plus grande peur.

Et maintenant, tout se concrétise.

Mon identité a été divulguée.

Tout le monde sait que je suis ici.

— Colby !

J'attends pendant quelques instants, mais il n'y a pas de réponse.

Je croirais presque que je suis seule, pourtant la tension suffocante qui alourdit l'atmosphère me dit le contraire.

Il est là.

Dans le silence absolu, je sens la vibration de sa douleur et de sa colère.

Je m'écarte de la porte et file vers la chambre, avant de freiner brusquement devant la scène qui se déroule sous mes yeux. Son sac est ouvert par terre. Il ouvre violemment le tiroir et récupère ses chaussettes et ses sous-vêtements, qu'il laisse tomber dans le sac.

— Quand allais-tu me dire qui tu étais, *Bebe* ?

La façon dont il crache mon nom ressemble plus à une accusation.

Et je ne peux pas le lui reprocher.

J'ai fait des efforts extraordinaires pour lui dissimuler la vérité.

Pour la dissimuler à tout le monde.

Je me force à rejoindre le lit avant de me poser sur le matelas. Ma langue sort humecter mes lèvres desséchées alors que je me tords les mains.

À présent qu'on est seuls, je ne sais pas quoi dire.

Ni comment remédier à la situation.

Mais je dois trouver quelque chose. Sans quoi, il sortira de ma vie sans un seul regard en arrière.

— Je suis vraiment désolée, murmuré-je alors que mon cœur bat douloureusement dans ma poitrine. Rien de tout cela n'était censé se produire. J'avais besoin de faire un break. De prendre le temps de réfléchir à toute cette situation.

Son expression demeure impénétrable. Il jette un coup d'œil par la fenêtre.

— Apparemment, ta petite pause est finie. Ton public adorateur t'attend.

Je serre fort les paupières avant de me forcer à les rouvrir. J'ai peut-être été capable d'oublier ma vie à L.A., mais je ne peux pas faire pareil avec Colby.

En quelques semaines seulement, il est devenu important pour moi.

— Est-ce qu'on peut en parler ?

Il pousse un ricanement sans humour.

— Ça me semble un peu tard pour ça, tu ne penses pas ? Ton copain est là. Celui qui a fait sa demande à la télévision nationale. Celui dont tu as oublié de mentionner l'existence.

— Ce n'est pas mon copain, murmuré-je en essayant de contenir la panique dans ma voix.

Quand il hausse un sourcil, son regard transperce le mien et la chaleur s'empare de mes joues.

— Pas vraiment, marmonné-je. C'était juste pour l'émission.

Il pince les lèvres en hochant sèchement la tête.

— Eh bien, c'est parfait.

— Non, absolument pas. Rien dans ma vie n'est parfait.

Mon cœur bat douloureusement contre ma cage thoracique.

— La seule fois où j'ai vraiment l'impression d'être moi-même, c'est quand je suis avec toi.

Il incline la tête. La froideur qui remplit ses iris bleus suffit à glacer le sang qui se précipite dans mes veines.

— Et de qui parles-tu, exactement ? De Bebe, la star de télé-réalité ? Ou de Britt, l'étudiante de fac que j'ai épousée à Vegas ? Celle qui chante en secret ? Celle qui refuse de partager avec moi la moindre information ? Parce que, pour être honnête, j'ignore complètement qui tu es véritablement.

Des larmes me montent aux yeux. Ses mots me fendent le cœur, me donnant l'impression qu'on vient de m'éviscérer.

— J'ai essayé de t'en parler hier soir.

— Tu aurais dû insister, réplique-t-il. Ou peut-être que tu aurais dû mentionner il y a des semaines que tu vivais un mensonge.

— Tu as raison.

Je me redresse avant de me rapprocher.

— J'avais peur. J'avais peur de ta réaction et de ce qui se passerait si les gens découvraient que j'étais ici.

Une lueur d'émotion pétille dans ses yeux, et les lignes dures qui encadrent ses lèvres s'adoucissent.

Voir que j'ai enfin dit quelque chose qui résonne en lui fait croître une graine d'espoir dans ma poitrine.

Peine perdue, il referme son sac et le cale sur son épaule.

— J'ai partagé avec toi des choses dont je n'avais encore jamais parlé à personne parce que je te faisais confiance. Ça aurait été gentil de m'accorder aussi le bénéfice du doute.

Dès que j'ouvre la bouche pour lui dire que j'en avais envie, il passe devant moi d'un pas rapide, en route vers la porte. Il s'immobilise maladroitement sur le seuil, mais ne se tourne pas pour croiser mon regard.

Ses épaules s'affaissent.

— Ce n'est pas un au revoir.

Une émotion épaisse envahit ma voix.

— Tu en es certain ?

— J'ai besoin de temps pour décider s'il est possible pour nous d'avancer.

— Prends autant de temps que tu veux. Quand tu seras prêt, je serai là, à t'attendre. Pour ce que ça vaut, je suis vraiment désolée.

Il laisse tomber son sac par terre avant de tourner les talons et de parcourir la distance qui nous sépare. Une fois près de moi, il me prend dans ses bras. Ses lèvres s'écrasent sur les miennes et je m'ouvre afin que nos langues ne fassent plus qu'une. Si seulement il était aussi facile pour nous de faire pareil !

Alors que je m'abandonne à cette étreinte, il me libère et bat en retraite d'un pas rapide. Même s'il n'est pas à plus de trente centimètres de moi, il ne m'a jamais paru plus hors d'atteinte.

En essayant de me protéger, moi et mon identité, j'ai fait du mal à la personne pour laquelle j'ai fini par avoir des sentiments. Je ferais n'importe quoi pour revenir en arrière et prendre d'autres décisions.

De meilleures décisions.

— Je t'aime, murmuré-je, ayant besoin qu'il comprenne ce que j'ai dans le cœur.

Ses yeux bleu clair s'embuent alors qu'il hoche sèchement la tête et se détourne. Des larmes brûlent mes yeux quand la porte de l'appartement se referme avec un léger cliquetis.

Le silence s'abat sur moi, et je réalise que même après avoir quitté ma vie à L.A. et tourné la page sur tout ce qui était familier, je ne me suis jamais sentie aussi seule qu'en ce moment.

34

———

COLBY

Les dernières vingt-quatre heures tournent dans ma tête sans que rien ne puisse les arrêter.

Après avoir quitté l'appartement de Britt dimanche matin, je suis retourné chez moi. Quelque part, j'avais réussi à me convaincre que les projecteurs brilleraient sur Britt – *ou Bebe* – et que je n'aurais pas à craindre la moindre répercussion.

Ah !

Ça prouve que je suis un véritable idiot.

La nouvelle s'est répandue sur le campus comme une traînée de poudre. Le temps que je m'arrête devant la maison, mon téléphone débordait de messages.

Tu es vraiment marié à Bebe ?

Tu savais qui elle était avant de l'épouser ?

Tu vas déménager à Los Angeles ?

Je ne sais pas ce qui m'a pris de révéler notre relation devant la foule. Si j'avais eu les idées claires, j'aurais quitté les lieux en fermant ma grande gueule.

Malheureusement, on y voit mieux avec le recul et c'est trop tard pour ça.

Le mal est fait.

Moins de deux heures plus tard, mes parents ont appelé pour me demander si j'allais bien. Ça a été horrible d'admettre que je n'étais pas plus avancé que les autres sur son identité.

Papa m'a dit de ne pas m'inquiéter. Il a déjà contacté son avocat pour enclencher la procédure de divorce. La situation a beau être différente de celle du lycée, je pense simplement que notre nom va être sali. Des sites de ragots vont s'emparer de l'histoire et la propager.

Ils vont traîner mon mariage dans la boue.

Je déteste causer le moindre embarras à mes parents.

J'ai toujours fait de mon mieux pour être irréprochable et ne pas m'attirer de problèmes.

Maintenant, je passe pour un athlète irresponsable qui s'est marié à une star de la télé-réalité durant un week-end de beuverie à Vegas.

Comme c'est cliché !

Ce n'est que lorsqu'un coup de sifflet aigu remplit l'air que je suis arraché à l'enchevêtrement épineux de mes pensées tandis que les joueurs se mettent en mouvement.

Tout le monde sauf moi.

Merde.

Madden réceptionne le palet, qu'il passe à Ford. Celui-ci s'élance, ses lames s'enfonçant dans la glace.

— Bouge-toi le cul, McNichols, hurle l'entraîneur depuis les bancs.

Il y a un changement près de la ligne de but, et Maverick chipe le disque en caoutchouc, franchissant la ligne rouge centrale avant de l'envoyer à Hayes. Je reste à sa hauteur, attendant une passe.

Quand je détourne les yeux, je me fais heurter par le flanc et vais m'écraser contre les panneaux. Mes poumons se vident alors que je lutte pour trouver mon équilibre avant de me laisser tomber sur la glace.

Pendant une seconde ou deux, je reste étendu, essayant de reprendre ma respiration. J'ai l'impression que mes poumons sont comprimés dans un étau.

Les paupières plissées, je lève la tête et vois que Garret Akeman, un défenseur de seconde ligne, baisse les yeux vers moi avec un sourire suffisant.

Quel connard !

Et si j'étais en mesure de parler, c'est exactement ce que je dirais.

— Si tu n'entres pas chez les pros, ta *bobonne* te proposera peut-être un rôle phare dans son émission de télé-réalité de merde.

La rage me frappe avec la puissance d'un train de marchandises. En toute honnêteté, ça a bouillonné depuis que j'ai découvert la vérité. J'ai été capable de tout enfouir pour mariner en secret.

La dernière chose que je veux, c'est que cette situation de merde empire.

Sauf que... Ce coup annihile le contrôle ténu auquel je me suis raccroché.

Même si mon corps hurle de douleur, je me redresse sur mes patins alors que Riggs, Hayes, Maverick et Bridger viennent me retrouver.

La tension s'accroît dans l'air glacial de la patinoire.

— Qu'est-ce que tu as dit, Ducon ? soufflé-je.

Garret affiche un air goguenard.

— Pour paraphraser, je dis que tu es nul au hockey, mais que Bebe te filera peut-être un boulot. Tu pourrais peut-être jouer son gigolo dans son émission.

Un voile rouge obscurcit ma vision alors que je me rapproche de lui.

— Tu ne sais pas de quoi tu parles et ne t'avise pas de prononcer le nom de Britt !

Les yeux pétillant de malfaisance, Garret relève le menton.

— Ou bien quoi, McNichols ? Qu'est-ce que tu vas faire ?

Cette pique ne me fait pas tressaillir. Pire ! Je me jette sur lui. Mon poing ganté s'abat sur son casque avant qu'on ne s'écrase sur la glace en un enchevêtrement de membres. Il s'abat sur la surface avec un grognement.

Je ne peux pas dire que le son n'est pas satisfaisant.

Je n'ai jamais été du genre à amorcer les conflits, mais je vais mettre un terme à celui-ci.

Il décoche un coup de poing qui fait basculer ma tête en arrière, puis on roule à plusieurs reprises avant que je finisse au-dessus de lui. C'est là qu'il jette ses gants sur la glace avant d'essayer de m'arracher mon casque.

Je rage alors que des mains se tendent pour m'écarter de lui. J'ai juste envie d'arracher tous les membres de Garret Akeman. Je regimbe et lutte contre les bras qui se referment autour de moi, m'entraînant loin de mon coéquipier qui est toujours étendu sur la glace.

— Calme-toi, siffle Bridger dans mon oreille.

— Putain, marmonne Hayes assez fort pour que je l'entende.

— McNichols ! hurle l'entraîneur depuis les bancs, sa voix profonde résonnant dans l'espace caverneux. Quitte ma glace le temps de te calmer !

Laissant juste filtrer ma propre respiration torturée, une chape d'un silence pesant s'abat sur la patinoire.

— Merde... Tu as vraiment cassé la gueule à ce con, cette fois, marmonne Bridger en secouant la tête.

Garret me fusille du regard alors que quelques coéquipiers l'aident à se redresser. Avec un froncement de sourcils, il essuie une traînée de sang.

— Tu es qu'un mec médiocre qui ne serait rien sans son père, gronde-t-il.

Quand je me précipite en avant pour la seconde fois, Hayes et Bridger se font plus fermes et me traînent loin de lui.

— Va te calmer dans les vestiaires, McNichols !

— Pourquoi écoutes-tu un seul mot de ce qu'Akeman a à dire ? grommelle Hayes. C'est lui qui n'a aucun talent. Pas toi.

— Va te faire foutre, Van Doren ! Tu es juste une merde qui ne serait pas là sans ta bourse d'études !

Hayes me fusille du regard en retroussant la lèvre.

— C'est celui qui le dit qui l'est, connard.

Soixante bonnes secondes s'écoulent avant que le voile qui obscurcit ma vision ne commence à se dissiper. Alors seulement, je regarde autour de moi et découvre que tout le monde me scrute.

Y compris les entraîneurs.

Mes muscles perdent leur rigidité tandis que les vestiges de ma rage s'évanouissent, m'achevant.

— Ça va ? demande Bridger.

— Oui, dis-je avec un grognement embarrassé.

Il me tapote l'épaule.

— Tu ferais mieux de te bouger le cul avant de te prendre une autre raclée.

Merde...

Je prends ma crosse et me force à patiner vers les bancs où sont assis les entraîneurs, avant de piler net devant Reed Philips. Lire la déception dans son regard me fait mal.

— Va te calmer et te reprendre.

— Désolé, coach. Ça ne se reproduira pas.

Je n'attends pas sa réponse.

Que va-t-il dire ?

Que tout va bien ?

On sait tous les deux que ce n'est pas le cas. Je n'aurais pas dû me comporter comme un ado colérique. Ce n'est pas moi. À présent que j'ai eu le temps de réfléchir, j'ai honte de mon comportement. Garret Akeman a une grande gueule et normalement, je laisse ses insultes glisser sur moi sans me laisser atteindre. Parfois, je les lui rends.

Mais je ne perds jamais le contrôle.

Jamais.

Ça ne fait que confirmer le fait que la situation avec Britt me ronge douloureusement le cerveau.

Je pénètre violemment dans les vestiaires et laisse tomber ma crosse dans le portant, avant de défaire ma mentonnière pour m'arracher le casque. Puis je me laisse tomber sur le banc et passe mes mains dans mes cheveux couverts de sueur.

Mon cœur bat contre ma cage thoracique alors que l'adrénaline quitte mon corps. Dans le silence du vestiaire, j'ai trop conscience des pensées qui tourbillonnent dans mon cerveau.

J'ai besoin de me retirer toute cette merde. Je délace mes patins, que je lance dans mon casier. Viennent ensuite le maillot d'entraînement et les protections d'épaules et de coudes. Puis les chaussettes, les protège-tibias et le pantalon. Une fois qu'il ne me reste plus que ma coquille de protection, je farfouille dans mon casier et en extrais mon téléphone.

Je déverrouille l'écran et compose le numéro de téléphone de Maman.

Elle décroche à la deuxième sonnerie.

— Hé, mon chéri. Comment ça va ?

Il y a un silence.

— Tu n'es pas censé être à l'entraînement ?

Pris dans la tourmente de mes émotions, je me laisse tomber sur le banc. Ça fait longtemps que je ne me suis pas senti aussi dépassé. Je déteste me sentir paralysé.

— Oui.

Ce simple mot suffit à lui faire comprendre qu'il y a eu un boule-versement dans la force.

Elle dit quelque chose à mes frères et j'entends que la porte se referme doucement. J'imagine qu'elle vient de s'enfermer dans le bureau de Papa.

— Dis-moi ce qui s'est passé, Colby.

— J'ai un peu perdu le contrôle pendant l'entraînement, avoué-je alors que mes épaules s'affaissent.

— Perdu le contrôle ?

Si je déteste décevoir l'entraîneur, c'est encore pire avec mes parents. Mais je refuse de mentir ou de cacher la vérité. Ce n'est pas le genre de relation qu'on entretient. Ils ont toujours été mes plus grands fans. Même quand je déconne. Ils sont là pour me relever et me pousser à avancer.

— Je me suis pris le chou avec Garret Akeman sur la glace.

— Comment ça ?

Je me passe une main sur le visage et regarde le chat sauvage orange et noir peint au-dessus des casiers.

— Des conneries, marmonné-je.

— Allons, ça ne peut pas être si stupide que ça si ça t'a autant contrarié.

Elle me connaît bien. C'est la raison pour laquelle je l'ai appelée.

Quand j'ai trop de problèmes dans la tête pour me dépatouiller tout seul, c'est la première vers qui je me tourne.

Elle est mon assistante personnalisée.

Ma bouée de sauvetage.

À chaque fois.

Je ferme les paupières.

— C'était à propos de Britt.

— Ah.

— Tout ce qui s'est passé m'a déstabilisé.

— C'est compréhensible, Colby. N'importe qui ressentirait la même chose dans ces circonstances. Ça va te prendre un peu de temps.

— Je croyais que je la connaissais.

Très bien, ce n'est peut-être pas entièrement vrai. Je pouvais sentir dès le début qu'elle cachait quelque chose. Je n'aurais jamais imaginé quelque chose de cette ampleur.

— Ça aurait été plus facile à gérer si elle m'avait dit la vérité dès le début.

— Eh bien… J'imagine qu'elle avait besoin de temps pour être en confiance avant de révéler qui elle était vraiment.

— Je pense, oui.

Cette affirmation n'empêche pas la douleur de m'envahir.

— Vous avez discuté de ce que vous voulez faire ?

Je cale mes coudes sur mes genoux avant de baisser la tête.

— Non.

— Tu as besoin de décider si tu es prêt à te détourner de cette relation et à y mettre un terme.

Mon cœur s'emballe à cette pensée.

— Je ne me suis jamais senti aussi perdu et déchiré.

— Je sais, mon chéri. Britt est la première fille que tu nous as présentée depuis le lycée. Tu ne l'aurais pas fait si tu n'avais pas eu des sentiments forts pour elle.

Elle ne se trompe pas. Cela dit…

— Ma confiance a été brisée et je ne sais pas si elle pourra être réparée.

— Parce qu'elle ne t'a pas dit qui elle était dès le début ?

— Oui, marmonné-je.

— Visiblement, elle avait de bonnes raisons d'être prudente. Regarde ce qui s'est passé en juste vingt-quatre heures.

Quand je ne réponds pas, elle continue.

— Le seul conseil que je puisse te donner, c'est de t'interroger sur ton futur et la personne avec qui tu as envie de le partager.

— Merci, Maman. Tu as raison.

— Je suis là pour toi.

— Je t'aime.

— Moi aussi, Colby.

Une fois que j'ai raccroché, le silence du vestiaire pèse sur moi tandis que notre conversation tourbillonne dans mon cerveau.

Maman a raison.

Ce qui compte, c'est ce que je veux faire de mon avenir.

35

BRITT

Le ventre noué, j'arpente la petite salle à manger. J'ai beau m'être attendue à ce qu'on toque à la porte, le son suffit à me faire sursauter.

J'ai simplement envie qu'on en finisse.

Après avoir essuyé mes paumes sur mon jean, je me force à ouvrir la porte. Je découvre Axel, qui patiente de l'autre côté. Il est habillé un peu comme lorsque je l'avais aperçu à Las Vegas, prêt à sortir en boîte. Il arbore un pantalon noir et une chemise couleur lavande qui dévoile la moitié de son torse. Un blouson en cuir noir est posé sur ses épaules, et ses mocassins en crocodile préférés parachèvent son look. Je suis certaine que son styliste a conçu cet ensemble avant son départ.

— Salut. Merci d'être passé.

— Allons, ce n'est pas comme si j'allais retourner à L.A. sans t'avoir parlé. Je n'ai pas fait le voyage jusqu'ici pour que tu m'ignores, B.

J'entrevois déjà la direction que va prendre la conversation.

Il me frôle au passage avant que je puisse l'inviter à entrer et se laisse tomber sur le canapé comme s'il était chez lui. L'air désintéressé, il observe l'intérieur de l'appartement.

— Alors... C'est ici que tu te dissimules depuis tout ce temps, hein ?

Il retrousse la lèvre.

— Je pensais que tu étais au Costa Rica ou à Paris. Peut-être dans un spa dans le désert de Sonora.

Il désigne l'espace d'une main manucurée.

— Pas dans une ville universitaire pourrie.

Je devrais le remercier de me rappeler qui il est vraiment quand il n'est pas en train de se donner en spectacle et d'essayer d'épater le public. Ça va nous faciliter la conversation.

Je gravite vers le fauteuil en face de lui et tente de paraître aussi nonchalante que lui.

— Désolée de te décevoir.

Il hausse les épaules comme s'il s'en fichait complètement.

— Écoute, ma belle. Tu es libre de faire ce que tu veux, mais je mets le holà quand ça m'affecte, moi ou ma carrière. Et maintenant, je suis impliqué dans tes conneries.

Je ne peux que cligner des paupières.

Je ne m'attendais certainement pas à ce qu'il dise une chose pareille.

Il redresse l'échine, puis se penche en avant. Son regard glacial reste braqué sur le mien.

— Tu as passé suffisamment de mois dans ce taudis à essayer de te trouver. Et nous avons tous été patients. À présent, il est temps de boucler tes bagages pour revenir à la réalité.

Il hausse un sourcil.

— Tu te souviens de ce que c'est, n'est-ce pas ? C'est l'émission qui paye nos factures.

Ma bouche se dessèche alors que je pose la question qui me ronge depuis des années.

— Et si ce n'est plus ce que je veux ?

Pour la première fois depuis qu'il a débarqué dans l'appartement, une hilarité sincère illumine ses traits.

— Épargne-moi ce couplet, B, dit-il en écartant les bras. Regarde bien autour de toi. C'est ça que tu veux ? Cette... *banalité* ?

Il crache ce dernier mot comme si c'était une injure.

Je contemple l'appartement. Toutes les petites touches que j'y ai ajoutées au fil des mois en ont fait un foyer. Il fait peut-être moins de soixante-cinq mètres carrés, mais c'est devenu un refuge.

Je peux prendre ma guitare dans le coin chaque fois que je veux pour travailler sur une chanson. Je peux le faire parce que quelque chose que je n'ai pas ressenti depuis des années palpite dans mes veines.

La créativité.

Le besoin viscéral de prendre du papier et un crayon pour noter des paroles et des notes de musique.

Je ne peux nier que mon petit appartement est très différent de la propriété de location de sept cent cinquante mètres carrés que Maman a trouvée à Hollywood Hills, où l'on filme quasiment vingt-quatre heures sur vingt-quatre. Je parviens à peine à aller me planquer dans la salle de bains sans que des caméras tentent de me suivre.

La perspective de reprendre cette vie me provoque un frisson d'appréhension.

Je ne veux pas quitter les amies que je me suis faites. Juliette, Carina, Stella, Viola et Fallyn se sont toutes montrées très accueillantes et amicales. Et puis il y a Ava. Quelqu'un que j'apprends toujours à connaître. Mais je crois qu'avec suffisamment de temps, on pourra devenir proches.

Aucune de ces filles ne ressemble à celles que j'ai rencontrées à L.A.

Elles ne me sourient pas en face avant de me poignarder dans le dos à la seconde où je me tourne. Elles ne déblatèrent pas ou n'essayent pas de me détruire parce que leurs carrières n'ont pas décollé autant que la mienne.

— Oui, c'est ce que je veux.

Ses yeux bleu pâle brûlent de colère alors que ses faux-semblants à peine voilés se dissipent.

— Eh bien, c'est dommage. Tu n'as pas le choix. Fais-moi plaisir et boucle tes putains de bagages.

Il désigne la chambre d'un geste avant de regarder la Rolex en argent à son poignet gauche.

— Je veux qu'on soit en route pour l'aéroport dans une heure.

Mon cœur bat plus vite, et je croise les bras.

— Non, je ne pars pas.

Son expression se durcit.

— Pardon ?

— J'ai dit que je ne vais pas partir. J'ai commencé des modules pour le semestre et c'est important que je les finisse.

Je déglutis et essaye de calmer ma nervosité.

— Si mes parents et mes frères et sœurs ont envie de continuer l'émission, ils peuvent le faire sans moi. J'en ai terminé.

Je suis prête pour le changement.

Même si les gens dans ma vie ne le sont pas.

— On sait tous les deux que ta putain de famille n'est pas capable de tenir cette émission, lâche-t-il avec un rire moqueur.

— Cheyenne sait chanter et jouer. Elle n'aura aucun mal à prendre ma place et elle sera ravie de le faire.

Au fil des années, être reléguée en deuxième position a rendu ma sœur amère. Confinée dans l'ombre. On ne peut pas nier qu'en mon absence, elle s'est épanouie.

Axel lève les yeux au ciel.

— Son seul atout est une jolie paire de seins.

Je me redresse d'un bond, me rendant compte que je tremble des pieds à la tête.

— Il est temps que tu t'en ailles.

Il se redresse, avant de faire un pas menaçant dans ma direction.

— Je ne le ferai que si tu viens avec moi.

Quand il se rapproche, un tourbillon de nervosité explose au creux de mon ventre.

— Tu sais quoi, bébé ? Je me fiche de devoir te traîner hors d'ici par les cheveux. On va monter dans cet avion et nous casser d'ici. Tu es complètement folle si tu crois que je vais perdre ma carrière à cause d'une connasse ingrate qui ne veut plus de la célébrité et de la fortune que j'ai contribué à construire.

— Tu n'as rien construit du tout.

Je secoue la tête et désigne ma poitrine.

— C'est *moi*.

Je n'arrive plus à respirer alors qu'il serre les dents. Les muscles de sa mâchoire se contractent, et il se jette en avant.

— Touche à un seul de ses cheveux et je t'enterre.

Sur des jambes tremblantes, je me tourne vers Colby et sens le soulagement bouillonner en moi.

Axel fusille du regard le hockeyeur musclé.

— Je ne sais pas comment tu es arrivé ici, mais tu nous ferais une faveur à tous les deux si tu te cassais. Cette conversation ne te concerne pas, connard.

Colby se rapproche à grandes enjambées, enroule un bras autour de ma taille et me serre contre lui. L'odeur boisée de son eau de Cologne fait l'impossible et apaise tout ce qui fait rage en moi.

Il n'en faut pas plus pour que mes genoux faiblissent alors que je me plaque contre sa force réconfortante.

— C'est là où tu te trompes. Britt est mon épouse. Tout ce qui la concerne me regarde.

Axel me contemple en plissant les yeux. Je discerne enfin la haine qui brûle dans ses profondeurs bleu pâle. Quelque part, j'ai toujours perçu ses véritables sentiments. Alors seulement, je comprends qu'en interrompant notre pseudo-relation, je l'ai échappé belle.

Il n'a jamais eu de sentiments pour moi.

C'était juste pour l'émission.

— Tu vas vraiment jeter à la poubelle tout ce qu'on a construit pendant toutes ces années pour un inconnu ?

Mon regard reste braqué sur celui de Colby.

— Cet homme ne pourra jamais être un inconnu. C'est mon mari.

Je marque une seconde de silence.

— Et je l'aime.

Ses bras se resserrent, me collant à lui.

Je me redresse de toute ma hauteur. Ce serait très facile de me cacher derrière Colby et lui permettre de mener ce combat pour moi, mais c'est quelque chose que j'ai besoin de gérer toute seule.

C'est important que je mette un terme à tout cela tout de suite.

— On n'a plus rien à se dire. En ce qui me concerne, on n'a plus aucune raison de se reparler. Tu dois partir.

Il braque un doigt dans ma direction.

— Je m'assurerai que tu regrettes ta décision. Tu m'entends ?

Sa voix gagne en intensité avec chaque mot alors que de la salive vole hors de sa bouche.

— Tu ne travailleras plus jamais. Ta pathétique carrière misérable est terminée !

Je ravale la peur qui se concentre au creux de mon ventre. Axel souhaiterait posséder le pouvoir qui découle de ce genre de menaces, mais il ne l'a pas.

— Sors d'ici.

Quand il ne bouge pas, Colby gronde :

— Tu as entendu ma femme. Casse-toi de notre appartement et ne reviens plus jamais.

Les pommettes acérées d'Axel se colorent. Même si c'est évident qu'il a envie de protester, il file hors de la pièce à vivre et émerge dans le couloir avant, de claquer la porte derrière lui. Le bois épais tremble sur ses gonds. Un silence assourdissant s'abat sur nous.

La main de Colby se pose sur mes épaules, puis il me fait pivoter.

— Ça va ?

Il fronce les sourcils tout en examinant mon visage.

— Il t'a fait du mal ?

— Non, il ne m'a pas touchée.

Mais il l'aurait fait.

Il aurait utilisé la force si c'était devenu nécessaire. Je l'ai vu dans ses yeux et j'ai entendu la menace de la violence qui colorait sa voix.

Un frisson dévale mon dos alors que je pousse un soupir tremblant.

Je connais Axel depuis des années et je l'ai vu se mettre en rogne sur les producteurs et d'autres personnes qu'il a jugées inférieures à lui, mais sa colère n'a jamais été dirigée contre moi, parce que j'ai toujours joué mon rôle et j'ai fait ce que j'étais censée faire.

Jusqu'à maintenant.

Colby me plaque contre sa poitrine, et mes sens se retrouvent inondés par son odeur. Ça suffit à apaiser tout ce qui vibre à l'intérieur de moi.

Même si c'est la dernière chose que j'ai envie de faire, je m'écarte suffisamment pour soutenir son regard ferme.

— Comment es-tu entré ?

Il retire un petit objet métallique de la poche de son jean.

— J'ai toujours ma clé.

L'émotion me remonte dans la gorge.

— Tu es revenu pour me la rendre ?

Il scrute mes yeux pendant un long moment douloureux. Un moment qui me met tant les nerfs à vif que j'ai l'impression qu'ils pourraient se briser.

— Non, je suis revenu parce que j'avais envie qu'on discute. Je t'ai dit hier que j'avais besoin de temps et d'espace pour digérer tout ce qui s'est passé.

Je souffle profondément, soulagée qu'il souhaite entendre ce que j'ai à dire.

Incapable de résister à l'envie de le toucher, je lève la main pour saisir sa joue mangée par la barbe.

— Je suis vraiment désolée. J'aurais dû être honnête quant à mon identité. Ce n'est peut-être pas quelque chose que j'aurais fait sur-le-champ, mais j'aurais dû le faire plus tôt pour éviter que le monde entier ne le découvre en même temps que toi.

— Moi aussi, j'aurais aimé que les choses se passent différemment. Après m'être mis à ta place, je comprends pourquoi tu as gardé le secret.

Sa voix s'approfondit.

— Et je ne te le reproche pas.

— Ah bon ? dis-je, choquée.

— Non.

Quand il ne continue pas, je me force à poser la question qui a lourdement pesé sur moi. C'est la réponse que je crains le plus, mais que j'ai besoin d'entendre.

— Qu'est-ce qu'on fait maintenant ?

— Je crois que ça dépend.

Il scrute mon regard comme s'il était capable de lire dans mes pensées les plus intimes.

— Tu veux divorcer ? Je sais que tu n'as jamais voulu ce mariage.

Une boule épaisse se loge dans ma gorge et j'ai du mal à déglutir. De tout ce que j'ai fait dans ma vie, c'est de loin la chose la plus terrifiante.

J'ai l'impression que mon avenir tout entier est mis en cause.

— J'ai envie de voir si ça peut fonctionner.

Je ravale ma nervosité et dis la vérité.

— J'ai envie de *toi*.

Au lieu de me répondre, il demande :

— Tu le pensais vraiment quand tu as dit que tu m'aimais ?

Je me dresse sur la pointe des pieds et plaque mes lèvres contre les siennes.

— Je n'ai jamais été plus sincère.

Ses bras s'enroulent autour de mon corps alors qu'il me rapproche de lui.

— Je t'aime aussi et je ne m'imagine pas vivre sans toi.

— C'est bien.

Je mordille sa lèvre inférieure, tiraillant la chair pulpeuse avant de la relâcher avec un petit bruit.

— J'espère que ça veut dire que tu vas réemménager.

— Bébé, rien ne saurait me tenir loin de toi.

Sur ce, il me prend dans ses bras et me porte jusqu'à notre chambre à coucher.

36

COLBY

À part Britt sur scène, qui caresse sa guitare tout en chantant les paroles de sa nouvelle chanson, le bar est silencieux. Je regarde autour de moi, mais je ne parviens pas à me détourner de ma femme.

Et je suis certain que je ne suis pas le seul.

Tout le monde est captivé par sa performance acoustique.

On n'a pas la place de s'asseoir.

Gerry, le videur, a dû refuser des gens à l'entrée.

Quand les fans ont découvert qu'elle allait jouer un set ici, ils se sont précipités. Certains ont fait plusieurs centaines de kilomètres. Tout le monde veut entrevoir Britt McNichols.

Elle ne s'appelle plus Bebe Benson.

À présent qu'elle ne se dissimule plus, elle est devenue une autre personne. J'ai aimé la voir grandir et découvrir qui elle est au fond. La femme qui se débattait pour émerger. Elle découvre ce qu'elle aime. Et ça inclut sa musique.

Les chansons sur lesquelles elle travaille dernièrement sont de nature plus expressive et moins pop.

Comme celle qu'elle m'a chantée dans l'avion.

Stella secoue la tête.

— Je n'arrive toujours pas à croire que notre Britt soit en réalité Bebe. Je n'en reviens pas.

— Je suis juste contente qu'elle reste et ne nous quitte pas, ajoute Carina.

— Moi aussi, dit Fallyn en soufflant les paroles que Britt chantonne sur scène.

Wolf se colle à sa nouvelle épouse et enfonce son visage dans ses cheveux bruns.

— Tu es si adorable quand tu essayes de chanter.

Fallyn se tourne vers lui en fronçant les sourcils.

— Comment ça, *essayes* ?

Il s'écarte avec un large sourire.

— Bébé...

Elle hausse des sourcils sombres.

— Tu dis que je ne suis pas douée ?

— Et si tu te remettais à chanter et que je recommençais à t'étreindre ?

Elle sourit, puis se penche en avant et l'embrasse.

— Ça me paraît bien.

Bridger retire sa casquette et passe une main dans ses cheveux.

— Bon, c'est officiel. Un autre frère est tombé au combat. J'ai toujours cru qu' il ne resterait plus que toi et moi. Peut-être cet autre type aussi, dit-il en désignant Hayes du menton. Je ne me l'imagine pas se passer la corde au cou dans un avenir proche.

J'arrache mon attention de Britt pendant suffisamment longtemps pour regarder le milieu de terrain blond qui sourit à Larsa Middleton alors qu'elle fait courir ses mains sur sa poitrine. Hayes a toujours été clair en disant qu'il n'a pas le temps pour une copine. Pas avec les responsabilités familiales qui pèsent sur ses épaules.

— Désolé, mon pote. Je crois que maintenant, il ne reste que Hayes, Mav et toi.

Mon regard se pose sur Steele, qui préside en tête de table.

— Et probablement ton cousin.

— Ça ne te dérange pas s'il reprend ta chambre pour le reste du semestre ?

Je secoue la tête avant de porter la bière à mes lèvres.

— Je la lui cède volontiers. Je n'ai pas l'intention d'y retourner.

— Super.

Une fois que les derniers accords résonnent à travers le bar, des applaudissements tonitruants éclatent. Les gens se redressent d'un bond. Ils sifflent et demandent un rappel. Britt joue une chanson supplémentaire avant de s'incliner légèrement et de quitter la scène. Elle n'a pas fait plus de quelques pas que son oncle la serre dans ses bras et lui embrasse la joue.

S'il m'a pris entre quatre yeux quand il a découvert que j'avais épousé sa nièce à Vegas ?

Absolument.

Après avoir eu une petite discussion – selon son expression –, il m'a donné une bourrade et m'a dit avec un sourire joyeux que si je causais un instant de chagrin à Britt, il n'aurait aucun problème à me faire disparaître.

De façon permanente.

Je l'ai rassuré en lui disant que ça n'allait jamais arriver, que je l'aimais plus que tout et que ma nouvelle mission dans la vie était de la rendre heureuse. Il a paru accepter cette réponse et depuis, on dîne tous les dimanches chez lui.

C'est un petit quelque chose que je refuserai d'admettre devant qui que ce soit : mes lasagnes sont meilleures.

Mais je ne le dirai jamais.

Mes pupilles restent braquées sur ma femme qui traverse la foule. Les gens l'entourent, voulant lui parler. Elle accepte toujours leurs félicitations avec grâce.

Elle sourit quand nos regards se croisent malgré la distance. Quand je m'impatiente et me redresse, prêt à me diriger droit vers elle et la dérober à ses fans, elle les esquive et effectue une ligne droite dans ma direction. Plus elle se rapproche, plus mon cœur s'emballe.

C'est l'effet qu'elle me fait.

Elle a tout changé.

Je me souviens à peine de ma vie avant qu'elle n'y entre.

Et je ne voudrais pas qu'il en soit autrement.

Dès qu'elle est assez proche, je tends la main et lui prends les doigts avant de l'attirer dans mes bras. Parfaitement à sa place. C'est seulement quand elle est collée à moi que je peux recommencer à respirer.

— Tu étais super, sur scène.

Elle plaque ses lèvres contre les miennes.

— Merci. Je t'ai dit que cette chanson était pour toi.

Je ne peux m'empêcher de sourire.

— Je suis sûr que je t'ai remerciée hier soir.

Il y a un silence.

— Sans parler de la nuit précédente.

Ses yeux dorés se réchauffent.

— Absolument.

— Ne t'inquiète pas, ma chérie, murmuré-je. Je serai ravi de te remercier pendant toute la nuit.

— C'est promis ?

— Pour toujours.

ÉPILOGUE
COLBY

S *ix mois plus tard...*

L'AIR s'immobilise dans mes poumons quand j'aperçois Britt pour la première fois lorsqu'elle s'arrête sur la plage. Tout le monde se redresse alors que la musique change.

Je ne pense pas l'avoir déjà vue aussi belle.

Ses cheveux couleur caramel ont été rassemblés sur le sommet de sa tête ; quelques mèches folles s'enroulent autour de son visage. Elle me regarde dans les yeux tout en descendant l'allée de fortune. Chaque pas la rapproche de moi.

Tout le monde se mélange à l'arrière-plan jusqu'à ce que je n'aie plus conscience du reste. Cette fille représente mon monde tout entier et je ne sais pas comment j'ai fait pour vivre si longtemps sans sa présence.

Je lui rends son sourire, lui adressant un clin d'œil alors qu'elle s'avance. Aussi ravissante qu'elle soit dans sa robe sans bretelles qui moule toutes ses courbes délectables, j'ai hâte de la lui retirer.

On pourrait peut-être s'éclipser durant la réception afin que je puisse poser mes mains sur elle.

Si les années qui nous attendent ressemblent à nos premiers six mois ensemble, alors nous marier à Vegas sera la meilleure décision que j'aie jamais prise.

Je ne m'imagine pas passer ma vie avec une autre femme.

Britt est celle qui est faite pour moi.

Comme je suis fait pour elle.

C'est pour cette raison qu'on a décidé de se repasser la corde au cou. Parce que c'est le genre de choses dont un couple aime se souvenir, et les détails de Vegas sont – au mieux – troubles.

Après que j'ai signé un contrat de trois ans avec les Milwaukee Mavericks, on a décidé d'un mariage à l'étranger dans les îles Vierges.

Ça a marché pour mes parents et mes grands-parents, alors pourquoi pas ?

Tout le monde est là pour nous aider à célébrer.

Sa famille et la mienne.

Tout ce que je peux dire, c'est que Britt ne mentait pas en disant que sa famille était un peu spéciale. Ils sont complètement barjos.

Quand les producteurs de son émission ont demandé s'ils pouvaient filmer notre mariage pour une émission spéciale, Britt leur a dit d'aller se faire voir.

Bon, ce n'étaient peut-être pas ses paroles exactes, mais on se comprend.

Son agent a même essayé de proposer une émission dérivée qui nous aurait suivis pendant les deux premières années de notre mariage.

Ça aussi, c'était hors de question.

À présent que Britt a quitté le devant de la scène, elle protège davantage sa vie privée.

Et notre couple.

Au cours des derniers mois, elle a donné quelques interviews. Quand on l'interroge sur notre mariage et ma personnalité, elle affiche un sourire amical et passe à la question suivante.

Je ne pense pas qu'il soit possible d'aimer cette fille plus que je le fais déjà.

Une fois que Britt descend l'allée avec son père, je tends le bras et lui serre la main avant de lui sourire comme un fou. L'officiante fait son discours et soudain, on est mariés pour la seconde fois. Tout le monde applaudit et lance des vivats. Tous les mecs de Western se sont pointés avec leurs partenaires.

Même Hayes et Bridger.

Avec un camp d'entraînement qui approche, c'est impossible de ne pas songer à quel point ça va me manquer de jouer avec les Wildcats. J'ai beau être proche de mes nouveaux coéquipiers, ils ne les remplaceront jamais.

Quand on y réfléchit, on a tous grandi ensemble.

On est devenus des hommes ensemble.

Et deux d'entre nous se sont mariés en même temps.

Merde.

Voilà que je deviens sentimental, et ce n'est vraiment pas l'ambiance que je souhaitais.

Pas alors que je viens d'épouser à nouveau l'amour de ma vie.

Après la cérémonie, la fête se déplace vers le restaurant en plein air sur la plage. On dîne et on danse sur de la musique ringarde des années quatre-vingt. Britt chante quelques nouvelles chansons sur lesquelles elle a travaillé, puis un tube du passé. Celui qui est devenu viral et a lancé sa carrière vers la célébrité.

Tous les invités chantent.

Je prends un moment pour observer l'endroit. Tout le monde rit, boit et s'amuse. Ce qui signifie que c'est le moment parfait pour nous éclipser. La vie est chaotique depuis qu'on est arrivés sur l'île il y a quelques jours. À présent que l'acte est joué, on peut enfin se détendre et prendre du bon temps.

Je saisis les doigts de Britt et l'entraîne vers la sortie. Elle accélère le pas pour rester à ma hauteur.

— Où est-ce qu'on va ? demande-t-elle d'une voix légère et heureuse.

— Tu m'as manqué, ma douce. Tu as été tellement occupée à tout planifier depuis un mois ! J'ai envie de dérober un petit peu de temps seul à seul avec toi.

On quitte le trottoir en bois et on marche sur le sable. Une grande lune argentée envahit le ciel, projetant des cascades de lumière sur l'océan alors que le son rythmique des vagues qui frappent la plage remplit mes oreilles.

La journée d'aujourd'hui n'aurait pas pu être plus parfaite et je ne m'imagine pas la partager avec une autre personne qu'elle. Quand on n'est qu'à quelques pieds de l'eau, je m'accroupis et attire Britt sur mes genoux. Mes bras se glissent autour de sa taille pour venir l'étreindre. Quelques mèches de ses cheveux battent dans le vent et glissent le long de ma joue tandis qu'elle se love contre moi.

Une fois que j'ai été recruté, Britt a décidé de se faire transférer à l'université de Milwaukee et de continuer à étudier pour décrocher son diplôme. Puis on a choisi un appartement avec une vue magnifique sur le lac Michigan.

La vie est super agréable maintenant, et je n'y changerais absolument rien.

Mon nez frôle son cou alors que le vent chaud caresse notre peau dénudée.

— Tu es heureuse, ma douce ?

Avec un sourire, elle se tourne vers moi. La satisfaction pétille fort dans ses yeux. C'est une sensation formidable de savoir que c'est grâce à moi.

— Bien sûr que oui. Aujourd'hui était une journée parfaite, n'est-ce pas ?

J'acquiesce.

— C'est vrai. Et tu étais magnifique.

— Tu n'étais pas mal non plus.

— Je vais prendre ça comme un compliment.

Elle plaque ses lèvres contre les miennes et murmure :

— Je t'aime.

— Je t'aime aussi.

Sa réaction me serre le cœur.

Et je ne m'imagine pas que ça va changer un jour.

Pour l'instant, on est heureux de vivre dans notre petite bulle.

On a eu toutes les discussions importantes, y compris celle à propos des enfants.

Le plan est d'attendre plusieurs années, mais puisqu'on vient tous les deux de grandes familles, c'est ce qu'on souhaite pour nous.

Quand mon désir me dépasse, ma bouche trouve la sienne. Je n'ai qu'à faire courir la langue sur la commissure de ses lèvres et elle s'ouvre, me laissant entrer comme toujours. Je romps le baiser juste assez longtemps pour la faire tourner dans mes bras, jusqu'à ce qu'on se retrouve en face l'un de l'autre. Elle retrousse le tissu fluide autour de ses cuisses, à califourchon sur mes jambes. Je suis déjà dur comme de l'acier.

Sa paume se pose sur ma joue alors que nos regards s'accrochent.

— Tu sais à quel point je t'aime ?

Je ne pensais pas qu'il soit possible de me dissuader de poser mes mains sur ma femme, mais le son de sa voix rauque et la lueur douce qui remplit son expression suffisent.

— Je t'aime aussi, mon volcan. Tu sais quoi ? Ce que je ressens pour toi grandit au fil des jours. Tu es la seule pour moi. Tu as peut-être eu besoin de te laisser convaincre au début, mais pas moi. Dès la première fois que je t'ai vue à *Slap Shotz*, je suis tombé amoureux.

— Oh, Colby.

Sur ce, ses lèvres s'abattent sur les miennes. Dès que je les écarte, sa langue s'enfonce profondément pour se mêler à la mienne. Mes mains descendent le long de son dos avant de la plaquer contre moi.

Quand elle change de position, je grogne.

— Bébé, continue et je vais te prendre avant qu'on parvienne à regagner notre suite.

Elle s'écarte le temps de sourire. La lumière argentée de la lune qui nous éclaire fait ressortir la lueur malicieuse dans ses yeux.

— C'est peut-être exactement ce que je veux.

Un grognement torturé s'échappe de mes lèvres.

Je n'en doute pas : cette fille va me tuer.

Mais ce serait une mort fantastique.

Elle regarde par-dessus son épaule pour observer le restaurant à ciel ouvert qui brille au loin.

— Je crois qu'on pourrait probablement se faire un coup rapide avant que quiconque ne se rende compte qu'on a disparu.

Elle hausse un sourcil.

— Ne m'allume pas, ma belle.

Pour toute réponse, elle se met à genoux et déplace sa robe avant d'écarter son string. Ma queue se raidit alors que mon regard se braque sur le V entre ses jambes. Le désir spirale en moi ; ma main tâtonne sur ma ceinture, mon bouton et la fermeture éclair de mon pantalon pour libérer mon érection.

Dès qu'elle descend le long de ma hampe rigide, on grogne tous les deux et l'extase s'abat sur moi.

Le meilleur détail dans toute cette histoire, c'est que le fait d'être profondément enfoncé dans son corps me donne l'impression de rentrer chez moi.

Parce que c'est exactement ce que Britt est pour moi.

Mon refuge.

L'endroit où je serai toujours chez moi.

Merci d'avoir lu *Jamais au grand jamais* ! Vous voulez savoir ce que l'avenir réserve à Britt et à Colby ? Rejoignez ma newsletter et recevez un épilogue supplémentaire gratuit livré directement dans votre boîte mail !

MAINTENANT OU JAMAIS

MIA

L'été avant la première année d'université

R amène tes fesses ici ! s'exclame ma meilleure amie depuis la fenêtre où elle s'est assise comme une sentinelle. Tu *dois* voir ça !

Négatif, *Ghost Rider*. Je passe mon tour. Je n'ai aucune envie d'espionner une cour pleine d'étudiants ivres qui font la fête chez mon voisin. À contrecœur, je lève les yeux de mes orteils que je suis en train de recouvrir d'un vernis rose pâle. *Coney Island Cotton Candy*, pour être précise.

Quand nos regards se croisent, Alyssa me fait signe. Elle est tellement surexcitée. Un peu comme un schnauzer.

— Tout le monde est là-bas !

— C'est faux, murmuré-je en peignant mon petit orteil d'une main d'experte. Nous sommes ici, nous.

Et j'ai l'intention de le rester.

— Oui, c'est le problème.

Elle joint ses mains avant de les agiter devant moi.

— S'il te plaît ? supplie-t-elle. On ne peut pas y aller juste un petit moment ? Juste un peu ? C'est tout ce que je demande.

C'est tout ce qu'elle demande... ah !

Je sais que ce sont des conneries.

Alyssa sait très bien que je préférerais me manger le bras plutôt que de m'incruster à une des soirées de Beck Hollingsworth. Je ne lui avais pas dit, mais Beck m'avait envoyé un message avec toutes les informations. Si elle avait suspecté le fait qu'on avait été invitées, elle m'aurait traînée sur la pelouse qui sépare nos propriétés dès l'arrivée du premier invité dans l'allée.

Non, merci.

Il est évident, d'après l'agitation qui règne chez nos voisins, que toute la classe de terminale est présente pour fêter notre diplôme. Si nous ne vivions pas dans un cul-de-sac tranquille, dans un lotissement fermé, j'espèrerais que la police ferait une visite surprise et mettrait fin aux festivités.

Sauf que personne ne veut déranger le père de Beck, Archibald Hollingsworth. C'est un avocat hors de prix, qui a énormément d'employés à son service. C'est l'un de ces types trop bronzés au teint d'une pureté aveuglante que l'on voit à la télévision. Il scande que, si on a un souci, il faut les appeler et qu'il se bat pour le peuple. Ce type est partout. Sur les panneaux d'affichage. Dans les publicités. Dans les pubs des journaux et sur les magazines.

La police locale a eu affaire à Archibald plusieurs fois au fil des ans parce que son fils est un aimant à problème. Voyons voir, il y a eu la fois – ou les cinq fois – où il a été arrêté pour avoir bu de l'alcool avant l'âge légal. À quinze ans, Beck a *emprunté* la toute nouvelle Range Rover de ses parents pour faire un peu de tout-terrain. Et la police est intervenue quand il a mis de la super glu dans les serrures des portes du lycée pour la première journée des *pranas* des terminales.

Au lieu de conduire Beck au poste chaque fois qu'il était interpelé, ils le déposaient devant sa porte sans prendre la peine d'en informer Archibald. Beck tutoie un certain nombre de personnes dans la police. Quelques-unes sont même venues à sa fête de remise des diplômes, en juin.

Il n'est pas surprenant que Beck trouve toujours le moyen de contourner les obstacles qui se dressent sur son chemin. Ses parents. L'école. La loi. C'est aussi irritant qu'impressionnant. Peut-être qu'un de ces jours, il utilisera son pouvoir pour faire le bien, et non pour faire n'importe quoi.

— Allez, Mia, supplie Alyssa tout en m'adressant un regard de chien battu.

Double coup dur.

Ma meilleure amie sait que j'ai du mal à résister à ses yeux de chien battu.

Je pose mes orteils sur le sol et marmonne :

— Je ne peux aller nulle part tant que mon vernis n'est pas sec.

Je fais de mon mieux pour ne pas m'approcher de Beckett Hollingsworth. Ce type me rend complètement dingue.

Et c'est un euphémisme.

— Génial ! Alors... on part dans cinq minutes ?

Elle s'éloigne avant de plaquer son visage contre la vitre, sa voix se faisant rêveuse.

— Je parie que Colton est déjà là.

Eurk.

Colton Montgomery est le bras droit de Beck, donc je ne suis pas sûre de vouloir qu'elle ait raison.

Même si je l'ai prévenue, Alyssa craque pour Colton depuis plus d'un an. Non seulement il est populaire, mais en plus, c'est un joueur de football. J'insiste bien sur la partie « joueur ». Si Alyssa était intelligente, elle se trouverait un mec bien duquel tomber amoureuse, or elle est focalisée sur le tombeur aux cheveux blonds et aux yeux bleus.

Colton a tout pour lui : un cerveau, des muscles et très certainement un aller simple pour la NFL[1] après l'université.

Le seul problème, c'est qu'il est conscient de son charme. Son ego est si imposant. C'est du moins ce qu'on dit de lui.

Et ce n'est pas l'avis d'Alyssa puisqu'il refuse de coucher avec elle.

Je n'arrive pas à savoir si la situation est amusante ou triste. Plus Colton garde Alyssa à distance, plus elle est déterminée à le conquérir.

Lors de la dernière saison de football, Alyssa m'a traînée à chaque match. Même ceux qui se jouaient à l'extérieur. Ma plus grande crainte était que Beck suppose que j'étais là pour le soutenir. Son fan-club est déjà légendaire sans que je vienne grossir les rangs.

En ce qui concerne les femmes, Beckett fait passer Colton pour un puceau. Il change de fille comme on change de sous-vêtements. En parlant de culottes, les filles de notre lycée sont toujours heureuses – je dirais même ravies – de faire tomber les leurs pour lui.

C'est ridicule.

C'est un profiteur invétéré.

On devrait lui coller une étiquette de prévention sur son front.

« Attention. Toxique pour les femmes. »

Mais vous savez quoi ?

Cela n'empêcherait pas ces filles sans cervelle d'écarter les jambes pour lui. J'ai arrêté d'essayer de comprendre pourquoi. D'accord, je sais qu'il est très séduisant. J'ai beau tenter de prétendre que je suis immunisée à ses charmes, mais ce n'est pas le cas. Je suis juste très douée pour enfouir ce que je ressens pour que ça ne remonte jamais à la surface. Si je ne le faisais pas, Beck me briserait le cœur en un clin d'œil, et je n'ai aucune envie de figurer sur la liste de ses conquêtes.

Si j'avais le choix, je préférerais regarder un film sur Netflix plutôt que de me laisser embarquer à la fête de Beck.

Ne vaut-il pas mieux s'asseoir en pyjama et se gaver de pizzas que de regarder ses camarades de classe se saouler, se draguer et vomir partout avant de faire un coma éthylique ? Je ne prendrai pas la peine de poser la question à Alyssa. Il n'y a aucune chance pour qu'elle choisisse volontairement de rester à la maison si elle peut aller voir son *crush*.

Vous voulez deviner ce que Colton fera quand j'essuierai la bave du menton d'Alyssa ?

Vous l'avez deviné : il filtrera avec chaque personne possédant un vagin s'il pense avoir une chance de finir avec ce soir.

Honnêtement, c'est l'une des choses les plus masochistes qu'Alyssa puisse faire. Je n'ai aucune idée de la raison qui la pousse à s'infliger ce genre de supplice.

Visiblement, mon rôle de meilleure amie est de soutenir sa décision de s'infliger une multitude d'angoisses. Je lui donnerais une gifle si je pensais que ça pouvait la raisonner.

Ma prédiction pour la soirée est la suivante : Alyssa va boire quelques verres, s'extasier devant Colton, puis se transformer en une flaque de larmes pendant que ce salaud embrassera d'autres filles devant elle. Ensuite, je la traînerai jusqu'à la maison où elle finira par engloutir une glace aux trois chocolats.

Mais c'est à ça que servent les amis, n'est-ce pas ?

Ne vous inquiétez pas, j'ai déjà accepté cela.

— Très bien, grommelé-je en espérant qu'elle comprenne à quel point je suis réticente. Mais sache que je ne resterai pas plus d'une heure. Alors, tu ferais mieux de faire bon usage de ton temps, meuf.

Elle pivote pour me faire face, sautillant sur la pointe des pieds en applaudissant d'excitation.

— Youpi !

Dès que j'accepte, elle se dirige vers mon placard qui fait la moitié de ma chambre.

J'ai le genre de dressing dont la plupart des filles de mon âge ne peuvent que rêver. Chaussures, sacs à main, vêtements et bijoux. Tout est là et bien rangé.

— Je vais trouver quelque chose de sexy à mettre ! s'exclame-t-elle.

— Ce que tu as sur toi est très bien, soupiré-je en roulant des yeux. C'est déjà assez pour moi, hein ?

Un grognement me répond des profondeurs de mon dressing.

Pendant les dix minutes suivantes, j'assiste à un défilé de mode improvisé. Au rythme où va Alyssa, nous ne sommes pas près de nous rendre à la fête.

Prends ton temps, meuf. Je suis totalement partante pour ça.

Après une douzaine d'essayages, Alyssa opte pour un débardeur noir, tricoté, et une jupe blanche qui met en valeur ses jambes bronzées. Alyssa suit des cours de danse depuis qu'elle a trois ans. Elle est tonique, et ses muscles sont développés et minces.

— Wouah, meuf, tu es sexy.

Je dis ça au cas où son *crush* n'apprécie pas l'effort. Alyssa a besoin de passer à autre chose. Je pense qu'un programme en douze étapes l'aiderait à se débarrasser de son obsession pour Colton Montgomery.

— Je vivrais dans ton placard avec plaisir si tu me laissais faire.

Elle sourit en faisant une pirouette.

— C'est mon paradis.

Un sourire sceptique étire mes lèvres.

Ma mère est une accro du shopping, et ses factures Amex Black Card en témoignent. Elle achète des vêtements comme si notre maison avait brûlé et que rien n'avait pu être sauvé. Même si j'ai de la place, ma garde-robe est pleine à craquer. Les trois quarts de ces vêtements n'ont jamais vu la lumière du jour. Alyssa a de la chance que nous fassions presque la même taille et qu'elle puisse emprunter tout ce qu'elle souhaite.

Maintenant qu'elle est habillée et prête à rejoindre la foule, ses yeux se plissent et elle me fixe avec insistance. Sans un mot, elle pivote et se précipite dans mon dressing avant de revenir quelques minutes plus tard.

— Voilà, déclare-t-elle en jetant deux vêtements au pied de mon lit.

Je jette un coup d'œil au débardeur doré, brillant, et à la jupe en jean foncé qui ressemble à une serviette pliée. La jupe est très mignonne, mais je déconseille fortement de la porter pour une mission commando, à moins de vouloir montrer à tout le monde ce que vous avez dans le ventre.

Comme ce n'est pas dans mon style, l'étiquette pend toujours de la poche. Je n'ai aucune idée de ce que pensait ma mère en la prenant.

Ne sachant pas pourquoi elle me présente des vêtements, je pointe la petite pile.

— C'est pour quoi ?

— Tu dois te changer.

Elle me lance un regard qui veut dire « eurk » avant d'applaudir.

— Allez, allez !

Changer de tenue ne faisait pas partie du plan. J'étais à l'aise avec l'idée d'y aller en pyjama. Ce n'est pas comme si je cherchais un prétendant. Ou quoi que ce soit d'autre, d'ailleurs.

Je secoue la tête et croise mes bras sur ma poitrine.

— Non, merci.

Son regard me détaille, et elle désigne mon T-shirt.

— C'est une tache de café sur ton sein ?

En fronçant les sourcils, je jette un coup d'œil à ma poitrine et inspecte la tache sombre sur le tissu qui recouvre mon sein droit. À mon avis, elle a raison. Un caramel Macchiato, pour être exacte.

— Peut-être.

Elle pince les lèvres.

— Je refuse d'aller où que ce soit avec toi habillée comme *ça*.

— Super !

Je m'étire avant de poser mes mains derrière ma tête.

— Quel genre de film te plairait ? Comédie romantique ? Film d'horreur ? Thriller psychologique ? Film angoissant ?

Un sourire bienveillant étire mes lèvres.

— Tu peux choisir.

Alyssa tape du pied sur la moquette.

— Mia ! s'exclame-t-elle d'un ton pouvant faire exploser les tympans.

Quelques chiens du voisinage hurlent en réponse.

— *Tu as promis !*

Promis ?

Non, je ne pense pas.

Je plisse le nez et pose un doigt sur mes lèvres.

— Je ne crois pas avoir *promis* quoi que ce soit. *Accepté à contrecœur* ? Oui. *On m'a forcée à capituler* ? Certainement. Mais *promis* ? Pas dans cette vie.

Lorsqu'elle se redresse, je gémis, sachant exactement ce qui va se passer.

— *Mia Evelyn Stanbury !* Dois-je te rappeler qui était là quand... ?

Arf.

Nous arrivons au moment de la soirée où Alyssa énumère tout ce qu'elle a fait pour moi jusqu'à ce que je cède. Et elle commence par Harper Hastings. Une fille qui m'a harcelée sans relâche en cinquième parce que Xander Rossi m'avait invitée au cinéma à sa place. Après des mois de piques mesquines de la part de Harper, Alyssa l'avait attendue après l'école. Ma meilleure amie lui avait fait savoir que, si elle n'arrêtait pas, elle ferait courir la rumeur qu'elle bourrait ses soutiens-gorges. Cela devait être vrai, car Harper avait immédiatement battu en retraite et je n'avais plus jamais entendu parler d'elle.

— Oui, oui. Harper Hastings, marmonné-je, n'appréciant pas la direction que prend cette conversation.

Alyssa croise les bras sur sa poitrine et un sourire suffisant étire ses lèvres.

— Harper Hastings n'est que le début, mon amie, m'apprend-elle en arquant les sourcils. Dois-je continuer ?

Nous nous regardons en silence avant que je ne m'effondre comme un château de cartes.

— Très bien, je vais me changer.

Je me redresse avant de saisir la jupe et le haut et de les lui montrer en les secouant.

— C'est seulement parce que je t'aime et que tu es ma meilleure amie que j'accepte d'aller chez les voisins.

Un sourire angélique illumine son joli visage avant qu'elle ne m'envoie un baiser.

— Je t'aime aussi. Maintenant, bouge-toi.

— Une heure, rappelé-je. C'est tout ce que tu as.

D'un air indifférent, elle fait un signe de sa main.

— Pas de problème, c'est bien assez pour que ma magie fonctionne.

Ce qu'elle veut dire, c'est que c'est assez de temps pour que Colton l'ignore tout en sortant avec une autre fille. Une part de moi souhaiterait presque qu'il couche avec Alyssa. Peut-être qu'alors les lunettes roses tomberaient et qu'elle réaliserait à quel point ce type est un crétin.

D'un mouvement fluide, je retire le T-shirt taché de mon corps et le remplace par le débardeur doré. Je délaisse ensuite le short confortable dans lequel je me prélassais et enfile le petit rectangle de tissu qui sert de jupe.

Je m'approche de mon miroir qui s'étend du sol au plafond et fixe mon reflet avant d'essayer de descendre la jupe plus bas sur mes cuisses, sauf que c'est inutile. Il n'y a pas un centimètre de tissu en trop.

À quoi ma mère pensait en achetant ce vêtement ? Elle s'est trompée et a pris dans le rayon pour enfants ?

Je me penche, touche mes orteils, avant de jeter un coup d'œil par-dessus mon épaule. C'est exactement ce que je pensais. Mon string est bien visible. En fait, on dirait que je ne porte pas de sous-vêtements puisque le tissu est comme du fil dentaire.

Formidable.

Sans parler du fait que c'est inconfortable.

— Il n'y a pas de deuxième option ?

Mon regard croise celui d'Alyssa dans le miroir.

— Une option où on ne voit pas mon cul ?

— J'ai bien peur que non. J'aime beaucoup le jeu des devinettes pour savoir si tu portes des sous-vêtements ou non, dit-elle en me faisant un clin d'œil. Joue bien tes cartes, et peut-être que tu auras de la chance ce soir.

Je plisse les yeux et pince les lèvres.

— Crois-le ou non, je suis parfaitement satisfaite du fait d'être malchanceuse.

— Ça, ma chère, c'est seulement parce que tu ne sais pas ce que tu loupes.

— Des chagrins d'amour, des MST et la possibilité d'une grossesse non désirée ?

Je papillonne des cils et souris.

— Tu as tout à fait raison.

En ignorant mon commentaire, elle me lance une paire de sandales dorées avant de mettre des sandales en cuir noir qui remontent le long de ses jambes, lui donnant un air de déesse grecque. Elle est superbe. Mais encore une fois, quand est-ce que ce n'est pas le cas ? Alyssa a de longs cheveux blonds et des yeux bleu foncé. Sa peau a un éclat naturel qui s'assombrit sous le soleil d'été.

Cela m'offusque presque que Colton refuse de baiser mon amie.

Qu'est-ce qui ne va pas chez lui ?

— Prête à y aller ? demande-t-elle en vérifiant une dernière fois son reflet dans le miroir.

J'enfile les sandales avant de me redresser.

— Autant que possible.

Cinq minutes plus tard, nous traversons la pelouse et marchons sur le côté du manoir Hollingsworth. De cet immense manoir. Inutile de dire qu'Archibald a fait de la négociation un art lucratif.

À chaque pas, le bruit des rires d'ivrognes et les pulsations de la musique s'amplifient, agressant nos oreilles. Dès que la fête est en vue, je me demande pourquoi j'ai laissé Alyssa m'y traîner.

C'est le chaos.

Même si Alyssa souhaiterait me convaincre du contraire, je ne suis pas complètement nulle. J'aime faire la fête, comme n'importe quelle fille. Mais Beck aime passer à la vitesse supérieure. Il ne se contente pas d'une simple soirée durant laquelle les gens s'installent et se détendent. Cette fête est sur le point de devenir l'un de ces films pour adolescents dans lequel l'enfer se déchaîne et dans lequel le propriétaire se réveille nu le lendemain matin dans une benne à ordures, à cinq états d'ici, avec une chèvre.

Sur la gauche, quelques personnes tiennent la tête d'un type en bas pendant qu'il rend tout.

Des chants disant « *bois, bois, bois* » se répandent dans l'air.

Je ne serais pas surprise si l'un de ces idiots ivres était retrouvé dans la piscine demain matin.

On peut se demander pourquoi les parents de Beck le laissent seul, sans surveillance. Il a peut-être dix-huit ans et est techniquement un adulte, cependant, il a besoin de quelqu'un de plus âgé pour le contrôler. Quelqu'un qui peut le stopper quand il va trop loin.

Et ce n'est pas gagné. Son frère aîné, Ari, est à l'étranger pour l'été.

Archibald et Caroline, ses parents, ont dû se rendre compte que c'était inévitable. Chaque fois qu'ils quittent la ville, Beck organise une grande soirée. Selon l'ampleur des dégâts, il est puni quelques jours, voire quelques semaines.

Le menacer en lui disant qu'il y aura des conséquences – voire l'application de ces conséquences – n'a aucun effet dissuasif.

Croyez-le ou non, avant que nos parents ne quittent la ville pour un long week-end à New York, Archie m'a demandé de garder un œil sur son fils.

— Assure-toi qu'il n'y ait pas de mort, m'a-t-il dit.

Comme si j'avais un quelconque contrôle sur Beck.

Parce que, oui, Beck n'écoute personne, et moi encore moins.

Qu'est-ce que je suis supposée faire exactement ?

La commère ?

Faire un *facetime* avec ses parents pour qu'ils puissent voir en direct la déchéance qui va suivre comme au Pandemonium ?

Même si cela me faisait plaisir, cela n'arrivera pas. Je suis peut-être beaucoup de choses – une personne qui suit les règles, bonne à tout faire si vous écoutez Beck –, mais il y a des limites à ne pas franchir, et la délation en fait partie.

Ce sera encore une fois l'occasion pour Beck de s'en tirer à bon compte. Je suppose que c'est la beauté d'être Beckett Hollingsworth. Il se fout de tout ce qui n'est pas du football.

Ce sport néandertalien est sa vie.

Alors que Beck n'est qu'en seconde, il attire déjà l'attention des entraîneurs de l'université Big Ten. Ils sont impatients de l'inscrire sur leur liste. S'il avait pu aller directement en ligue nationale de football après son diplôme, il l'aurait fait. Or ce n'est pas possible. Les joueurs ne peuvent participer qu'à partir de leur deuxième année d'université. Le père de Beck est allé encore plus loin en insistant pour qu'il attende sa seconde année, parce que, je cite : « aucun de mes fils n'abandonnera l'université. »

Beck sera la preuve irréfutable que les compétences permettent vraiment d'obtenir des diplômes.

Alors que mon regard se perd sur la foule d'yeux vitreux, il se heurte à des iris verts et brillants. Un frisson parcourt mes veines lorsque nos regards se croisent. Les muscles de mon ventre se tordent.

Une fois que j'ai compris ce qu'il se passe, je tempère ma réaction. Ma vie a été remplie de milliers de petits moments comme celui-ci. Des moments que j'aime prétendre n'avoir jamais existé.

Pour ce que j'en sais, cela peut être une mauvaise digestion à cause des sushis que j'ai pris à la station-service hier soir.

Il y a plein de possibilités, n'est-ce pas ?

Au lieu de détourner le regard, je le fixe et me renfrogne. Ce que j'ai appris, c'est qu'il fallait faire preuve d'audace dans ces situations plutôt que de tourner les talons et de fuir. L'arc de cupidon parfait de la bouche de Beck se soulève pour former un sourire complice avant qu'il ne courbe le doigt.

Un rire étrange s'élève dans ma gorge.

Je ne pense pas, mon pote.

Je ne suis pas une de ces filles sans cervelle avec qui il joue habituellement. J'ai un cerveau fonctionnel, et j'aime l'utiliser pour prendre des décisions qui ne se retourneront pas contre moi. Contrairement à Beck, j'ai un bon instinct de conservation.

Je serre les lèvres avant de secouer négativement la tête.

Un sourire de prédateur s'étire sur son visage, lui donnant un air séduisant. Avec ses cheveux noirs ébouriffés, ses pommettes saillantes qui témoignent de son héritage russe et ses sourcils épais, il est un danger pour toutes les femmes. Je ne mentionnerai pas le fait que son corps semble être taillé dans la pierre. Des épaules larges et une taille fine complètent l'ensemble.

C'est presque un soulagement quand une fille en bikini s'interpose entre nous, coupant notre connexion. Maintenant, son regard perçant ne me retient plus, et je peux expirer tout l'air de mes poumons.

Alyssa saisit ma main.

— Il est là, murmure-t-elle, excitée par le brouhaha des voix et la musique. Oh mon Dieu, c'est un fantasme vivant.

Je scrute la foule de nouveaux diplômés du lycée avant de trouver Colton.

Bien sûr, je l'admets, il est aussi sexy que Beck. Au lieu d'avoir des cheveux courts et foncés, il a des cheveux blond doré. Il est rasé de près, et ses mèches tombent sur son visage, si bien qu'il les écarte constamment de ses yeux bleus et brillants. Il est grand et musclé. Si je n'allais pas à l'école avec lui depuis le primaire, je le soupçonnerais d'avoir redoublé quelques classes. Même ses muscles sont musclés.

Les filles tournent déjà autour de lui, se disputant son attention. Ce type est comme une rock star qui choisit les groupies avec lesquelles coucher avant la fin de la nuit.

— Il est passable, marmonné-je, voulant minimiser son charme.

— Tu es tellement dans la merde que tu deviens aveugle. Il est plus que passable, et tu le sais.

— Mmmh, rétorqué-je en fronçant le nez. C'est dégueulasse.

— Concentre-toi !

Elle fait claquer ses doigts devant mon visage.

Je fournis un dernier effort pour la convaincre.

— Tu peux avoir mieux que Colton. Il sait exactement à quel point il est sexy et en profite chaque fois qu'il en a l'occasion. Trouve quelqu'un comme... commencé-je en me mettant sur la pointe des pieds et en balayant la masse de corps du regard avant de trouver le gars parfait pour Alyssa, Landon Mathews. Non seulement il est beau, mais en plus il est adorable.

L'expression d'Alyssa devient pensive alors qu'elle détaille le grand type brun comme l'encre et aux yeux bleu-vert et inhabituels. Il se tient debout avec un groupe de joueurs de football, riant à ce que l'un d'entre eux vient de dire.

— Il est vraiment canon, admet-elle.

Pendant un super moment, mon esprit s'emballe. Peut-être qu'elle laissera tomber cette histoire avec Colton Montgomery et ira vers quelqu'un de plus accessible. Landon est un type bien. Il est aussi sexy que ses amis, sauf que ce n'est pas un véritable connard.

Malheureusement, il n'est pas aussi populaire que Colton ni Beck, car il a l'étiquette du « bon gars ».

Je veux dire, pourquoi sortir avec un gentil garçon quand on peut avoir un type qui nous traite comme de la merde ?

Malheureusement, personne.

Sauf que... il semblerait y avoir beaucoup plus de vérité dans cette affirmation que la plupart des femmes ne souhaiteraient l'admettre sans être gênées. Qu'elles le réalisent ou non, ces filles ont été conditionnées pour désirer les abrutis inaccessibles.

C'est troublant à plusieurs niveaux.

— Et l'avantage, poursuivis-je, c'est qu'il sait que tu existes !

— Hmm, excuse-moi, Colton sait que j'existe, grogne-t-elle.

— En es-tu certaine ?

Elle se mord la lèvre alors que nous jetons un coup d'œil à l'homme en question qui – ô surprise ! – est entouré d'une ribambelle de filles peu vêtues et en compétition pour obtenir son intérêt.

Oh, oh.

Alyssa a ce regard. Celui qui me dit de ne pas essayer de la faire changer ses plans.

Et elle me le confirme lorsqu'elle dit :

— Souhaite-moi bonne chance, j'y vais.

Ça valait le coup d'essayer.

— Bonne chance.

L'une des meilleures qualités d'Alyssa est qu'elle n'abandonne jamais. Cette fille peut être aussi tenace et insistante qu'un terrier. Et parfois, aussi hargneuse.

Dans le cas présent, c'est plutôt un mauvais point.

Quand elle s'éloigne, je place mes mains autour de ma bouche et crie :

— Peut-être que tu devrais enlever ta culotte pour lui montrer ta chatte. Comme ça, il saurait que tu es une valeur sûre.

Elle se retourne avec un sourire.

— Excellente idée.

Ma mâchoire se décroche quand elle retire sa culotte et la jette dans ma direction.

— Bon sang, meuf ! Je plaisantais ! C'était du sarcasme.

Je jette un coup d'œil sur le tissu que je serre dans ma main maintenant.

— Qu'est-ce que je suis censée faire de ça ?

Elle hausse les épaules.

— La garder en souvenir ?

Beurk.

— Je ne pense pas.

Je me dirige vers la poubelle et la jette. Quand je me retourne, Alyssa est en train de se frayer un chemin à travers la foule, se rapprochant de plus en plus de Colton et de son harem.

Malgré tout, cela devrait être divertissant. Il me faut un moment pour réaliser que je suis seule à une fête à laquelle je ne voulais pas aller. Je sors mon téléphone de ma poche arrière et y jette un coup d'œil.

Encore cinquante minutes environ.

Cette heure risque d'être la plus longue de ma vie. Peut-être que je devrais rentrer et prendre un verre. Vu le nombre d'idiots bourrés autour de moi, je suppose que l'alcool coule à flots. Je me fraie un chemin à travers la foule et entre dans la cuisine avant d'observer la scène.

Si la mère de Beck voyait tous ces gens poser leur cul sur son meuble en marbre blanc et poli, elle aurait probablement une attaque. Elle est un peu germaphobe. Il y a une fille à moitié nue étendue sur l'îlot, un citron vert entre les dents, alors qu'un footballeur se sert de la tequila dans son nombril.

Je ne suis pas une maniaque de l'hygiène, mais cela ne semble pas vraiment hygiénique.

Quelques personnes me saluent alors que je me dirige vers le tonneau et que je me place dans la file d'attente. Je suis en train de discuter avec une fille du cours de français qui prend une teinte verte peu flatteuse et se précipite vers les toilettes les plus proches, les mains plaquées sur sa bouche. Elle abandonne toute idée de se resservir et se dirige vers le couloir. J'espère vraiment qu'elle arrivera à temps. Caroline sera furieuse si elle découvre que quelqu'un a vomi sur ses sols en marbre.

Une fois que j'ai mon gobelet de bière en main, je me dirige vers le patio pour voir les avancées d'Alyssa.

Suis-je une mauvaise amie d'espérer qu'elle ait échoué et qu'elle jette l'éponge pour la nuit ? Probablement, mais je peux faire avec.

Au lieu de trouver une Alyssa déprimée, qui pleurerait dans un coin, je suis stupéfaite de découvrir qu'elle s'est frayé un passage jusqu'au groupe. Qui sait ? Peut-être qu'elle a une chance d'être choisie parmi les autres.

Cela pourrait changer la donne pour elle.

Je suppose que cela signifie que je suis coincée ici. Je balaie du regard le patio, à la recherche d'un endroit où me poser. La propriété des Hollingsworth fait environ un hectare, comme la nôtre. L'espace autour de la piscine est entouré d'une barrière en fer noir et de grands arbres pointant vers le ciel nocturne. À l'arrière du portail, une chaise longue inoccupée porte mon nom. Je vais y rester quarante minutes avant de traîner le cul nu d'Alyssa jusqu'à ma maison.

Avant que je n'aie pu faire trois pas, une voix grave couvre le vacarme de la fête.

— Bien, bien, bien. Regardez qui a décidé de faire une apparition ce soir.

Je me retourne, sachant pertinemment qui je vais trouver.

Beck.

Même si c'est difficile, j'essaie de ne pas admettre à quel point il est séduisant dans son short écossais qui descend sur ses hanches, dévoilant les lignes de ses abdos qui disparaissent sous la ceinture. Les muscles de ses bras et de son torse suffisent à mettre la plupart des filles à genoux.

Le mot clé dans cette phrase étant « la plupart ».

Mais je ne fais pas partie de ces filles idiotes.

— Venir ici ce soir n'était pas mon idée. J'ai été traînée de force.

— Ouais. J'ai pensé que tu aurais mieux à faire que de traîner avec une bande de connards défoncés.

Un point pour lui.

— Tu me connais trop bien.

La gorge sèche, je porte mon gobelet à mes lèvres. Avant que je ne puisse boire une gorgée, il m'arrache la boisson des mains et la porte à sa bouche. Je regarde sa gorge bouger alors qu'il vide le contenu de mon verre.

— C'est impoli, non ?

Mes poings se calent sur mes hanches.

— Pourquoi tu as fait ça ?

Il hausse les épaules. Même s'il s'agit d'un léger mouvement, ses muscles se contractent, et l'attirance naît au plus profond de moi.

— Tu ne devrais pas boire.

— Pardon ?

Mes yeux s'écarquillent et un rire s'échappe de ma bouche.

— Tu es sérieux, là ?

Je désigne la foule ivre qui nous entoure. Il n'est même pas 23 heures, et les gens comatent déjà sur des chaises longues.

— Regarde autour de toi, mec, tout le monde est bourré.

J'espère qu'il y a quelques conducteurs désignés dans ce groupe, sinon Uber va se faire un sacré paquet d'argent ce soir.

Dès que Beck sourit, je sais que sa réponse est spécialement formulée pour m'énerver.

— C'est possible, mais tout le monde sait que tu es une fille bien. Et les filles bien ne boivent pas. Je ne voudrais pas que la société des bonnes filles révoque ton adhésion. Tu as travaillé si dur pour l'obtenir.

Mes yeux se plissent jusqu'à devenir des fentes. L'attirance qui s'est manifestée si rapidement s'éteint sous l'effet de ses taquineries.

Je déteste qu'il me désigne ainsi. Et il le sait, et c'est précisément la raison pour laquelle il continue. Beck n'aime rien d'autre que de se glisser sous ma peau. Il est comme une éruption cutanée dont je n'arrive pas à me débarrasser, peu importe le nombre d'antibiotiques que j'utilise.

C'est irritant.

— Je ne suis pas une fille bien, grogné-je avant d'enfoncer un doigt dans son torse ridiculement dur. Et tu n'es pas mon chaperon. Je peux boire si je le veux.

D'une voix hautaine, je rappelle :

— C'est à moi qu'on demande de baby-sitter *ton* cul. Pas l'inverse.

Il avance dans mon espace personnel.

Au lieu de reculer, je campe sur mes positions. Je refuse de le laisser m'intimider.

— Tu dois me baby-sitter ? Hmm... J'aurais bien besoin d'une baby-sitter ce soir.

Ses doigts tracent un chemin jusqu'au centre de ma poitrine, s'attardant sur le creux entre mes seins.

— Devrions-nous aller ailleurs pour que tu puisses me montrer tout ce que ton service inclut ?

Sa proximité a un drôle d'effet sur moi et trouble mon jugement. Au lieu de le repousser, je suis tentée de me rapprocher.

Mon corps bouge avant que ma raison ne me revienne en pleine face, et je repousse sa main.

— Va en enfer.

— Tu vois ?

Il s'esclaffe comme si j'avais confirmé son point de vue.

— Une vraie bonne fille.

— Je ne suis pas aussi bien que tu le penses.

Les mots sortent de ma bouche avant que je ne puisse les retenir. Pour être claire, il s'agit d'un mensonge. Je *suis* bien une bonne fille. Probablement bien plus qu'il ne le pense. Je dois l'être.

— C'est vrai ?

Il se rapproche de moi jusqu'à ce que la pointe de mes seins frôle son torse nu.

— Chérie, je donnerais tout pour tester cette théorie, mais nous savons tous les deux que tu seras toujours Mia Stanbury, mademoiselle parfaite.

Et il sera toujours Beckett Hollingsworth. Le gars qui ne contrôle pas ses impulsions et qui ne peut pas marcher dans le couloir du lycée sans s'attirer d'ennuis. Le même qui ne peut pas rester seul chez lui une nuit sans inviter une centaine de ses amis les plus proches pour une soirée imprévue.

Nous sommes des opposés dans tous les sens du terme.

— Tais-toi, Beck.

Je n'avais jamais rencontré quelqu'un qui ait le pouvoir de m'exciter et de m'énerver en même temps. Si jamais il usait de son charme, je serais grillée. Il est capable de faire fondre la culotte d'une fille juste avec un regard bien calculé. Je l'ai vu faire de mes propres yeux. Je refuse d'être l'une de ces femmes ridicules. Je ne veux pas être utilisée et jetée comme un kleenex usagé.

Je ne réalise pas que je suis perdue dans mes pensées jusqu'à ce que ses doigts saisissent mon menton, le soulevant pour que je sois obligée de croiser son regard lumineux.

— Qu'est-ce qu'il y a ? La vérité blesse ?

— Il n'y a rien que tu puisses me dire pour me blesser.

Si seulement c'était vrai.

Son visage se rapproche jusqu'à ce qu'il remplisse mon champ de vision, effaçant la fête.

Mon monde se rétrécit autour de nous jusqu'à ce qu'il n'y ait que Beck. Mon souffle se bloque dans mes poumons et brûle comme un feu avant de se propager au reste de mon corps. À tout moment, je peux m'embraser.

Qu'est-ce que je fais ?

Je devrais m'éloigner, mais je suis incapable de faire autre chose que de soutenir son regard et de fondre sous son charme.

— Beck, bébé ! lance une voix féminine à travers le vacarme de la fête. Par ici !

Même si elle continue à bêler comme un mouton, nos regards restent accrochés pendant plusieurs longs battements de cœur, et je me demande presque s'il va l'ignorer. Or elle insiste, et répète son nom jusqu'à ce qu'il rompe notre connexion et se retourne.

Dès que je suis libérée, l'air s'échappe de mes poumons et mon corps s'affaisse de soulagement. Ou peut-être est-ce de déception. J'étouffe mes émotions pour ne pas m'y attarder davantage.

Que se serait-il passé si nous n'avions pas été interrompus ?

Rien de bon.

C'est *exactement* pour ça que j'évite Beck à tout prix. Même si nous sommes constamment en train de nous envoyer des piques, il a une attirance électrique qui bourdonne sous la surface. Aucun autre homme n'a jamais provoqué ce genre d'émotions en moi. J'ai autant envie de le gifler que de l'embrasser.

Le bon sens me revient en pleine face quand je me concentre sur la blonde au corps de déesse qui se trouve à vingt mètres de moi. Ava Simmons porte un minuscule bikini qui laisse peu de place à l'imagination. Une fois qu'elle a toute l'attention de Beck, elle tend la main et détache les ficelles qui maintiennent les minuscules triangles en place. Le tissu tombe sur le ciment à ses pieds. Elle laisse Beck – et toutes les personnes dans le quartier – profiter de ses seins avant de courir et de sauter dans la piscine.

Les gens applaudissent, et d'autres filles se débarrassent de leur haut pour suivre Ava dans l'eau.

Un sourire se dessine sur le visage de Beck qui me jette un coup d'œil. Une lueur de défi s'allume dans ses yeux tandis qu'il penche sa tête vers la piscine. L'eau éclabousse le bord du carrelage azur tandis que d'autres personnes plongent.

Oh, mon Dieu, non.

Mon cœur bat la chamade, et je lève les mains en signe de reddition.

— Désolée, je n'ai pas pris de maillot.

Son sourire devient prédateur.

— On dirait que tu n'en as pas besoin.

Ouais... ça n'arrivera pas.

— Aussi amusant que ça puisse sembler, je passe mon tour, annoncé-je en agitant un bras en direction de la piscine. Mais que ça ne t'empêche pas de te mêler à tes invités. Ava attend.

Torse nu. Du coin de l'œil, je vois ses abdos bouger comme des dispositifs de sécurité gonflables.

Quand son attention se porte sur les gens qui s'éclaboussent, je le suis du regard. Il est tellement plus facile de détourner les yeux que de soutenir l'intensité de son regard. Même lorsque cette option consiste à regarder une bande de filles aux seins nus que je connais depuis l'école primaire. Je n'observe pas les gars qui traînent dans le coin, cependant, je suis certaine que la plupart sont sportifs.

Honnêtement, s'il n'y avait pas Alyssa, je me tirerais d'ici avant que ça ne tourne à l'orgie.

Beck s'approche, et mon regard croise le sien.

— Tu es sûre que je ne peux pas te convaincre de nager ?

— Non, confirmé-je en secouant la tête.

— Dommage. Cela aurait largement prouvé le fait que tu n'es pas la gentille fille que j'ai toujours cru que tu étais.

Avant que je ne puisse formuler une réplique acerbe, il court et plonge la tête la première dans l'eau. J'aperçois le tissu écossais alors qu'il disparaît sous la surface.

Un mélange entre le soulagement et la déception s'insinue en moi jusqu'à ce que j'étouffe. C'est cette dernière émotion que j'ai du mal à accepter.

Le souffle court, je me dirige vers l'une des nombreuses chaises longues qui entourent la piscine et m'installe sur un coussin moelleux. Je jette un coup d'œil autour de moi pour trouver Alyssa, espérant qu'elle ait abandonné Colton pour qu'on puisse rentrer. Il n'est pas trop tard pour sauver la soirée avec une pizza et un film. Au lieu de ça, je la trouve dans la piscine.

Seins nus.

En train de rouler une pelle à Colton.

Génial.

J'ai beau vouloir partir, je ne peux pas la laisser seule ici. Dieu seul sait ce qui se passera si je le fais.

Avec un gémissement, je ferme les yeux et me prépare à une longue nuit.

Maintenant ou jamais

---

1. National Football League.

AUTRES TITRES DE JENNIFER SUCEVIC

Série Campus

Le Coureur du campus

L'Idole du campus

L'Idylle du campus

Le Canon du campus

Le Dieu du campus

La Légende du campus

Western Wildcats – Hockey

Ma liste d'envies

Ma liste de règles

Mon bien le plus précieux

Jamais au grand jamais

Tout et Maintenant

Maintenant ou jamais

Tout ou rien

Barnett Bulldogs

Comme un roi

Comme mon ombre

Aime-moi, déteste-moi

Même pas en rêve

À PROPOS DE L'AUTEUR

Jennifer Sucevic est une auteure de best-sellers au classement de *USA Today* qui a publié dix-neuf romans « New Adult » et « Mature Young Adult ». Son œuvre a été traduite en allemand, en néerlandais et en italien. Jen est titulaire d'une licence en histoire et d'une maîtrise en psychologie de l'éducation, de l'Université du Wisconsin-Milwaukee. Elle a commencé sa carrière en tant que conseillère d'orientation dans un collège, un métier qu'elle a adoré. Elle vit dans le Midwest avec son mari, ses quatre enfants et une ménagerie d'animaux. Si vous souhaitez recevoir des informations régulières concernant les nouvelles parutions, abonnez-vous à sa newsletter - Inscrire à ma newsletter
Ou contactez Jen par e-mail, sur son site web ou sa page Facebook.
sucevicjennifer@gmail.com
Envie de rejoindre son groupe de lecteurs ? C'est possible ici -)
J Sucevic's Book Boyfriends | Facebook
Liens vers ses réseaux sociaux
https://www.tiktok.com/@jennifersucevicauthor
www.jennifersucevic.com